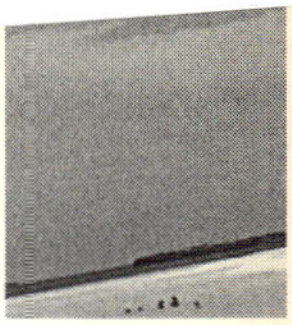

rowohlt paperba

«Karla Suárez besitzt das unzweifelhafte Talent zu erzählen – gut und in einer klaren Sprache zu erzählen – und uns dabei zu unterhalten.» (ABC)

Karla Suárez

# Gesichter des Schweigens

Roman

Deutsch von Sabine Giersberg

Rowohlt Taschenbuch Verlag

Die Originalausgabe erschien 1999 unter dem Titel «**Silencios**»
bei Ediciones Lengua de Trapo in Madrid

Deutsche Erstausgabe
Veröffentlicht im Rowohlt Taschenbuch Verlag GmbH,
Reinbek bei Hamburg, August 2001

Umschlaggestaltung Cordula Schmidt / Notburga Stelzer
(Foto: Maritius)
Autorenfoto Copyright © Rowohlt Verlag
Satz Trinité No. 2 PostScript (PageOne)
Gesamtherstellung Clausen & Bosse, Leck
Printed in Germany
ISBN 3 499 22723 1

Die Schreibweise entspricht den Regeln
der neuen Rechtschreibung.

Für Jorge Navarro

Es fehlt ihm nicht der Ton,
ihm wohnt das Schweigen inne.

Charles Chaplin

**Inhalt**

**Die große Wohnung** Als ich sechs war, beschloss mein Vater, im Wohnzimmer zu schlafen. Ich erinnere mich kaum daran, nur, dass die Zimmertür zufiel und Mama stundenlang vor sich hin weinte.

Wir lebten bei meiner Großmutter; es war eine große Wohnung mit vielen Zimmern, wo jeder in seiner eigenen Welt lebte: Großmutter, eine unverheiratete Tante, ein Onkel, der als Masseur arbeitete, und wir drei, bevor Papa ins Wohnzimmer umzog.

Meine Mutter war in den sechziger Jahren aus Argentinien nach Havanna gekommen, um hier auf die Schauspielschule zu gehen. Sie hatte sich mit meiner Tante angefreundet, die auch gerade mit dem Theater angefangen, dann aber zum Tanz und schließlich zur Literatur gewechselt hatte, um sich zu finden, wie sie sagte, oder um sich zu verlieren, wie Großmutter sagte.

Durch meine Tante kam Mama in die große Wohnung und lernte Papa kennen, der damals ein junger Heeresoffizier war, einer von denen, die an vorderster Front mitgekämpft hatten und stolz die Uniform trugen, von der die Mädchen so beeindruckt waren, vor allem die progressiven wie meine Mutter, die sich sofort unsterblich in ihn verliebte und sogar ihre argentinische Staatsbürgerschaft aufgab, damit mein Vater sich nicht dafür schämen musste, mit einer Ausländerin zu gehen. Mamas Familie unten in Südamerika fasste die Entscheidung so auf, als wollte sie sich auch von ihren Angehörigen lossagen, und brach ihrerseits jede Beziehung zu der treulosen Tochter ab. Meine Großmutter wiederum empfand es als Schande, dass eine Frau mit ihrem Sohn in ihrem Haus in wilder Ehe lebte, und lehnte ihre Schwiegertochter entschieden ab. Und so musste meine Mutter ihre Romanze ohne Zustimmung der anderen, wenn auch absolut von ihrer Liebe und der Freundschaft mit der Tante überzeugt, leben. Der Onkel zählte nicht, denn er verstand sich nicht gut mit Papa. Schon lange vor meiner Geburt wechselten Papa und der Onkel kaum ein Wort miteinander. Folglich verhielt sich auch Mama unter dem Einfluss ihres Mannes dem Schwager gegenüber kühl und gleichgültig.

Ich wuchs im Kreise völlig unterschiedlicher Erwachsener auf. Meine Großmutter hatte vier Kinder, der Älteste war ihr Liebling und nahm fast die Stelle des Großvaters ein, nachdem dieser ausgezogen war. Das war lange vor meiner Geburt gewesen, so hatte ich meinen Großvater nie kennen gelernt, und es war verboten, auch nur seinen Namen zu erwähnen. Er hatte Großmutter verlassen, und daraufhin war der älteste Sohn zu ihr ins Zimmer gezogen und hatte ihr so lange als Stütze gedient, bis er selbst heiratete und woandershin zog. Da erklärte Großmutter der Frau den Krieg, die ihr den Erstgeborenen weggenommen hat, und konzentrierte ihre ganze Liebe auf meinen Vater, den Jüngsten im Bunde. Mein Vater hatte eine viel versprechende Karriere vor sich, und als dann der Älteste noch weiter wegzog und am Ende mit seiner Frau nach Miami ging, erklärten sie ihn gemeinsam zum Todfeind, und fortan war Papa der Verbündete und Vertraute seiner Mutter. Natürlich war auch das lange vor meiner Zeit, denn als meine Mutter hier einzog, sah sich Großmutter ja gezwungen, nun auch den Sohn in Uniform zu verachten, der offensichtlich nicht die Absicht hatte, das Verhältnis durch eine Eheschließung zu legalisieren. Ich denke, für Großmutter war es damals eine schwere Zeit, denn sie musste sich zwischen der Tante als der Zweitältesten und dem Onkel als Drittgeborenem entscheiden. Das Verhältnis mit der Tante war nie besonders gut, weil sie Großvaters Lieblingskind gewesen war. Immer, wenn die Hausherrin sich verächtlich über ihren Ex-Ehemann äußern wollte, sprang die Tante sofort für ihn in die Bresche und verteidigte ihn. Ihre Worte mussten eine magische Wirkung haben, denn Großmutter hielt sofort den Mund und wechselte dann schnell das Thema. Und mit dem Onkel gab es auch Probleme; mal abgesehen davon, dass mein Vater nicht mit ihm sprach, musste da noch etwas sein, das niemand auszusprechen wagte. Ich weiß, dass mein Vater sich vor Mama mit dem Onkel ein Zimmer teilte, bis meine Großmutter eines Tages entschied, dass der Onkel in das kleine Zimmerchen neben der Küche ziehen sollte, damals war Papa ja noch der Liebling, und als ich auf die Welt kam, hatte der Onkel sich schon seit langem ganz hinten, fernab von allen, sein eigenes kleines Reich geschaffen.

Großmutter musste also einige Jahre ohne Lieblingskind auskommen, bis der Onkel eines schönen Tages, noch bevor Papa ins Wohnzimmer übergesiedelt war, beschloss, Massagen anzubieten. Schon bald wurde die Wohnung von jungen Mädchen bevölkert, die ins Wohnzimmer kamen, dem kleinen Baby, also mir, ein Lächeln schenkten und dann durch die Küche zum Onkel und seinen Massagen gingen. Für Großmutter war das wie eine Erleuchtung, sie begrub den Streit und konzentrierte sich voll und ganz auf den massierenden Sohn, der ihr jeden Tag Blumen und Bonbons mitbrachte.

Bis zu diesem Moment hatte mich mein kindlicher Instinkt vielleicht noch hoffen lassen, Großmutter würde mich in ihren Armen wiegen, mir Liedchen vorsingen und mich auf ihrem Schoß schlafen lassen, aber als die Wahl auf meinen Onkel fiel, machte das all meine Träume zunichte. Ich war für sie ein Bastard, unehelich geboren und zudem noch die Tochter einer Ausländerin; also musste ich mich damit zufrieden geben, von

Mama und der Tante auf den Arm genommen zu werden, die mich immer gleich ablegte, wenn ich mal pinkelte, weil der Urin von Kindern bei ihr angeblich einen allergischen Schnupfen hervorrief. Papa habe ich nur selten gesehen; er musste viel arbeiten, und deswegen hängte Mama ein Foto von ihm in meine Wiege. Jeden Abend vor dem Einschlafen musste ich ein Küsschen auf das Foto drücken, und dann sang sie mir ein paar Lieder vor, die bei ihr so sanft klangen, dass ich langsam in den Schlaf hinüberglitt. Sie behauptet, mein erstes Wort nach Papa und Mama wäre Gewehr gewesen, und das kam daher, dass meine Wiegenlieder nicht von Bärchen und zarten Schmetterlingen handelten; Mama sang von Gewehren und Toten, und wenn sie sich spät in der Nacht an meiner Wiege mit der Tante unterhielt, hörte ich nur seltsame, unschöne Worte, ich fing dann an zu schreien, denn das war die einzige Sprache, in der ich mithalten konnte.

Das Zimmer der Tante gefiel mir von allen am besten. Als ich laufen konnte, verlegten sie ihre nächtliche Plauderstunde dorthin. Sie redeten, und ich lief hin und her und nahm alles in die Hand, was in meiner Reichweite war: Bücher, Puppen, Tassen, Stifte, seltene Kunstwerke. Die Tante hatte viele Sachen und wurde immer ganz nervös, wenn etwas in meinen Händen zerbrach. Da habe ich die Worte *Scheiße* und *verdammt* gelernt, die sie oft benutzten und die sehr schön klangen. Auch das Radio dort hatte es mir angetan, manchmal suchte die Tante einen Sender und drehte die Lautstärke hoch, das war immer sehr lustig, wir kletterten alle drei auf das Bett und hüpften herum, bis die Großmutter brüllte und an die Tür klopfte, dann mussten wir sofort leise sein und das Lachen unterdrücken. Kurz darauf musste ich mit meiner Mutter mucksmäuschenstill durch den Flur bis zu unserem Zimmer schleichen, ein Küsschen auf Papas Bild drücken und mich hinlegen, aber ich konnte nur schwer einschlafen, weil sie fast die ganze Nacht die kleine Lampe brennen hatte und in irgendeinem Buch las. Meine Welt war damals das Zimmer der Tante und das unsrige, weil Mama das Wohnzimmer nach einer langen Diskussion mit der Großmutter zum Sperrgebiet erklärt hatte, nachdem ich zwei- oder dreimal auf das Sofa oder eines der Mädchen gepinkelt hatte, die wegen der Massagen zum Onkel kamen.

Bis zu diesem Zeitpunkt lief alles gut. Meine Familie war intakt, ich hatte einen Vater, der mir kleine Geschenke in die Wiege legte, eine Mutter, die Lieder sang, eine interessante Tante, eine Oma, der man nichts recht machen konnte, wie das viele alte Frauen so an sich haben, und einen Onkel mit vielen Freunden.

Ich war glücklich. Tagsüber war ich mal bei meiner Mutter und mal bei meiner Tante, am liebsten war ich bei meiner Tante, denn sie tippte unermüdlich auf ihrer Schreibmaschine. Ich konnte mir alles nehmen, mit ihren Sachen spielen, auf das Bett springen, während sie vor sich hin schrieb, sie schimpfte fast nie. Ich konnte machen, was ich wollte, nur manchmal kam sie zu mir, wenn sie einen unangenehmen Geruch bemerkte; dann zog sie mich um und warf die Unterhose in eine Wanne. Die drückte sie Mama mit der Bemerkung in die Hand, dass ihr vom Geruch der Kinderkacke schlecht werde. In diesen ersten Jahren war meine Tante Schriftstellerin und viel zu Hause, deswegen gab mich Mama hin und wieder in ihre Obhut. Ansonsten ging ich mit Mama zu allen möglichen Orten, wo Leute waren, die viel redeten, es waren Proberäume, wo alle mit mir schimpften oder mich nach Lust und Laune, von einem zum anderen reichten, aber ich hatte auch meinen Spaß, denn manchmal gaben sie mir eine Puppe oder eine Maske, und ich konnte den ganzen Nachmittag damit spielen.

Eines Nachts geschah etwas Schreckliches. Wir waren im Zimmer der Tante, und die beiden unterhielten sich wie gewöhnlich; plötzlich sprang meine Tante wütend auf und sagte so etwas wie «sozialistischer Realismus» zusammen mit «schöne Scheiße». Mama hat das offensichtlich nicht gefallen, denn sie wurde wütend und brüllte, wobei sie die Worte schärfer betonte als sonst. Ich hatte keine Ahnung, worum es ging, und zog mich in eine Ecke zurück. Ich sah zu, wie sie sich stritten, fast hätten sie sich geprügelt, bis Mama mich am Arm packte und zu meiner Tante sagte, sie sei eine blöde Kuh und sie würde dieses Zimmer nie mehr betreten. An diesem Abend musste ich kein Küsschen auf Papas Bild drücken und konnte natürlich auch nicht schlafen. Mama wälzte sich hin und her, schaute immer wieder auf die Uhr, aber Papa kam und kam nicht. Unter der Bettdecke kauernd, stellte ich mich die ganze Zeit schlafend, es war die erste Nacht, in der ich etwas von der Rückkehr meines Vaters mitbekam. Die Tür ging auf, und er kam ganz leise rein und versuchte keinen Krach zu machen, bis sein Blick auf Mama fiel, die ihn vom Bett aus ansah.

«Wenn du mir jetzt damit kommst, dass du schon wieder Bereitschaftsdienst hattest, reiß ich dir die Eier ab.»

Papa machte eine müde Geste und sagte etwas von ins Wohnzimmer gehen, um das Kind nicht aufzuwecken. Aber Mama stand wutentbrannt auf und sagte, es wäre ihr scheißegal, ob das Kind sie hörte oder nicht, sie wäre es leid, sich im Wohnzimmer zu verstecken, damit die Großmutter und das Kind nichts mitbekämen, sie wäre alles leid, diese irre Familie, Papas Bereitschaftsdienste, die Schwachsinnigkeiten der Großmutter, den unverschämten Onkel und zu allem Überfluss noch die eingebildete, regimekritische Tante. In dieser Nacht entdeckte ich, dass sie immer auf Papa wartete, nachdem sie mir die Lieder vorgesungen hatte, und dass die beiden dann im Wohnzimmer stritten. Ich entdeckte auch, dass nicht alles so gut lief, wie ich dachte.

Seit diesem Abend sprachen Mama und die Tante nicht mehr miteinander, und es gab auch keine nächtlichen Aussprachen im Wohnzimmer mehr. Ich schlief ein und wachte bei den ersten gedämpften Schreien von Mama wieder auf, ich hielt mir mit der Bettdecke die Ohren zu, und wenn die Sache sich zuspitzte, fing ich immer lauter zu weinen an, bis Großmutter gegen die Tür klopfte, «Ruhe» schrie und sich beklagte, dass man in diesem Haus nicht einmal mehr schlafen könne. Die Tante in ihrem Zimmer nutzte den Aufruhr, um ihr Radio anzustellen, meine Mutter trug mich herum, mein Vater klopfte lautstark protestierend an die Zimmertür seiner Schwester, und Großmutter ging den Onkel wecken, den sie für den einzig Anständigen in ihrem Haus hielt.

Wegen alldem musste meine Mutter an dem Tag weinen, als mein Vater beschloss, im Wohnzimmer zu schlafen. Ich war sechs und bekam fast dreißig Stunden nichts zu essen, weil Mama weinte und weinte, in das Taschentuch schnaubte und weiterweinte, ohne Unterlass, völlig verzweifelt, sie warf die feuchten Taschentücher auf den Boden und trocknete ihre Tränen mit den Betttüchern, um weiterweinen zu können, bis am Ende alles nass war, außer meinen Betttüchern. Meine Mutter sah mich an, sie sah meinen Blick und hörte sofort auf zu weinen.

«Ich werde nicht mehr weinen, mein Kind, ich verspreche es dir.»

Und sie hat nicht mehr geweint, aber sie hat auch sonst nichts mehr gemacht. Sie hat diesen gebrauchten Plattenspieler gekauft und angefangen, Tangos zu hören. Sie hat das Theater aufgegeben und mit niemandem in der Wohnung mehr gesprochen; sie kam nur aus dem Zimmer, wenn sie es für absolut unvermeidlich hielt, und manchmal auch, um mit mir in den Park zu gehen und in der Bar an der Ecke etwas zu trinken. Meine

Mutter hörte nur Tangos und zog mich groß. Wenn mein Vater etwas zu ihr sagte, schrieb sie die Antwort so knapp wie möglich auf einen Zettel und kehrte zu ihren Tangos zurück. Ich beobachtete sie stillschweigend und schwor mir, dass ich nie so weinen würde, ich würde nie meine Tränen zeigen, denn nach der Klage kam nur ein Tango, und das weckte in mir den Wunsch zu weinen, und ich wollte nie, nie so weinen, wegen nichts und niemandem, nicht einmal wegen dem, was ich damals kaum verstehen konnte. Ich wuchs auf mit den Worten, die die Erwachsenen zueinander sagten, mit dem Schweigen meiner Mutter und den Tangos, den Liedern meiner Kindheit, vor allem dem einen, den ich so oft hörte:

*... wenn alle Türen geschlossen bleiben*
*und die Liedgespenster bellen,*
*singt Malena den Tango mit gebrochener Stimme,*
*Malena hat den Kummer des Bandoneons.*

**Meine Mutter hörte Tangos** Schon als Kind hatte ich keine Angst vor der Dunkelheit, im Gegenteil, ich mochte sie. Zu Hause habe ich mich daran gewöhnt, wie fast alle anderen im Dunkeln herumzuschleichen.

Ich ging auf eine Ganztagsschule in der Nähe. Morgens lieferte Mama mich dort ab, und um fünf holte sie mich wieder. Solange ich weg war, schlief sie. Ich kam nicht gern nach Hause, denn Großmutter lief in der Wohnung herum, und ich musste mich mucksmäuschenstill vor den Fernseher setzen. Mama sagte, bei der ersten Klage aus Großmutters Mund würde sie mir das Fernsehen verbieten. Es war ungemütlich. Manchmal war es mir lieber, wenn meine Mutter auf die Idee kam, mit mir in den Park zu gehen, dort blieben wir dann, bis Großmutter mit dem Kochen und den anderen Sachen fertig war. Ich konnte herumlaufen, während Mama auf der Bank irgendein Buch las. Auf dem Rückweg schauten wir in der Bar an der Ecke vorbei, damit sie etwas trinken konnte, und dann gingen wir nach Hause, um das Essen vorzubereiten. Wir aßen immer sehr spät. Wir saßen zu zweit am Tisch, ich sprach die ganze Zeit, und sie lächelte und trieb mich zur Eile an, damit wir nicht mit dem Onkel zusammentrafen, wenn er zurückkam.

Meinen Vater sah ich äußerst selten. Er kam immer sehr spät und ging ziemlich früh aus dem Haus. Manchmal wollte ich ihn sehen. Ich musste ganz still im Zimmer warten, bis Mama die Augen schloss, um ihrer Lieblingsmusik zu lauschen. Dann stand ich leise auf und ging aus dem Zimmer, ganz langsam, ohne Licht zu machen. Ich ging durch den Flur am Zimmer der

Tante vorbei, sie war noch wach und tippte auf ihrer Maschine, die einen Heidenlärm machte. Wenn ich im Wohnzimmer angekommen war, legte ich mich auf das Sofa, auf dem Papa schlief, umarmte seine Bettwäsche und führte lange Gespräche mit den Schatten, bis ich müde wurde, dann ging ich ins Zimmer zurück. Mama war immer dort. Gewöhnlich schlief sie tagsüber und verbrachte die Nacht damit, Tangos anzuhören, immer ganz leise, damit Großmutter nicht wieder einen ihrer Anfälle bekam. Sie rührte sich nicht, und manchmal sah es so aus, als wäre sie tot, wie sie so halb nackt mit geschlossenen Augen dalag und nur die Lippen bewegte, vielleicht war sie auf dem Weg in das Land, wo sie herkam, mit ihren geliebten Gauchos und dem Bandoneon.

Ich habe den Eindruck, dass mein Leben ein Traum war, bevor Papa ins Wohnzimmer zog. Vielleicht lag es daran, dass ich älter wurde und mir die Worte fehlten, die niemals jemand aussprach. Die Wohnung und alles, was damit zu tun hatte, war plötzlich so anders. Das Zimmer der Tante beispielsweise übte auf mich immer noch eine magische Anziehungskraft aus, auch wenn Mama mir verboten hatte, es zu betreten. Manchmal war ich nachts versucht, an die Tür zu klopfen, ich wusste, dass die Tante mir aufmachen würde, aber dann hatte ich so ein komisches Gefühl, ich weiß nicht, als würde Mama sich von mir verraten fühlen, also blieb ich stehen und wartete, dass die Tür von selbst aufging, was natürlich nicht geschah, denn die Tante tippte und tippte ohne Unterlass, und ich ging und ließ sie in ihrer eigenen Welt. Das Zimmer des Onkels, das bis zu diesem Zeitpunkt reines Privatgebiet gewesen war, weckte auf einmal meine Neugier; ich war noch nie dort gewesen, und er hatte mich auch noch nie hereingebeten, aber einem Zimmer, das täglich von vielen Menschen besucht wurde, konnte ja nichts Böses anhaften. Mein eigenes Zimmer langweilte mich zu Tode, denn da war Mama, die immer nur Tangos hörte oder las, ungekämmt und ungeschminkt, ganz anders als die Mütter meiner Schulkameradinnen, aber auch sie hatte ja vor ein paar Jahren noch anders ausgesehen.

Meine Mutter war eine sehr schöne Frau, sie hatte sehr helle Haut, glattes braunes Haar, feine Gesichtszüge und extrem blaue Augen, die auch damals – trotz der Augenringe und der knochigen Figur – alles überstrahlten. Ich dagegen ... man kann nicht gerade behaupten, dass ich ein schönes Kind war, das sagte mir schon mein Spiegelbild, und je mehr mein Körper Formen annahm, desto mehr stellten alle fest, wie ähnlich ich meinem Vater sah. Ich war ein sehr dünnes Kind, meine Mutter verabreichte mir zu jedem Essen Vitamine, damit ich nicht krank aussah; von ihr hatte ich nur die helle Haut und die blauen Augen geerbt. Ich wunderte mich, dass Papa als Einziger der vier Geschwister kein glattes Haar hatte. Jeden Tag, bevor sie mich in die Schule brachte, stellte meine Mutter mich vor den Spiegel, um mein Haar zu entwirren, bei jedem Bürstenstrich sagte sie voller Kummer, ich wäre meinem Vater wie aus dem Gesicht geschnitten, ich hätte dieselbe Gestik, denselben Blick, nur eine andere Augenfarbe, diese vollen Lippen, die sie jetzt dank Silikon auch künstlich erzeugen können, und dieselbe Art, die Hände in meine schlanke Taille zu stemmen. Kurzum: Ich sah aus wie mein Vater, nur heller, und sie bemühte sich, mein Haar kurz zu halten und es immer wieder zu bürsten, bis meine Kopfhaut ganz heiß wurde, aber das nützte alles nichts; wenn ich zurückkam, hatte ich denselben strubbeligen Lockenkopf wie vorher. Die Sache mit den Haaren gab mir Rätsel auf, zu Hause hatten alle, bis auf Papa und mich, glatte Haare, und in der Schule konnten alle meine Klassenkameradinnen – außer mir natürlich – diese Kämmchen tragen, die damals so in Mode waren; was soll's, das Problem mit den

Haaren gehörte zu den Hunderten von Fragen, die sich jeden Tag stellten.

Mir machte es nichts aus, meinem Vater ähnlich zu sehen, aber meine Mutter störte das sehr, vor allem, wenn sie hörte, wie ich seine Art zu reden imitierte, wenn wir zusammen weg gewesen waren. An manchen Sonntagen kam er mich ziemlich früh im Zimmer abholen, um mit mir spazieren zu gehen; manchmal nahm er mich zu seinen Freunden mit, wo er redete und trank, während die Dame des Hauses mir Mixgetränke und andere schöne Sachen anbot. Einmal fragten sie ihn nach seiner Frau, und er antwortete, sie wäre zu Hause geblieben, denn sie fühle sich nicht wohl. Das verstand ich nicht, ich schaute ihn erstaunt an und sagte, Mama würde nie mit uns ausgehen, weil sie Tangos hörte. Papa lächelte und strich mir über den Kopf. Als wir gingen, setzte er mich auf ein Mäuerchen und erklärte mir langsam, dass man im Leben nie die ganze Wahrheit sagen sollte, weil das niemanden interessierte, man solle nur die halbe Wahrheit sagen, um die Leute nicht zu verletzen. Das erschien mir logisch, außerdem wusste er mehr als ich, und da habe ich damit angefangen, nicht gerade Lügen, aber Halbwahrheiten zu erzählen, nur das. Als ich einmal aus der Schule kam, war Mama ernster und schweigsamer als sonst. Wir gingen in das Zimmer, sie setzte mich aufs Bett und nahm dann zu meinen Füßen Platz.

«Du hast die Lehrerin belogen.»

Ich wusste erst nicht, wovon sie sprach, da fing sie an zu erzählen. Die Sache war so: Ich war nicht mehr in den Mathematikunterricht gegangen, weil ich nach der Pause auf einen Baum geklettert war, um ein Vogelnest zu beobachten. Als die Lehrerin mich darauf ansprach, sagte ich, ich hätte nach Hause gehen müssen, weil meine Mutter sich nicht wohl fühle, sie habe eine Krankheit, die man nur in Argentinien bekomme, und deshalb könne sie nachts nicht schlafen. Die Geschichte erschien mir völlig einleuchtend, aber der Lehrerin nicht, und außerdem hatte ein Mädchen aus der Klasse gepetzt, es habe mich auf einem Baum gesehen. Meine Mutter war überrascht gewesen, aber ich war noch überraschter, als sie mich um Verzeihung bat und sagte, ja, sie sei wirklich krank, aber damit wäre jetzt Schluss.

In jener Nacht wartete sie auf meinen Vater, und sie hatten eine lange Diskussion, die ich von meinem Versteck auf dem Flur aus zu belauschen versuchte. Von diesem Tag an gab es keine nächtlichen Tangos mehr, und sie schlief wieder nachts. Tagsüber hörte sie Tangos oder ging aus, wohin, weiß ich nicht, und nachmittags setzte sie sich zu mir und half mir bei den Hausaufgaben. Und da fing sie auf einmal an zu sprechen. Sie erzählte Geschichten aus Argentinien, wie sie meinen Vater kennen gelernt hatte, Geschichten von Großmutter. Ich war ungefähr zehn, als ich erfuhr, warum mein Vater eines Tages beschlossen hatte, im Wohnzimmer zu schlafen, und warum sie sich eingeschlossen hatte. Ich war ganz durcheinander, denn meine Mutter sagte mir die Wahrheit, dass er nämlich immer so spät nach Hause kam, weil er mit anderen Frauen rummachte, ständig auf Tour war und trank, deswegen hätte ich ihn nie zu Gesicht bekommen. An dem Tag, an dem meine Mutter mir das erzählte, wusste ich nicht, wen von beiden ich hassen sollte: ihn mit seinen Halbwahrheiten oder sie mit ihrer absoluten Wahrheit. Am Ende verletzt man immer jemanden, und ich hätte es vorgezogen, den Mann auf dem Foto zu küssen, weil das die Lüge war, an die ich glauben wollte. Da entdeckte ich, dass Lügen mein Erkennungszeichen war, aber wenn ich lügen wollte, musste ich es gut machen, sehr gut sogar. Von meinem Vater hatte ich das Talent zum Lügen geerbt und von meiner Mutter die schauspielerischen Fähigkeiten, ich war also bestens ausgerüstet.

Das Leben meiner Mutter änderte sich schrittweise. Sie lachte wieder und sprach von Literatur und Theater. Ich war inzwischen schon groß, und sie musste mich nicht mehr von der Schule abholen, weil ich schon allein die Straße überqueren konnte. Die Veränderungen an ihr fand ich gut, weil auch ich mich veränderte. In der Schule redete ich nicht mehr so viel mit meinen Klassenkameradinnen, weil es alles Tratschtanten waren, die immer hinter der Lehrerin herliefen, um irgendetwas zu petzen. Ich setzte mich in die letzte Reihe und blieb für mich. Zu Hause konnte ich nachts ein wenig herumstrolchen, das war toll, denn eine Zeit lang ging Mama ziemlich oft aus; sie zog sich an, schminkte sich sogar, und nachdem sie meine Hausaufgaben kontrolliert hatte, gab sie mir einen Kuss und sagte, sie ginge zu Dios. Der Gedanke, dass meine Mutter Gott besuchen wollte, erschien mir unlogisch, aber ich akzeptierte es, denn eins hatte ich gelernt: Wenn man nichts Unerwünschtes hören will, ist es am besten, man fragt gar nicht erst nach. In diesen Nächten wanderte ich über den Flur, bis ich mich dazu durchrang, an die Tür meiner Tante zu klopfen. Ich war seit Jahren nicht mehr dort gewesen, aber sie empfing mich wie immer, den Streit hatte sie ja mit meiner Mutter und nicht mit mir, ich wusste ja nicht einmal, was «sozialistischer Realismus» überhaupt ist. Dann fing auch die Tante an zu reden, zu der Zeit hatte sie sich von der Literatur abgewendet und widmete sich ganz der Musik, sie hatte sogar einen Plattenspieler gekauft, und ich konnte Mozart, Chopin und Beethoven kennen lernen, mich auf dem Boden ausstrecken und den Schauer spüren, wenn Tosca Scarpia umbringt und mit dem Chor singt «e avanti a lui tremava tutta Roma», es war toll, nur musste ich immer gehen, bevor meine Mutter nach Hause kam.

Papa arbeitete immer noch viel, der Onkel hatte seinen Kundenstamm ausgeweitet, jetzt massierte er nicht nur Mädchen, sondern auch junge Männer, was der Großmutter zwar nicht sonderlich gefiel, aber seine Stellung als Lieblingssohn behielt er trotzdem.

Als ich einmal bei der einzigen Klassenkameradin, die ich nicht für eine Klatschbase hielt, auf dem Balkon stand, sah ich, wie meine Mutter in Begleitung eines bärtigen, korpulenten Mannes aus dem gegenüberliegenden Haus kam. Meine Freundin sah sie auch und sagte, der Typ wäre ein Nachbar, ein Schriftsteller, hieße es im Viertel, ständig betrunken und hinter den Frauen her, wie alle Schriftsteller. An diesem Tag verstand ich, dass der Gott, den meine Mutter meinte, nicht in der Kirche, sondern im Haus gegenüber wohnte. Ein paar Wochen später kam meine Mutter zurück, noch bevor ich den *Troubadour* bei der Tante zu Ende angehört hatte. Sie wunderte sich nicht, dass ich noch wach war, diese Gewohnheit hatte ich von ihr geerbt, und so lud sie mich ein, mit ihr einen Tango anzuhören.

«Hör dir das an, Kind, wie schön …»

Sie fing an sich abzuschminken und sang dazu einen traurigen Tango, ich ging zu ihr und fragte, ob sie bei Gott gewesen sei.

«Komm her, meine Süße, Gott ist in uns selbst …»

Meine Mutter umarmte mich, und mir war klar, dass die Tangos wiederkommen würden, man kehrt immer wieder zu den Ursprüngen zurück. Wenn alles um einen herum einstürzt und die Welt sinnlos wird, hat man immer diesen merkwürdigen Instinkt, sich in sich zusammenzurollen, die Arme um die Beine zu schlingen, einzuschlafen und auf die Geburt zu warten.

**Eine allein stehende Tante** Es ist nicht so, dass ich argentinische Musik verachten würde, aber die Tangomanie meiner Mutter ging mir allmählich auf die Nerven, also fing ich an zu malen.

Die Nächte in meinem Zimmer bestanden aus dem Schein des Nachttischlämpchens, dem flüsternden alten Plattenspieler, widerwärtig melancholischer Stimmung, verlorenen oder vergessenen Lieben und dem Schweigen meiner Mutter, die auf dem Bett lag. Ich fühlte mich nicht wohl, zumal ich wusste, dass sie wieder die ganze Nacht kein Auge zumachen würde und ich nicht in der Wohnung herumlaufen und meiner Tante einen Besuch abstatten konnte; also fing ich an zu malen. Ich malte alles, was ich in dem Zimmer sah; eine schwermütige Frau, die im Morgengrauen den Blick hob, um mich zu fragen, was ich die ganze Zeit mit dem Kopf in dem Heft machen würde.

«Ich male, du hörst Tangos, und ich male.»

«Das Leben ist wie ein Tango, Kind, das musst du dir merken.»

Und dann redete sie weiter vom Leben, sie schaute zur Decke und sprach von meinem Vater, der damals in einem anderen Tango und zwischen anderen Bettdecken steckte, denn ich kontrollierte seine jeden Morgen, und sie sahen immer gleich aus, unbenutzt, keine Spur von seiner Anwesenheit, außer sonntags morgens; wenn die Großmutter unter dem Sofa kehren wollte und mein Vater wutentbrannt hochfuhr und schrie, für ihn sei wohl kein Platz mehr im Haus, dann nahm er sein Hemd und setzte sich draußen auf die Treppe. Gewöhnlich leistete ich ihm

Gesellschaft. Ich setze mich neben ihn und erzählte ihm von der Schule, irgendwas, bis er sich ein wenig beruhigt hatte. Dann fing auch er an zu reden. Es gab eine Zeit, in der plötzlich alle zu reden anfingen. Die Sätze meines Vaters waren unklar, oft murmelte er etwas auf Russisch. Ich versuchte, die Worte zu ordnen, ohne ihn zu verstehen, bis er mir mit der Hand über das Haar strich und sagte, ich sei die Einzige in diesem Haus, die etwas tauge, und deswegen wolle er mich in die Bar einladen, wo ich etwas essen und er einen Schnaps frühstücken könnte, damit Leben in den Tag käme. Das war nicht schlecht, denn nach dem vierten Glas kam tatsächlich Leben in den Tag, mein Vater fing an, auf Russisch zu singen, und der Kellner gab mir eine Limonade aus.

Meine Mutter hatte von alldem keine Ahnung, weil sie nur Tangos hörte, also ging ich in das Zimmer zurück und malte meinen Vater; ich saß still in einer Ecke und malte und malte, unaufhörlich. Das war gut. Manchmal verbrachte ich den ganzen Tag dort und malte alles Mögliche, die Wohnung, die Familie, meine zänkische Großmutter, meine allein stehende Tante. Meine Tante hatte schon immer allein gelebt, und das gab mir zu denken, vor allem, seit Mama und sie sich überworfen hatten und Mama angefangen hatte, über sie zu reden, sie sagte immer nur, meine Tante sei eine frustrierte alte Jungfer, ein halber Wurm. Das war in den achtziger Jahren, und ich hatte in der Schule schon gelernt, dass man «Würmer» zu denen sagte, die das Land verließen. In der Nähe meiner Schule hatten sie ein Büro eröffnet, wo alle die hinkamen, die Kuba verlassen wollten, man ließ uns im Hof anhalten, um ihnen «Abschaum» oder «Würmer» nachzurufen, oder man stachelte uns an, Eier auf ihre Häuser zu werfen, das hat Spaß gemacht, aber meine Tante wollte doch überhaupt nicht über El Mariel flüchten, und außer dass sie sehr schlank war, konnte ich keine

Ähnlichkeit zwischen ihr und diesen ekelhaften Tieren entdekken.

Einmal zeigte ich ihr ein Bild, das ich von ihrem Zimmer gemalt hatte, sie freute sich und sagte, ich hätte Talent zum Malen. Ich wusste, dass dies eine Lüge war, aber sie hängte sich das Bild an die Wand, und dort blieb es neben den Hunderten von Postern hängen, die von Tag zu Tag mit mehr Staub und Spinnweben bedeckt waren.

Meine Tante war eine ausgesprochen interessante Frau. Sie war sehr dünn und trug komische Sachen und lange Ketten, sie rauchte in einer Tour und hatte immer etwas Interessantes zu sagen. Zu der Zeit der Konzerte in ihrem Zimmer hatte ich viel Spaß. Sie streckte sich auf dem Bett aus, schloss die Augen und gab sich ganz der Musik hin, und ich konnte derweil mit allem spielen. Das Einzige, was ich nicht anrühren durfte, war ein Glas, das sie auf dem Bücherregal stehen hatte; sie sagte, es wäre ein verzaubertes Glas, das Glück brächte, aber nur der Zauberer dürfe es anfassen. Alles andere durfte ich haben. Ich spielte Verkleiden. Sie hatte eine Perücke auf einem Puppenkopf, ich zog die Perücke auf, bemalte meine Lippen, hängte ihre Ketten um und nahm einen der verstaubten Hüte von der Wand; dann tanzte ich zu der himmlischen Musik aus dem Plattenspieler, das war schön, ich konnte zum Fenster und weit fort fliegen, dann kehrte ich zurück, um mich im Spiegel zu betrachten und einen anderen Hut aufzusetzen, während sie aufstand, irgendetwas sagte und weitertrank. Die Tante hatte immer etwas zu trinken da, auf dem Bücherregal bei dem verzauberten Glas stand ein Haufen verschieden geformter Flaschen mit allen möglichen Etiketten, die sie gelegentlich mit irgendeinem Schnaps aus der Bar an der Ecke auffüllte. Das gefiel mir ebenso wie ihre seltsame Angewohnheit, die Zigaretten immer irgendwo zu verstecken. Manchmal, wenn sie eine Schachtel leer geraucht hatte, spielten wir, wer zuerst das Versteck findet. Ich suchte zwischen den Büchern, Platten, Schachteln, in den leeren Flaschen. Wer als Erster fündig wurde, durfte das nächste Musikstück auswählen. Das machte Spaß. Aber alles hörte auf, als Mama zu ihren Tangos und ihrer Nachttischlampe zurückkehrte.

Mir ging das gehörig auf die Nerven. Eines Abends malte ich und trällerte dabei die Neunte Symphonie vor mich hin, immer wieder dasselbe Stückchen, ich malte und sang immer lauter, den Blick nur auf das Papier gerichtet. Mittendrin erhob sich Mama und fragte, was los sei.

«Ich male und singe», habe ich geantwortet.

«Das machst du nur, um mich zu quälen, genau wie dein Vater.»

Ich stand auf und sagte, ich würde im Wohnzimmer weitermalen. Mama drückte sich ein Kissen aufs Gesicht und sagte, alle würden sie allein lassen, alle würden vor ihr davonlaufen, ich wäre genau wie alle anderen, wie diese ganze durchgedrehte Familie. Ich schloss die Tür, weil ich nichts darauf zu sagen wusste, und ging leise über den Flur. Als ich an der Tür der Tante vorbeikam, hörte ich ein komisches Geräusch, wie ein Glas, das irgendwo aufschlägt, und dann erregtes Schluchzen. Ich wollte an ihre Tür klopfen, traute mich aber nicht und ging ins Wohnzimmer, um zu malen. Ich malte eine kaputte Flasche. Dann war mir langweilig, und ich legte mich ein Weilchen auf das Sofa und machte mit meinen Händen Schattenspiele an der Decke. Kurze Zeit später hörte ich Schritte auf dem Flur. Ich stand auf und ging zum Zimmer der Tante. Die Tür stand auf, also ging ich hinein. Drinnen herrschte ein großes Durcheinander, wie immer, das Bett war zerwühlt und voll mit Büchern, und die Schreibmaschine lag in einer Ecke, alles im Halbdunkel, auch wie immer, und auf dem Boden lagen die Scherben des verzauberten Glases in einem Rinnsal aus Rum mit ein paar Blutflecken außen rum, die bis zur Tür reichten. Ich erschrak und konnte nichts tun, außer ganz still stehen zu bleiben, bis ich die Stimme meiner Tante hinter mir hörte.

«Was machst du hier?»

Ich drehte mich um, und da stand sie, sie sah mich ernst an und presste mit der rechten Hand eine Mullbinde auf ihr linkes Handgelenk. Ich wusste nicht, was ich sagen sollte. Sie kam herein und stieß die Tür mit dem Fuß zu.

«Du kannst bleiben, der Zauber ist zerbrochen, und ich habe mich geschnitten, das ist alles.»

Meine Tante ging zum Plattenspieler und sagte noch einmal, dass ich bleiben könne. Wir hörten das *Requiem* von Mozart, eine Musik, die wunderbar zu der Zeit damals passte. Sie trank aus der Flasche, die unter dem Bett stand, und forderte mich auf, mich hinzusetzen, während sie sich hinlegte und eine Zigarette anzündete. Ich glaube, sie war ein wenig betrunken, denn sie bot mir auch einen Schluck an, aber ich lehnte ab. Dann setzte die Musik ein, und sie fing an zu reden. Es war die Zeit, in der alle mit mir sprachen, ich weiß nicht, warum. Ich hörte nur zu, ohne Fragen zu stellen, ich hörte nur die Stimmen der anderen. Die Tante erzählte, als junges Mädchen habe sie sich in einen verheirateten Mann verliebt, einen hoch angesehenen und intelligenten Universitätsprofessor; sie sagte, Intelligenz wäre manchmal unverzeihlich, vor allem in den Augen derer, die keine Intelligenz, aber Macht besäßen. Sie verliebte sich also in ihn und er sich in sie, und sie hatten ein Verhältnis, von dem niemand etwas wusste. Menschen lügen, das wusste ich ja schon. Aber eines Tages bekam der Mann ein Problem, meine Tante sagte etwas von Hexenjagd, aber ich verstand nicht, was sie meinte; da erklärte sie mir, der Mann hätte Freunde gehabt, die den Kopf voller Ideen hatten und viel redeten, und eines Tages hätte einer seiner Freunde das Land verlassen und wäre weiterhin sein Freund geblieben, aber das hätte dem Direktor der Universität und den anderen Leuten nicht gefallen, also hätten sie von ihm verlangt, er solle keine Briefe und Telefonate mehr annehmen und ihm die Freundschaft aufkündigen, aber er hätte sich geweigert und daraufhin Probleme bekommen, bis sie ihn anriefen und ihm vorwarfen, gegen das Land eingestellt zu sein und Ehebruch begangen zu haben. Das Wort habe ich nicht verstanden, aber meine Tante erklärte mir, das wäre dasselbe, was mein Vater machte, und da war mir alles klar. Am Ende haben sie ihn aus der Universität geworfen, seine Frau hat ihn verlassen und ist mit einem der Direktoren auf und davon, und alle, die sich vorher seine Freunde nannten, haben ihn nicht mehr besucht, weil niemand Probleme bekommen wollte. Nur meine Tante war bei ihm geblieben, aber er war sehr traurig und fing an zu trinken, er sagte, er würde nichts mehr tun, bis sie einsähen, dass man ihm Unrecht angetan hätte. Die Zeit verging, die Freunde wurden Direktoren, die Direktoren Minister, seine Ex-Frau wechselte den Ehemann, er verfiel endgültig dem Alkohol, schloss sich in seiner Wohnung ein und wartete auf Gerechtigkeit, und mit seiner Intelligenz ging es den Bach runter.

Viel habe ich nicht verstanden. Meine Tante brabbelte vor sich hin und trank sehr schnell. Sie sagte, er hätte sich verändert, er wäre langsam vor sich hin gestorben, und an einem Tag hätte er so unglaublich viel getrunken, dass sie ihn, als sie nach Hause kam, mit geöffneten Pulsadern in der Badewanne vorgefunden hätte. Meine Tante war losgerannt und hatte es geschafft, ihn zu retten. Später steckten sie ihn in eine Klinik für Alkoholkranke, aber er wollte nicht dort bleiben und kehrte nach Hause zurück, um zu trinken und Briefe zu schreiben. Sie sagte, er hätte immer geschrieben, aber niemand hätte ihm geantwortet. Nur sie hätte immer zu ihm gehalten, was ihr mein Vater und meine Großmutter nie verziehen hätten, für die spielte es keine Rolle, ob sie ihn liebte. Meine Tante zündete noch eine Zigarette an und starrte ins Nichts, da dachte ich, Liebe wäre in Wirklichkeit etwas sehr Trauriges, meine Mutter hörte Tangos, meine Tante war allein, meine Großmutter hatte man sitzen lassen, und das alles wollte ich nicht. Was ich wollte, wusste ich nicht, aber die Liebe, dieses Wort war zu traurig, als dass ich es hätte brauchen können, also entschloss ich mich, es aus meinem Wortschatz zu streichen.

Meine Tante drehte die Platte um, trank wieder einen Schluck und sagte, man käme eben nicht immer überall zur rechten Zeit. In der Nacht zuvor hatte der Mann seinen Todeskampf schließlich beendet, weil, wie sie sagte, eine Scheißgeschichte ein Scheißende verdient, dann lachte sie wie eine Irre und sagte, sie habe jahrelang das Glas aufbewahrt, das er ihr beim ersten Rendezvous geschenkt hatte, es wäre verdammt nochmal überhaupt nicht verzaubert, es wäre nur ein Scheißglas, das voll staubte und sie mit nutzlosen Erinnerungen und sentimentalem Mist belastete, und warum sollte man ein altes Glas aufbewahren, wenn sich die Würmer wegen des noch warmen Körpers voller Alkohol und Scheiße und verfaulter, verblödeter, nutzloser Intelligenz schon die Hände rieben. Meine Tante sah mir fest in die Augen und sagte, wir wären nicht mehr als Fleisch für die Würmer, aber man müsse etwas tun: Sie würde sich nie die Pulsadern aufschneiden, sie wollte wie Mozart sein, von dem seit zwei Jahrhunderten nicht mal mehr die Enkelwürmer übrig wären, der aber hier in ihrem Zimmer wäre und alle Räume erfüllte, und dann stand sie auf und begann, sich zu drehen, nach dem *Requiem* zu tanzen und halb betrunken und hysterisch lachend herumzustolpern. Ich stand ängstlich auf, aber sie umschlang mich mit ihren Armen, und wir drehten uns, bis sie auf den Boden fiel und auf Knien zu weinen anfing. Ich verließ das Zimmer.

Ich taumelte ein wenig benommen ins Wohnzimmer, aber dann sah ich den Körper meines Vaters auf dem Sofa; ich setzte mich in eine Ecke, nahm das Heft aus meiner Tasche und malte einen großen Wurm, der sich die Hände rieb. Ich fühlte mich schon ruhiger, aber ich hatte immer noch Angst, meine Tante würde mich holen. Ich ging auf Zehenspitzen in mein Zimmer, Mama hatte das Licht ausgemacht, aber man konnte ganz leise einen Tango hören. Ich legte mich neben sie und schlang die Arme um sie, sie gab mir einen Kuss auf das Haar und fragte mich, ob etwas los sei. Ich verneinte. Nach einer Weile schlang ich wieder die Arme um sie und murmelte, dass ich nie zuließe, dass die Würmer ihr Schaden zufügten. Meine Mutter lächelte.

«Nein, Kleines, die Würmer verschwinden alle über El Mariel, und niemand wird uns je Schaden zufügen.»

**Ein Geräusch hinter der Tür** An dem Tag, an dem Papa sein Auto bekam, kam er ganz euphorisch nach Hause und sagte, wir drei, Mama, Großmutter und ich, sollten uns hübsch machen, wir würden ein wenig im Lada durch die Gegend fahren und irgendwo essen gehen.

Seit einigen Monaten hatte ich schon gemerkt, dass da etwas im Busch war. Papa kam früh von der Arbeit und schlief jeden Tag zu Hause. Ich war damals ungefähr zwölf und ging nach der Schule gern spazieren. Zu Mama sagte ich, ich würde bei Freundinnen lernen, aber in Wirklichkeit hatte ich gar keine. Die Mädchen aus meiner Klasse waren alle dumme Hühner, die sich die Nägel lackierten und davon sprachen, sich die Haare schneiden und sich Locken machen zu lassen, wie es gerade Mode war. Ich lächelte still vor mich hin, weil ich wusste, dass sie mich insgeheim um meine Naturlocken beneideten, die zwar immer ungekämmt und wild aussahen, aber absolut zeitgemäß waren.

In der Schule war es langweilig. Die Jungen beförderten kleine Zettelchen auf die Tische der anderen Mädchen, die hochmütig aufschauten und die Zettel vor aller Augen zerrissen, um später den anderen auf der Toilette zu erzählen, was darauf stand. Solche Sachen fand ich lächerlich, bis eines Tages ein Zettel auf mein Pult flatterte. Als ich ihn aufmachte, stand dort das Wort «Mannweib». Ich stellte mich mitten in die Klasse und erzählte der Lehrerin wutschnaubend, was gerade geschehen war. An diesem Tag merkte ich, dass ich für die anderen gar nicht so anders war wie sie für mich. Die ganze Klasse lachte sich halb tot, und da war mir klar, dass ich meinen Spitznamen weg hatte. Ich beschloss, sie alle zu hassen und mich taub zu stellen, wenn ich durch den Flur ging und eine Stimme «Mannweib» rief und alle in schallendes Gelächter ausbrachen.

Nach diesem Vorfall rief mich die Lehrerin für Literatur zu sich, um sich mit mir zu unterhalten. Sie gab mir sachte zu verstehen, ich solle mich doch ein wenig zurechtmachen, die Schuluniform in Ordnung halten und mich mit geschlossenen Beinen hinsetzen. Weil es nicht mehr dieselbe Lehrerin war wie ein paar Jahre vorher und ich nicht mehr so unerfahren, setzte ich eine ernste Miene auf und erzählte, ich würde mit meiner Mutter und meiner Großmutter zusammenleben. Meine Großmutter sei sehr alt, und meine Mutter hätte eine Krankheit an den Füßen, manchmal ginge es ihr sehr schlecht, meine Großmutter würde dann ganz nervös, und ich müsste bei ihnen bleiben. Ich würde zu Hause helfen, und deswegen liefe ich so ein bisschen verwahrlost herum. Als sie nach Papa fragte, sagte ich mit erstickter Stimme, er wäre ein «Wurm» und hätte das Land verlassen. Sie verstand mich sofort und sagte – ebenfalls mit erstickter Stimme –, ihr Mann hätte sie auch verlassen, um über El Mariel auszuwandern. An diesem Tag haben wir zusammen geweint, und ich fing an, in der Schule zu fehlen.

Mama hegte keinerlei Verdacht und war bei meiner Rückkehr immer sehr froh, dass ich den Nachmittag über mit einer Freundin gelernt hatte. Als ich eines Tages nach Hause kam, war sie nicht da. Ich fragte Großmutter, die schlecht gelaunt antwortete, Mama und Papa wären zusammen ausgegangen. Das kam mir komisch vor, aber seit jenem Tag klopfte Papa wieder an unsere Tür. Manchmal kam ich nach Hause, und sie war angezogen, ohne ihre Tangos. Wir sprachen über die Schule, und sie erklärte mir, die Islas Malvinas gehörten zu Argentinien und sie wäre sehr traurig und besorgt wegen der Nachrichten aus dem Radio. Ich hörte kaum Radio, und wenn ich ehrlich bin, waren mir die Islas Malvinas völlig egal, aber Mama nicht. Wenn Papa kam, überhäufte er mich mit Küssen und setzte sich aufs Bett, um über den Imperialismus der Yanquis und die Rechte der Völker zu sprechen. Ich schaute zu, wie sie sich unterhielten, und sie machten einen harmonischen Eindruck, bis Papa irgendwann Mama anlächelte und sie sagte:

«Wir sind gleich wieder da, Kleines.»

Dann gingen sie zusammen weg. Ich traute mich nicht zu fragen, und so wartete ich, bis Mama sich eines Tages zu mir setzte und sagte, sie hätten sich ausgesprochen, mein Vater hätte sich wirklich geändert, und vielleicht könnte man das Ganze doch noch irgendwie hinkriegen, obwohl sie noch ziemlich durcheinander wäre. Ich fragte mich, ob das eine gelungene Formulierung war. Wenn mir ein Bild nicht gefiel, pfuschte ich nicht lange daran herum, sondern fing ein neues an. Aber Mama redete weiter vor sich hin, und ich dachte, wenn die Tangos endlich aufhörten, war mir alles recht.

Mein Vater bestand darauf, sonntags mit mir auszugehen, und das hieß damals wirklich jeden Sonntag. Wir gingen spazieren, und er erzählte Geschichten von seiner Zeit in der Sowjetunion, er steigerte sich so in seine Begeisterung hinein, dass er anfing, auf Russisch zu singen, er wollte mir sogar die Lieder beibringen. Ich tat, als würde ich lachen, und als wir in der Bar ankamen, stellten sich mir endgültig die Nackenhaare auf. Er hatte mittlerweile aufgehört zu trinken und bestellte Limonade, er führte mich dem Kellner vor, als wenn dieser mein Gesicht nicht schon zur Genüge kennen würde. Mein Vater wies stolz darauf hin, wie ähnlich wir uns sähen, und forderte mich auf, mit ihm zu singen:

*Otschi tschornye, otschi strastnye, otschi schgutschye i prekrasnye …*

Wie ich dieses Lied am Schluss gehasst habe, aber ich musste alles über mich ergehen lassen. Wenn wir nach Hause kamen, fragte Mama, ob ich mich amüsiert hätte, und ich log ihr etwas vor.

Der Tag, an dem Papa das Auto kaufte, bekam Großmutter erst ganz große Augen, als er uns einlud, zu viert essen zu gehen, doch dann zog sie sich sofort etwas anderes an. Wir fuhren durch die Stadt, Großmutter vorne und Mama und ich hinten. Am frühen Abend gingen wir in ein Strandlokal für Militärangehörige essen. Großmutter machte einen zufriedenen Eindruck und nahm sogar das Bier, das Papa bestellt hatte, um am Ende des Essens einen Trinkspruch auszubringen. Er sagte, jetzt wäre der Moment für die große Nachricht gekommen. Er stand auf, sah erst mich an, dann Großmutter und dann meine Mutter und sagte, sie hätten beschlossen zu heiraten. Großmutter kam das Bier aus der Nase, meine Mutter eilte ihr zu Hilfe, und Großmutter schlug so fest auf den Tisch, dass das Dessertlöffelchen in hohem Bogen wegflog und das Kind am Tisch nebenan am Kopf traf. Mama lief zu dem schreienden Kind hinüber, und Papa ging zu seiner Mutter, der das Bier jetzt aus Augen und Nase kam. Der Kellner dachte, die alte Dame habe einen Ohnmachtsanfall, und rief den Arzt, der auch sofort kam, um den Blutdruck zu messen. Das Kind am Tisch nebenan schrie entsetzlich, während meine Mutter mit den Eltern diskutierte, und ich nutzte die Gelegenheit, um ihr Eis zu essen.

Als alles vorbei war und der Arzt Großmutter dazu hatte überreden können, das Reiskörnchen auszuspucken, das in ihrer Kehle festhing, stand sie unvermittelt auf und sagte, sie bräuchte frische Luft. Wir fuhren schweigend zurück, Großmutter atmete zurückgelehnt die Luft aus dem Autofenster ein, ich malte sie von hinten, und Mama zappelte nervös mit dem Fuß. Als Papa das Auto gegenüber vom Haus abstellte, sahen wir, wie der Onkel sich an der Ecke von einem Freund verabschiedete. Großmutters Blick wanderte von ihm zu meinem Vater, und dann fragte sie, ob wir am nächsten Sonntag noch einmal dorthin fahren könnten.

«Wann immer du willst, Mama. Das Auto ist für uns alle.»

Da drehte sich Großmutter nach hinten um, tätschelte Mamas Bein und sagte: «Herzlichen Glückwunsch.»

Mama und Papa heirateten ohne viel Aufhebens. Ein Notar, ein paar Unterschriften, und ich war kein Bastard mehr. Der Onkel lächelte, als seine Mutter sagte: «Dein Bruder ist jetzt verheiratet. Und wann ist es bei dir so weit?» Er zündete eine Zigarette an, drehte sich um und warf die Tür hinter sich zu. Seine Massagen liefen nicht so gut, es kamen immer weniger Leute, und er verbrachte viel Zeit außer Haus. Die Tante schien das mit der Hochzeit auch nicht sonderlich zu interessieren, sie sagte: «Ein Hoch auf das Brautpaar» und zog sich, einen Tango trällernd, zurück. Ich hätte gern zwei Würmer gezeichnet, die sich küssen, aber ich hielt mich zurück.

Von da an änderte sich das Leben zu Hause. Papa kehrte in unser Zimmer zurück, und alles musste umorganisiert werden. In den ersten Tagen schliefen wir dort zu dritt, bis er vorschlug, wir könnten doch mein Bett in das Zimmer der Großmutter stellen, natürlich müsste man erst mit ihr sprechen. Anfangs stimmte sie nur unwillig zu, aber als ich dann vorschlug, man könnte mich doch im Wohnzimmer auf dem Sofa schlafen lassen, bestand sie auf einmal geradezu darauf. Sie zog die Augenbrauen hoch, Papa sagte: «Kommt nicht infrage», und dann stellten sie mein Bett in ihr Zimmer.

Ich wusste, dass ihr die Vorstellung nicht behagte, mich um sich zu haben, aber eigentlich war es gar nicht so schlecht, sie schlief schnell ein und fing zu schnarchen an. Dann war meine Stunde gekommen. Seit langem war ich davon überzeugt, dass meine Zeit die Nacht war. Ich wanderte wieder durch die Wohnung, aber nun brauchte ich mir keine Sorgen mehr zu machen, im Wohnzimmer auf meinen schlafenden Vater zu treffen, und ich musste auch nicht erst auf den Tango warten, damit ich mich heimlich aus dem Staub machen konnte. Wenn Großmutter schnarchte, war ich frei, ich schlich barfuß wie ein Schatten durch den Flur, ich war das durch Schlüssellöcher schlüpfende Hausgespenst. Damals erfand ich das Türspiel: Ich musste malen, was hinter all den Türen vor sich ging. Bei der meiner Eltern war das ganz witzig, denn Mama machte irgendwelche Geräusche und rief Gott an, ich habe nie verstanden, welche Verbindung sie zwischen Sex und Kirche sah. Papa schnaubte wie ein Tier und sagte schlimme Worte, ich stellte sie mir beide nackt vor, während ich sie, vor der Tür kauernd, malte.

Vor der Tür der Tante blieb ich nicht lange. Von drinnen war nichts zu hören. Ich stellte mir vor, wie sie von einem riesigen Wurm umarmt wurde, der ihr Gesicht und ihr Hirn ableckte, während Mozart Klavier spielte. Die Vorstellung ekelte mich, und ich ging weg. Die Tante und ich hatten uns ziemlich auseinander gelebt. Das war bei uns zu Hause so üblich, die Leute gingen, kamen zurück und verschwanden wieder, wie es ihnen in den Kram passte.

In jener Zeit weckte das Zimmer des Onkels meine Neugier. Die Tür war in der Küche, ich versteckte mich im Wohnzimmer und musste fast immer schlafen gehen, bevor er zurückkam. Eines Nachts hörte ich, wie die Wohnungstür aufgeschlossen wurde, und versteckte mich hinter dem Sofa. Ich hörte den Onkel murmeln und dann eilige Schritte in Richtung Küche. Als es wieder dunkel war, ging ich ganz leise zu seiner Tür. Ich hörte undeutliche Stimmen. Der Onkel war offensichtlich nicht allein, und das fand ich äußerst unterhaltsam. Ich hatte sein Geheimnis entdeckt: Er wartete immer bis zum frühen Morgen, um mit jemandem in sein Zimmer zu schleichen. Eine interessante Vorstellung. Drinnen wurde eine kleine Lampe angemacht, und dann setzte eine merkwürdige Musik ein, eine Art Kirchengesang, Kirche und Sex waren in meiner Familie zweifellos eng verbunden. In meiner Angst, dass der Onkel mich entdecken könnte, quetschte ich mich in einen der Schränke und versuchte von dort aus die Stimmen zu belauschen, aber die Musik erfüllte den ganzen Raum. Ich blieb eine Weile in meinem Versteck und fing schon an, mich zu langweilen, als plötzlich die Tür aufging. Ich rollte mich zusammen, fast wie ein Wurm im Larvenstadium, und durch den Spalt sah ich eine Gestalt herauskommen, gefolgt von einer anderen, die die erste einholte.

«Hör mir zu, bitte geh nicht.»

Die Stimme des Onkels; das war die zweite Gestalt, die sich eilig vordrängte, um die Küchentür zu schließen. Die andere Gestalt blieb stehen und sagte nichts, und als sich meine Augen an das Halbdunkel gewöhnt hatten, konnte ich erkennen, dass beide von der Gürtellinie an aufwärts nackt waren. Mein Onkel lehnte sich gegen den Tisch und stand genau vor dem Lichtschein aus dem Zimmer, er sprach ganz langsam. Er sagte, die Massagen dienten der Entspannung, aber man müsse sich nicht schämen, wenn ein Körperteil sich nicht entspannen könne, das passiere jedem, auch dem Masseur selbst.

«Ich wollte dir nur ein bisschen Entspannung verschaffen, aber wenn du gehen willst ...»

Mein Onkel streckte seinen Arm aus und hielt der anderen Gestalt eine Bluse oder so was hin, aber die sagte nein und blickte zu Boden. Da lächelte er.

«Du willst gleiche Bedingungen, okay ... ich bin auch erregt. Willst du's sehen?»

Er knöpfte seine Hose auf. Ich wollte die Augen schließen, aber dann überlegte ich es mir anders, denn ich hatte so etwas noch nie gesehen, und außerdem würde ich die Szene ja später malen müssen. Er holte sein steifes Glied heraus, streichelte es sanft und lachte dabei.

«Das kann man anfassen, komm her …»

Die andere Gestalt ging ein paar Schritte vor und trat in den Lichtschein aus dem Zimmer. Ich hatte das Gefühl, als würde sich plötzlich etwas in meinen Kopf krallen. Die Gestalt war keine Frau, es war ein junger Mann, ein wenig älter als ich, der vor dem Onkel niederkniete und ihn ganz langsam, anfangs noch ängstlich, berührte, aber immerhin, er berührte ihn, und der Onkel lächelte und strich ihm über das Haar.

«So ist es gut, sehr gut, und mit der Zunge ist es noch besser …»

Der Junge schaute nach oben, ging mit der Zunge näher heran und ließ sie über das gleiten, was für mich wie ein dicker, aufgerichteter Wurm aussah, der in seinem Mund verschwand, während der Onkel ihm langsam und lächelnd über das Haar strich, bis er den Kopf des anderen in seine Hände nahm und ihn bremste.

«Gehen wir, wir haben uns eine Massage verdient …»

Er nahm ihn bei der Hand, und sie gingen eilig in das Zimmer. Ich hielt den Atem an, als sie an mir vorbeikamen, bis ich die Tür zufallen hörte. Ich kletterte so leise wie möglich aus dem Schrank, ging ins Wohnzimmer und setzte mich in die Ecke neben das Sofa. Plötzlich hatte ich keine Lust mehr zu malen. Ich hörte ein lautes Geräusch in meinen Ohren, und die Worte meines Onkels drängten sich in meinem Kopf. Da fing ich an, ganz langsam mit geschlossenen Augen den Kopf gegen die Wand zu schlagen. Ich wollte das Bild auslöschen, das ich niemals malen würde, und schwor mir, es niemandem zu erzählen. Ich verbrachte eine ganze Weile damit, den Kopf gegen die Wand zu schlagen und Stillschweigen zu geloben, bis das Geräusch in meinen Ohren verschwunden war und ich stattdessen die Angst verspürte, der Onkel könnte mich entdecken und mich zu einer Massage einladen, um seinen schrecklichen Wurm in meinen Mund zu stecken.

In jener Nacht konnte ich nicht schlafen. Als ich am nächsten Morgen in der Küche frühstückte und mein Onkel aus dem Zimmer kam und guten Morgen sagte, konnte ich nicht verhindern, dass der Inhalt meines Milchkruges sich komplett über die Großmutter ergoss, die sofort zu schimpfen begann und mich einen Tollpatsch nannte, während er an mir vorbeiging und mir durch das Haar strich und meine Mutter schnell angelaufen kam, um den Streit zu schlichten. Ich biss mir kräftig auf die Lippen und beschloss, meinen Onkel zu hassen.

**Der Herrscher der bösen Kinder** Nach dem Vorfall in der Schule wurde ich zur Verbündeten der Literaturlehrerin und insgeheim zur Feindin aller anderen. Sie betrachteten mich wie ein seltsames Tier: die Bohnenstange mit den hellen Augen und den vollen Lippen, die blass und ungekämmt in der letzten Reihe saß und die niemand küssen wollte. Das war ich.

Die Literaturlehrerin kam immer zu mir, um mich nach meiner Mutter und meiner Oma zu fragen. Ich erfand großartige Geschichten, und sie lieh mir Bücher aus. Einmal sagte sie, die Schönheit der Personen läge nicht in ihrem Aussehen, und schenkte mir *Der kleine Prinz*. Da wurde mir vieles klar, und ich verlegte mich darauf, den anderen meine Überlegenheit zu zeigen. Wenn ich an einer Gruppe vorbeiging und jemand «Mannweib» sagte, blieb ich stehen, schaute sie verächtlich an, sagte ironisch lächelnd: «Das Wesentliche ist für die Augen unsichtbar» und ließ sie einfach stehen mit ihren dummen Gesichtern und ihrem albernen Gekicher.

Von der ganzen Klasse hasste mich der Russe am meisten; er wurde so genannt, weil seine Mutter aus der Sowjetunion stammte und er dort geboren war. Er war der Klassenschönling, den alle Mädchen zum Freund haben wollten, der Anführer der Jungen, der im Hof saß und schlecht über sein Geburtsland sprach, als alle hier es in den Himmel hoben, während seine Mutter, wie jede gute von einem Kubaner geschiedene Russin, auf dem Schwarzmarkt die Sachen verhökerte, die sie im Dollarladen gekauft hatte.

Der Russe war es auch, der mich «Mannweib» getauft hatte.

Er war der Herr über die Namen und über die Hälfte der Pausenbrote der Mädchen, die welche dabei hatten, er war der Erste, dem bei Klassenarbeiten alles vorgesagt wurde; er war der Herrscher in meinem Jahrgang, und deswegen hasste ich ihn umso mehr. Die anderen Mädchen dagegen beteten ihn an, weil er groß, blond und gut aussehend war und jeden Monat neue Turnschuhe anhatte. Sie rotteten sich in Gruppen zusammen. Da war das Grüppchen der hübschen Mädchen, die von anderen, weniger hübschen begleitet wurden, deren Aufgabe es war, die Nachrichten von den Jungen zu überbringen; das Grüppchen der Stillen, die immer ihre Hausaufgaben machten und in allen Fächern glänzten, und das Grüppchen der Dummen, die neidisch auf die erste Gruppe waren. Und natürlich ich, die ich mich in die letzte Reihe setzte, um sie alle zu malen, während ich mir Möglichkeiten ausdachte, hinter ihrem Rücken meine Späße mit ihnen zu treiben. Den Mädchen steckte ich in der Pause Frösche in die Ranzen, oder ich machte die Stühle an ihren Pulten nass, um zuzusehen, wie sie aufschrien, wenn sie sich hinsetzten. Den Jungen legte ich Reißnägel hin, oder ich beschmierte sie mit Tinte aus meinem Füller. Ich verstand es, unentdeckt zu bleiben. Alle dachten, es wären der Russe und seine Gang gewesen, und senkten kommentarlos die Köpfe. Aber meine Rache richtete sich nicht gegen alle. Die Dummen waren mit ihrer Dummheit schon genug gestraft, ich amüsierte mich lieber über diejenigen, die dem Herrscher zulächelten und sich ihm freiwillig unterwarfen, denn es machte mir ganz besonders Spaß, das Gesicht des Russen zu sehen, wenn er die anderen Gesichter musterte und herauszufinden versuchte, wer da hinter seinem Rücken seine Autorität untergrub.

Eines Tages bot sich mir die Gelegenheit, mich zu erkennen zu geben. Es war in der Klasse Usus, dass bei den Arbeiten die Besten die Antworten auf ein Zettelchen schrieben und dem

Russen zwanzig Minuten nach Beginn zuspielten. Wie, das blieb der Phantasie des Einzelnen überlassen, Hauptsache, sie kamen an, dafür waren die Kumpane da, die uns alle mit drohenden Blicken verfolgten, während er so tat, als würde er auf sein Blatt schreiben. Für Physik war Cuatro Ojos zuständig, er wurde der Vieräugige genannt, weil er wegen seiner unheilbaren Kurzsichtigkeit furchtbar dicke Brillengläser trug. An diesem Tag erreichte ich die maximale Punktzahl. Die ganze Zeit über beobachtete ich, wie Schweißtropfen über Cuatro Ojos' Gesicht rannen, kurz bevor er das Zettelchen seinem Nachbarn übergab, und wie das Papier von einem zum anderen ging, alle waren sie nervös und atmeten erleichtert auf, wenn sie die Operation hinter sich gebracht hatten, ohne dass der Lehrer etwas bemerkte. Als das Papier in meine Nähe kam, fiel es auf den Boden, und mit einer schnellen Bewegung des Fußes, so als wollte ich meine Schuhe abschütteln, fing ich es ab. Der Russe und seine Kumpane saßen seitlich in den letzten Reihen und bekamen davon nichts mit. Ich nahm das Papier, füllte den Testbogen in aller Ruhe aus und steckte es dann in einen Strumpf. Zehn Minuten vor Abgabe ergötzte ich mich an den Schweißperlen auf dem Gesicht des Russen und an seiner Wut, als der Gong ertönte und er seinen halb fertigen Test abgeben musste. Ich wusste, dass er die Sache nicht auf sich beruhen lassen würde, und ging nach Schulschluss langsam zu der Straße hinter der Schule, wo die Strafen ausgeteilt wurden. Dort waren sie auch, Cuatro Ojos schwitzte wie nie und versuchte alles zu erklären, während der Herrscher ihn ernst ansah und die anderen hündisch zu ihm aufblickten. Ich ging auf die Gruppe zu.

«Ich glaube, du suchst das hier, oder?»

Der Russe nahm das Papier, das ich ihm hinhielt, warf einen Blick darauf und sah mich überrascht an.

«Tut mir Leid», sagte ich, «ich habe gestern Räuber und Gendarm gespielt und keine Zeit gehabt zu lernen, aber jetzt kannst du den Spickzettel haben, ich habe ihn für dich aufbewahrt, vielleicht kannst du ihn für das Schlussexamen brauchen.»

Cuatro Ojos presste sich die Hand auf den Mund und versuchte das Lachen zu unterdrücken. Die anderen stellten sich um den Russen und mich herum auf. Ich lächelte, weil ich wusste, warum er so verwirrt dreinschaute. Ich war überzeugt, dass sie mich nicht schlagen würden, wie sie das mit dem anderen gemacht hätten, denn Männer schlagen keine Frauen, auch kein Mannweib. Der Russe kam näher und zeigte mit dem Finger auf mein Gesicht.

«Wenn du dich noch einmal über mich lustig machst, wirst du es bereuen.»

Er machte ein Zeichen, und alle folgten ihm.

«Wenn mir noch einmal ein Spickzettel in die Hände fällt, wirst du wohl endlich anfangen müssen zu lernen.»

Als er meine Worte hörte, blieb er stehen, drehte sich um und sah mich an. Dieser hasserfüllte Blick, dem ich standhielt, bis er es nicht mehr aushielt und sich zurückzog, war der Anfang des Krieges. Von diesem Tag an war ich das Idol von Cuatro Ojos, der die Geschichte heimlich überall herumerzählte. Er wollte immer an meiner Seite sein, er sagte, ich sei ein sehr schönes Mädchen, weil ich intelligent sei, er hätte gehört, wie der Russe gesagt habe, ich sei eine «hässliche Bohnenstange», aber ich hätte die schönsten Augen der ganzen Klasse. Cuatro Ojos war mir wirklich sympathisch, aber es ging mir auf die Nerven, dass er immer lernen wollte, während ich unbedingt nachmittags spazieren gehen und mich irgendwo hinsetzen wollte, um zu malen oder eines der Bücher von der Literaturlehrerin zu lesen.

Der Russe hatte mir den Krieg erklärt. Seine Freunde gingen an meinem Platz vorbei und stolperten absichtlich, sie warfen alles auf den Boden und entschuldigten sich mit einem «Oh,

Scheiße, entschuldige, Bohnenstange». Sie stellten meinem Freund ein Bein, wenn er auf mich zukam, um zu sehen, wie er auf mich drauffiel, dann lachten sie und riefen: «Cuatro Ojos, das Fliegengewicht, hat einen Freund, der ist nur ein Strich.» Ihn machte das nervös, ich hingegen nahm mir seine Brille und schaute dadurch den Russen an, der mit einem breiten Grinsen zurückschaute. Cuatro Ojos schlug intelligente Racheakte vor, wir sollten ihm beim Physiktest falsche Antworten unterjubeln oder bei einer Gruppenversammlung aufstehen und ihn denunzieren, aber das wollte ich nicht. Der Russe war stark, nicht intelligent, man musste ihn mit seinen eigenen Waffen schlagen. Es machte mir keinen Spaß mehr, den anderen Streiche zu spielen, denn er wusste ja jetzt, dass ich es war, und er schwieg, um seinen Ruf als böser Junge aufrechtzuerhalten. Ich musste beweisen, dass ich stärker war als er, und sicherstellen, dass alle es erfuhren, also schluckte ich meine ganze Wut hinunter, hob mir die Scherze für später auf und verschanzte mich hinter einem ironischen und verächtlichen Blick; ich fraß alles in mich hinein, bis der Tag gekommen war.

Einige Zeit zuvor hatte ich entdeckt, dass das Schuldach ein ausgezeichneter Ort war, um völlig ungestört zu sein. Wenn ich aus einer Stunde verschwinden wollte, versteckte ich mich auf dem Dach, und niemand konnte behaupten, dass ich die Schule verlassen hatte. Es war Winter, und ich konnte Cuatro Ojos zu seiner ersten geschwänzten Stunde bewegen, indem ich ihn überzeugte, eine Spanischstunde wäre nichts im Vergleich zu dem Schauspiel der Stadt von oben. Cuatro Ojos genoss eine Weile den Ausblick und hockte sich dann hin, um ein kurzweiliges Physikbuch zu lesen. Ich spazierte über das Dach, atmete die Winterluft ein und malte mit einem Stift die grauen Farben des Himmels. Plötzlich wurde mein Heiligtum durch den Russen und seine Gang entweiht. Die Pausenglocke hatte gerade geschrillt, und offensichtlich war das Dach der auserwählte Platz zum heimlichen Rauchen.

«Was für eine Überraschung, unser Pärchen schwänzt also den Unterricht, um hier oben alleine zu sein.»

Cuatro Ojos blickte hoch und stand sofort auf, als er die Stimme des Russen hörte. Ich hörte auf zu malen.

«Wie romantisch!»

Die anderen lachten und gingen auf Cuatro Ojos zu, der zu zittern anfing, ich weiß nicht, ob es wegen der Kälte war oder weil der Russe die Hand nach seiner Brille ausstreckte.

«Ich weiß nicht, wofür du diesen Mist brauchst, so viel Dioptrien, und du erkennst nicht mal, wie ein Mädchen aussieht; was du da hast, das ist ein halber Mann.»

Ich wusste, dass er das sagte, um mich zu provozieren, aber ich hielt den Mund. Einer sagte, dass dem Russen zwei winzige Augen genügten, um mit allen hübschen Mädchen der Schule anzubandeln; sie waren sich einig, dass die Brille zu nichts nütze war und man sie wegwerfen müsse. Das taten sie dann auch.

«Willst du mit mir gehen, Russe?»

Als ich das sagte, drehten sich alle um und schauten mich an. Der Russe ging auf mich zu, und sie ließen von Cuatro Ojos ab, der nicht wusste, was er tun sollte, und mich mit dem verwirrten Blick des Kurzsichtigen ansah, dem man seine Brille weggenommen hatte. Einer zündete sich eine Zigarette an und sagte, genau das sei es, ich wolle mit dem Russen gehen, aber der wolle von mir nichts wissen. Ich sah, wie sie mit Kommentaren wie «Die Bohnenstange rastet aus», «Der Russe isst keine Reste» und dergleichen immer näher auf mich zukamen, bis er direkt vor mir stand.

«Ich könnte mit dir gehen, aber das wäre so, als ginge ich mit einem Jungen, und ich stehe nun mal auf Frauen.»

Ich lächelte und sagte, ich könne ihm zeigen, dass ich eine richtige Frau wäre. Die anderen fingen an zu lachen und riefen: «Die Bohnenstange will einen Kuss vom Russen, aber der Russe küsst nicht jede» und «Der Russe macht sich nicht den Mund schmutzig».

«Ich kann dir zeigen, dass ich eine Frau bin, so wie es dir noch keine von den anderen dummen Kühen gezeigt hat.»

Ich wusste genau, dass die Freundinnen des Russen und alle anderen nicht über ein paar Küsse auf den Mund und ein bisschen Arm-um-die-Schulter-Legen hinausgegangen waren. Ich ging ein paar Schritte zurück, schaute in die schweigenden Gesichter und zog ganz langsam den Rock hoch.

«Los, Russe, soll ich dir zeigen, dass ich eine Frau bin?»

Er blieb wie angewurzelt stehen und starrte auf die Bewegung meiner Hände. Er machte den anderen ein Zeichen, die daraufhin fragende Blicke tauschten, und kam allein auf mich zu. Weiter hinten fragte Cuatro Ojos, was um alles in der Welt ich denn vorhätte. Ich warf das Zeichenheft auf den Boden und ging noch weiter zurück, bis ich das Mäuerchen am Dachrand erreicht hatte. Ich setzte mich mit dem Rücken zum Schulhof und zog den Rock ganz hinauf. Der Russe war wie hypnotisiert, er betrachtete meinen Slip, vielleicht den ersten seines Lebens, und atmete erregt. Hinter ihm war es mucksmäuschenstill, und alle versuchten einen Blick auf das zu erhaschen, was der Chef sah.

«Ich bin eine Frau, Russe, willst du es sehen?»

Er hob nicht einmal den Blick, er war ganz abwesend, völlig von der Rolle, keine Spur mehr von dem triumphierenden Blick, den er sonst immer aufsetzte, und auch die Gang hielt sich mit Kommentaren zurück. Der Russe zitterte, und ihm blieb vor Staunen der Mund offen, während er zusah, wie meine Hände langsam den Slip herunterzogen, bis meine jugendliche Scham offen dalag. Seine Augen wurden immer größer, während ich nur lächelte und Cuatro Ojos immer wieder fragte, was denn da vor sich ginge, weil er nichts sehen konnte und die anderen ihn nicht dorthin ließen, wo ihr Herrscher immer wieder schluckte und fast zu sabbern anfing wie die Pawlow'schen Hunde.

«Das kann man anfassen, Russe, komm.»

Er sah verwirrt auf, aber es schien, als hätten meine Augen, die schönsten Augen der Klasse, ihm Vertrauen eingeflößt, er versuchte zu grinsen, was natürlich vollkommen lächerlich war, und bückte sich langsam. Ich beobachtete ihn stillschweigend, wie er unsicher einen Finger hob und sich an die große Entdeckung der Pubertät vortastete, die er nie vergessen würde, sein Finger berührte mein Fleisch und zog sich schnell zurück, um sich dann erneut kalt und unerfahren auf die Haut der ebenso Unerfahrenen zu legen, die ihn verachtete; aber ich hielt es aus, ich ließ zu, dass er die Spitze von zwei Fingern in meine Scham steckte und sich an das Gefühl gewöhnte. Er war vollkommen wehrlos und entthront vor seiner Gang, die ihn um seinen Adel beneidete und selbst gern so willfährig und unschuldig vor mir gekniet hätte. Er übte mit den Fingern leichten Druck aus, ich ließ ihn sich in Sicherheit wähnen, sich als Herrscher und Rowdy und König der Teufel fühlen, der vor der hässlichsten Bohnenstange der Klasse zum Schweigen verurteilt war.

«Es gefällt mir nicht, wenn jemand Mannweib zu mir sagt, denn ich bin eine Frau, siehst du?», zischte ich und lächelte. «Auch wenn ich etwas für Jungenspiele übrig habe.»

Dann hob ich plötzlich meine Hand, wie Tosca vor Scarpio, und rammte mit Wucht den Stift, den ich fest umklammert hatte, in den Arm des Russen. Voller Hass stieß ich ihn tief hinein und murmelte: «E avanti a lui temava tutta la scuola», bis der Stift entzweibrach und ein Stück in seinem Arm stecken blieb. Es ging alles ganz schnell. Der Schmerzensschrei des Russen. Das Blut, das aus seinem aufgerissenen Fleisch quoll. Die Panikschreie der anderen und von Cuatro Ojos, der nicht wusste, was los war. Der Russe, der in meine Richtung kippte. Die Schreie der Schüler im Hof, als sie die anderen schreien hörten und Zeuge des Sturzes wurden. Mein Schrei zwei Stockwerke hinunter. Mein Sturz.

**Zeit des Schweigens** Das Erste, was ich sah, als ich aufwachte, war Mamas Gesicht, und dann hörte ich, wie sie sagte: «Das Kind ist gerade aufgewacht.» Sie beugte sich über mich, um mich zu umarmen und mich zu fragen, wie ich mich fühlte; hinter ihr sah ich einen Mann in einem weißen Kittel, der lächelnd näher kam und dasselbe fragte. Ich konnte mich nicht bewegen, Mama küsste mich, und ich hatte Angst, den Mund aufzumachen.

«Hör zu, Kleines, wir sind im Krankenhaus, du hattest einen Unfall in der Schule, du bist vom Dach gestürzt, aber es geht dir gut, also ... du hast dir den Oberschenkelhals gebrochen, aber du wirst wieder gesund, Mami und Papi werden sich um dich kümmern, Papa ist schon auf dem Weg hierher, es geht bald nach Hause, mach dir keine Sorgen, fühlst du dich gut?»

Beide Beine steckten von der Taille an abwärts in Gips, es war ein unangenehmes, aber ganz neues Gefühl. Ich schaute mich um, während meine Mutter redete und der Doktor einen Stuhl für einen anderen Mann brachte, damit dieser sich zu mir setzen konnte.

«Wie geht es uns denn so? Du bist wieder voll da, nicht wahr? Jetzt wollen wir mal sehen, was passiert ist. Ihr wart in der Schule, erinnerst du dich? Warum bist du abgestürzt?»

Der Mann bewegte die Lippen, und Mama hob unwillig die Augenbrauen, ich war gerade erst aufgewacht, und es war nicht in Ordnung, dass mir jetzt schon einer mit Fragen kam. Ich wusste nicht, wer der Mann war, Mama schien genervt, und der Doktor lächelte und strich ihr mit der Hand über das Haar.

Plötzlich wurde mir klar, dass der Mann sich nicht wie Mama für meinen Gesundheitszustand interessierte. Er wollte wissen, was auf dem Dach passiert war, und wenn er das herausfinden wollte, war das ein Zeichen, dass er es nicht wusste, vielleicht wusste es niemand, und ich musste sofort an den Russen denken. Der Doktor fasste Mama bei den Schultern, die sich wütend erhob und sagte, es sei ein Wunder, dass ich überhaupt noch lebte, und als ich das hörte, verspürte ich Angst, eine riesige Angst, die von den eingegipsten Beinen bis zum Nacken hochstieg. Ich stellte mir vor, wie der Russe verblutete und Stunden später von Würmern verschlungen wurde. Ein Ekelgefühl überkam mich. Der Doktor versuchte Mama zu beruhigen und sagte, es wäre besser, mich mit dem anderen Mann allein zu lassen, der dümmlich lächelte. Wie es schien, willigte Mama ein.

«Mach dir keine Sorgen, Kleines, ich bin draußen und warte auf Papi, ja? Niemand wird dir etwas tun.»

Sie gingen hinaus, und der Mann beugte sich über mich. Er sprach ganz leise und sagte, es würde alles gut werden, ich würde mich schnell erholen, denn ich sei stark, ein Sturz aus dem zweiten Stock sei eine ernste Sache, aber ich müsste den Gips nur für ein Weilchen tragen. Das mit dem Stark sein freute mich, denn das war das Einzige, was ich zeigen wollte, aber ich konnte mich nicht erinnern, was danach geschehen war, und ich musste wieder an den Russen denken. Ich hatte Angst. Ich beschloss, kein Wort zu sagen. Der Mann versuchte weiterhin, freundlich zu sein, und sprach von einem Unfall, er sagte, am Anfang wären alle erschrocken gewesen, aber es bestünde ja keine Gefahr mehr, da wäre ein Junge mit einer Wunde am Arm, aber es ginge ihm ausgezeichnet. Das war der Russe, und ich wurde wütend. Er fragte mich, ob ich mich an das Dach erinnern könnte, da wären ein paar Jungen gewesen, aber keiner hätte sagen können, was passiert sei, aber vielleicht könnte ich mich erinnern, weil ich doch so stark sei. Da dachte ich, wenn keiner reden wollte, würde ich es auch nicht tun. Der Russe würde eine Narbe auf dem Arm zurückbehalten, bei mir würde man nach dem Gips nichts mehr sehen. Der Russe hatte Angst, und deswegen behielt er die Geschichte für sich, ich würde auch nichts sagen, und er würde sich nicht mehr trauen, mir ins Gesicht zu sehen. Der Russe hatte Angst vor mir, ich hatte die Schlacht gewonnen. Der Mann sagte, wenn ich nicht reden wollte, so wäre das kein Problem, aber er wüsste, dass ich gerne male, und dann holte er ein Heft heraus und sagte, wenn ich wollte, könnte ich die Szene malen, irgendwas. Ich hatte den Eindruck, er behandelte mich wie eine Idiotin, und ich beschloss, nie mehr zu malen, nichts, weder, was er wollte, noch sonst irgendwas, und um das Risiko zu vermeiden, dass mir irgendwas Unnötiges herausrutschte, nahm ich mir vor, auch nicht mehr zu reden. Wenn niemand weiß, was wirklich vorgefallen ist, kann die Wahrheit ganz verschieden aussehen, sogar zur Legende werden. Wenn er etwas wissen wollte, war ich bestimmt nicht diejenige, die ihm die Hinweise gab. Der Zauber des Schweigens liegt darin, dass es zu etwas Absolutem wird.

Als Papa kam, hatte der Mann schon keine Lust mehr, mit mir zu reden, er sagte, er würde mich zu Hause besuchen. Sie rollten mich auf einer fahrbaren Liege bis zum Auto, und dann fuhren wir los. Mama und Papa redeten ganz liebevoll mit mir, und ich atmete die Luft ein, die durch das Fenster hereinwehte, ich dachte, wenn der Russe in Zukunft einen Slip sieht, muss er bestimmt jedes Mal an mich denken. Das amüsierte mich.

Großmutter empfing uns mit einem «Heilige Mutter Gottes» und einem Haufen Fragen, denen Mama geschickt auswich, Papa lief mit mir auf dem Arm hinterher. Im Zimmer legten sie mich auf ihr Bett. Papa sagte, sie würden später mein Bett hinüberstellen, denn ich müsste ruhig liegen können. Sie schoben mir ein Kissen in den Rücken und stellten einen Ventilator auf. Großmutter redete ununterbrochen, und die Tante erschien in der Tür und zwinkerte mir zu. Ich wusste nicht, was ich tun sollte. Papa sagte, ich bräuchte jetzt Ruhe. Die Tante drehte sich um und ging wieder. Großmutter mussten sie erst hinauskomplimentieren. Meine Mutter setzte sich zu mir. Papa schloss die Tür, und dann kamen die Fragen.

Mama sagte mit lieblicher Tangostimme, dass sie sich sehr erschrocken hätte, als man sie aus der Schule anrief und ihr sagte, ihre Tochter wäre vom Dach gefallen. «Was hast du auf dem Dach zu suchen?», fragte sie, und als ich nicht antwortete, sprach sie weiter, während Papa mich von der Tür aus beobachtete. Sie erzählte, in dem Krankenhaus wäre ein Junge mit einer Wunde am Arm gewesen, und sie mussten den Arm aufschneiden, um einen Bleistift zu entfernen, der dort festsaß. «Was ist passiert, Kleines?», fragte sie wieder, und dann seufzte sie und sagte, wenn mir etwas zustieße, würde sie sterben, denn ich wäre das Wichtigste in ihrem Leben, ich wäre ihr Leben, und deswegen würde sie sich sehr gut um mich kümmern, damit ich mich schnell erholte und wieder in die Schule gehen könnte. Mama sprach so schmeichelnd, dass ich kurz davor war, es ihr zu erzählen, sie zu umarmen, um die Tränen aufzuhalten, die in ihre Augen traten, ich wollte ihr sagen, dass der Russe die anderen ausnutzte und ich ihm gezeigt hätte, dass er nicht der Stärkste war, aber Papa unterbrach sie.

«Schluss mit dem Theater, wir sind deine Eltern, und wir müssen wissen, was da vorgefallen ist. Hat der Junge dich runtergestoßen? Du musst es mir sagen, ich bringe ihn um, verdammt nochmal. Die Direktorin war im Krankenhaus und hat gesagt, niemand hätte etwas gesehen. Da war ein Haufen Jungs auf dem Dach, aber niemand will den Mund aufmachen, sie fangen alle an zu heulen, und keiner redet, aber du musst es uns sagen, das kann man nicht auf sich beruhen lassen.»

Für Papa war ich das Opfer, und das gefiel mir überhaupt nicht. Ich biss mir auf die Zunge und wandte den Blick ab. Mama wies ihn zurecht, und er redete weiter, aber ich hörte schon nicht mehr zu. Sie fingen an zu streiten, sie schrien sich gegenseitig an, und ich schloss die Augen, weil ich mich ausruhen wollte. Ich konnte mich nicht bewegen, und das war ziemlich unbequem. Ich dachte an die Schule, es würde mir gut tun, eine Weile nicht hinzugehen, denn ich langweilte mich dort ziemlich. Das Schlimme war nur, dass ich auch nicht mehr durch die Gegend streifen konnte wie sonst. Mir fiel ein, dass sich jetzt niemand mehr trauen würde, mich Mannweib zu nennen, und das fand ich gut. Auf einmal musste ich an Cuatro Ojos und seine kaputte Brille denken, ich musste ein wenig lachen bei dem Gedanken, denn er war in der Tat mein einziger Freund, und ich hätte ihn gern bei mir gehabt. Ich stellte mir vor, wie er gerade leiden musste, weil er keines der wissenschaftlichen Bücher lesen konnte, die ihm so gut gefielen, aber im Grunde war ich froh, dass seine Brille kaputt war. Ich glaube, Cuatro Ojos hätte alles erzählt, wenn er es gesehen hätte, und ich weiß nicht, was meine Eltern dann von mir gedacht hätten. Meine Mutter sagte meinen Namen, und ich öffnete die Augen. Sie bat um Entschuldigung und fragte, ob ich schlafen wollte. Ich sagte ja. Da kam mein Vater auf mich zu, strich mit der Hand über meinen Kopf und sagte, ich solle mich nur ausruhen; wenn ich wollte, könnten wir reden. Er fragte, ob mir etwas wehtäte, und ich verneinte. Mama legte sich neben mich, und er öffnete die Tür. Er sagte, er käme später wieder, und ich schloss die Augen. Dann schlief ich ein.

Am nächsten Tag weckte Mama mich mit einem großen Frühstück. Sie sagte, Papa habe mich nicht wecken wollen, als er ging.

Damals war Papa ein Offizier mit Auto und Familie und viel Verantwortung, wie immer. Mama arbeitete immer noch nicht. Ihr Leben erschöpfte sich darin, die Hausarbeiten zu erledigen, Papas Uniformen zu waschen und sich hinzulegen und zu lesen. Meine Bewegungslosigkeit wurde zu einem Teil dieser Routine, und sie widmete sich mir mit der Hingabe einer Ordensschwester. Morgens wusch sie mit einem feuchten Lappen meinen ganzen Körper ab. Dann legte sie mir eine Urinflasche an und sagte, ich müsse mich daran gewöhnen, weil es anders nicht ginge. Ich fühlte mich lächerlich. Mein Gips hatte ein Loch zwischen den Beinen, und Mama musste meinen Kampf mit der Flasche überwachen. Ich schwor, mir niemals mehr einen Schenkelhalsbruch zuzuziehen. Als die Prozedur vorüber war, legte sie mir ein Kissen in den Rücken; sie nützte meinen Zustand aus und setzte sich neben mich, um mich zu kämmen. Ich ließ sie gewähren. Dann hielt sie mir einen Spiegel vor, und was ich da sah, gefiel mir überhaupt nicht. Sie verteilte etwas Parfüm auf meinem Hals, legte ein Heft und einen Stift auf das Nachttischchen, falls ich malen wollte, und dann gab sie mir einen Kuss und ging das Essen vorbereiten. Als sie draußen war, zerwühlte ich mein Haar und fühlte mich schon besser, obwohl ich wusste, dass ich mich schrecklich langweilen würde. Dann fing ich an, Beethovens Neunte zu pfeifen, immer wieder und wieder, bis mir die Luft ausging und mein Mund wehtat. Ich lehnte mich zurück und legte das Kissen auf mein Gesicht. Ich hatte keine Kraft mehr.

Es war schon fast Mittag, als Mama in mein Zimmer kam und sagte, ich hätte Besuch. Ich dachte an Cuatro Ojos und freute mich, aber als ich an seiner Stelle die Literaturlehrerin eintreten sah, schlug ich ganz schnell die Augen nieder. Ich schämte mich, denn sie kannte meine ganze Wahrheit. Die Lehrerin gab mir einen Kuss und setzte sich auf den Stuhl, den Mama ihr hingestellt hatte.

«Wie geht es dir? Ich habe gehört, dass du fliegen gelernt hast und dass ein Vogel deine Zunge gefressen hat.»

Wir lachten beide, Mama schien der Witz nicht zu gefallen, aber sie sagte nichts. Die Lehrerin redete weiter, sie sagte, sie würde mich im Unterricht vermissen, aber wenn ich nächstes Jahr wiederkäme, wären wir ja wieder zusammen. Sie lobte mich in den höchsten Tönen, und Mama war ganz stolz. Ich hätte nie gedacht, dass ich so begabt war. Sie sagte, ich könne die Zeit nutzen, um viel zu lesen, denn ich hätte Talent zum Schreiben, man merke es mir an, dass ich die Tochter einer Künstlerin sei. Mama ging das runter wie Honig, und sie erzählte, dass ich zwischen Theaterkulissen und Büchern groß geworden sei. Sie redete sehr viel, aber die Tangos erwähnte sie nicht.

Als die Lehrerin ging, ließ sie eine Menge Bücher da. Bevor sie sich endgültig verabschiedete, blieb sie einen Moment in der Tür stehen und nutzte die Tatsache, dass meine Mutter nicht mehr im Raum war, um sich noch einmal umzudrehen und mich anzusehen.

«Es war übrigens nicht mein Mann, der über El Mariel das Land verlassen hat, sondern der Mann einer anderen, die mit ihm gegangen ist, aber wen interessiert das schon, nicht wahr?» Sie lächelte. «Du hast tolle Eltern, wir sehen uns bald ...»

Sie schloss die Tür, und ich verspürte eine große Erleichterung. Sie verzieh mir meine Lügen, weil sie auch welche hatte, wir waren Komplizinnen.

Wenige Tage später kam Cuatro Ojos mich besuchen. Er trug eine alte Brille, die er mit einem Band um den Kopf gebunden hatte, weil ein Bügel fehlte, aber er sagte, er wäre schon beim Optiker gewesen und würde deshalb so spät kommen. Sein Besuch freute mich sehr, obwohl ich mich darauf beschränkte, ihm zuzuhören. Er sagte, in der Schule habe es einen riesigen Aufruhr gegeben. Alle wollten wissen, wie es mir ginge und was passiert sei. Die Direktorin habe alle, die auf dem Dach waren, zusammen mit ihren Eltern in die Schule bestellt, aber niemand habe etwas sagen wollen. Die Gang wäre zerschlagen, einige hätten angefangen zu streiten, andere hätten sogar geweint, und zwei hätten den Vorschlag ihrer Eltern angenommen, die Schule zu wechseln. Er hätte die Geschichte mit der Brille erzählt, und niemand hätte sich getraut, das abzustreiten. Als der Russe zwei Tage später wieder in die Schule gekommen wäre, hätte er eine Wunde am Arm gehabt und ziemlich kläglich dreingeschaut. Er hätte sich im Unterricht ganz für sich allein hingesetzt und mit niemandem gesprochen. Cuatro Ojos war zufrieden, weil die anderen in der Klasse anfingen, ihn zu respektieren, und weil sie von mir sagten, ich sei die Einzige, die es mit dem Russen und seinen Kumpanen aufnehmen könnte. Ich wurde quasi zum Gott erhoben, und das gefiel mir, obwohl ich wusste, dass mich keiner besuchen würde, und das war auch besser so. Cuatro Ojos und die Literaturlehrerin waren die einzigen Besucher während meiner Genesung. Auch der Mann aus dem Krankenhaus kam wieder – später erfuhr ich, dass er Psychologe war – und redete irgendwelchen Unsinn, während ich an etwas ganz anderes dachte. Er hielt mein Schweigen für eine Folge des Traumas. Die Psychologen sind selbst so traumatisiert, dass sie versuchen, sich mit ihren Patienten zu identifizieren. Ich redete nicht, weil ich nicht reden wollte, aber um ihm das zu sagen, hätte ich ja reden müssen.

Cuatro Ojos kam jeden Tag, bis auf die Tage, an denen Arbeiten geschrieben wurden, und die Zeit, die er in der Schule auf dem Land verbrachte. Anfangs versuchte er, vom Unterricht zu erzählen, aber als er mein Gesicht sah, änderte er schnell seine Meinung und sprach über alles Mögliche, es störte mich nicht, wenn er von dem letzten Experiment berichtete, über das er etwas in einer Zeitschrift gelesen hatte. Eines Tages gestand er mir, er wäre sehr traurig darüber, dass alle Cuatro Ojos zu ihm sagten. Er lächelte und sagte, er müsse irgendetwas tun, so wie ich, denn seit jenem Tag würde mich niemand mehr «Mannweib» nennen. Ich fühlte mich schuldig und schwor mir im Stillen, ihn anders zu nennen, wenn ich wieder zu sprechen anfing.

Mit der Zeit hörten die anderen auf, über jenen Tag zu sprechen. Der Russe war nicht mehr der Herrscher der Klasse. Er lief die ganze Zeit allein mit der Narbe auf dem Arm herum. Auch seine Kumpel aus der Gang hielten sich bedeckt, und niemand musste mehr Schweißausbrüche bekommen, während er ihnen die Lösungen der Tests zuspielte. Als das Jahr zu Ende war, wechselte der Russe die Schule, Cuatro Ojos war Klassenbester, und ich hatte bereits die halbe Bibliothek der Literaturlehrerin verschlungen.

Zu Hause verbrachte ich die Zeit zwischen dem Rollstuhl und meinem Bett, das jetzt wieder im Zimmer meiner Eltern stand. Nachts legte Mama mich häufig in ihr Bett und fing an zu reden; sie wartete wohl darauf, dass mein Schweigen eines Tages ein Ende haben würde, und so schliefen wir beide ein, während wir auf Papas Rückkehr warteten.

Die Sonntage waren in den ersten Monaten richtige Festtage. Wir fuhren mit dem Auto herum, natürlich in Begleitung der Großmutter, die unwillig ihren neuen Platz auf dem Rücksitz einnahm. Ich blickte aus dem Fenster und hielt Ausschau nach Plätzen, die ich besuchen würde, wenn ich endlich den Gips los war. Einmal sagte meine Mutter etwas, das der Großmutter nicht gefiel, und es gab Streit. Papa hielt das Auto an und stieg mit der Bemerkung aus, sie sollten ihn rufen, wenn sie fertig wären. Großmutter und Mama keiften sich weiter gegenseitig an, bis ich anfing, sehr laut *Schwarze Augen* zu pfeifen, dieses russische Lied, das Papa so gut gefiel. Er kam zum Fenster, fing an zu lachen und stimmte mit ein. Mama und Großmutter müssen sich ziemlich lächerlich gefühlt haben, denn sie hielten auf einmal den Mund. Großmutter sagte, sie würde nicht mehr mit uns ausgehen, und das tat sie dann auch nicht mehr. Das war eigentlich gut so, nur dass Mama und Papa von da ab keinen Blitzableiter für ihren Ärger mehr hatten, also beschlossen sie für sich, nicht mehr länger zu verbergen, was mir während der ganzen Zeit, die ich zu Hause war, ohnehin schon aufgefallen war: Die Ehe lief nicht gut. Ich sah sie vom Rücksitz des Wagens aus streiten und hielt den Kopf aus dem Fenster, um mir Geschichten auszudenken. Ich stellte mir zum Beispiel vor, ich wäre berühmt und würde auf dem Rücksitz eines Wagens herumfahren und mir die Stadt ansehen. Manchmal stritten sie so laut, dass ich mir vorstellte, sie hätten einen Unfall; ich saß natürlich nicht mit im Auto; ich müsste nach ihrem Tod alles organisieren, ich müsste in das andere Zimmer umziehen und lernen, mein Leben allein zu bewältigen. Das alles nahm so viel Raum in meinem Kopf ein, dass ich kaum mitbekam, als Mama sich zu mir umdrehte, um mich etwas zu fragen.

An dem Tag, an dem sie mir den Gips abnahmen, fühlte ich mich sehr merkwürdig. Meine Eltern brachten mich ins Krankenhaus, wo mein Arzt und auch dieser Dummschwätzer von Psychologe auf mich warteten. Mama hielt meine Hand, während ein anderer Arzt mit der Maschine hantierte, um meine Beine nach sechs Monaten Gefangenschaft freizulegen. Ich dachte, ich könnte direkt wieder laufen, wenn der Gips ab war, aber sie setzten mich wieder in den Rollstuhl. Der Arzt lächelte und sagte, ich müsse erst wieder gehen lernen. Meine Beine sahen dürrer und weißer aus als der Rest meines Körpers. Ich fühlte mich albern und ließ zu, dass Papa mich wieder nach oben in die Wohnung trug, während der Psychologe, der uns begleitet hatte, ihm seine Hilfe anbot. Oben erwartete mich Cuatro Ojos mit einem Blumenstrauß. Das hob meine Laune, und ich lächelte sogar, obwohl mein Onkel im Wohnzimmer war. Großmutter brachte Erfrischungsgetränke für alle, Papa trank schnell und verkündete dann, er müsse wieder zurück zur Arbeit.

«Bring mich ins Zimmer, ich möchte mich mit meinem Freund unterhalten.»

Als ich das sagte, entstand ein großes Schweigen. Papa sah mich entsetzt an. Cuatro Ojos öffnete den Mund. Der Psychologe dachte bestimmt, das sei das Ende seiner Karriere. Großmutter verschluckte sich an ihrem Getränk. Der Onkel fing an zu lachen. Mama kam mit feuchten Augen auf mich zu.

«Kind, du kannst sprechen?»

Ich sah alle an und wandte dann den Blick ab.

«Ich habe mir den Oberschenkelhals gebrochen und nicht die Zunge, oder?» Ich schaute meinen Freund an. «Ich muss dir von Büchern erzählen, die ich gelesen habe, gehen wir ins Zimmer?»

Mama umarmte mich weinend. Der Onkel drehte sich um und ging. Großmutter spuckte die verschluckte Limonade wieder aus. Der Psychologe holte seine Zigarettenschachtel hervor. Cuatro Ojos machte den Mund wieder zu. Papa fing an zu lachen und schüttelte den Kopf. Dann ließ ich sie alle gewähren: Papa trug mich auf dem Arm ins Bett und sagte, er müsse wieder zur Arbeit zurück und würde den Psychologen gleich mitnehmen; Mama trocknete ihre Tränen und meinte, sie würde für mich und meinen Freund ein leckeres Mittagessen zubereiten; Großmutter schaute ihr missmutig nach; Cuatro Ojos setzte sich zu mir, als alle gegangen waren, und sah mich durch seine neue Brille an, bis ich lachen musste.

«Entschuldige, dass ich dich Cuatro Ojos genannt habe, aber alle haben das gemacht, ich weiß, dass du das nicht gerne hörst ... fürs Erste kann ich dich einfach Cuatro nennen, aus alter Gewohnheit, aber ich schwöre dir, dass du mit der Zeit einen anderen Namen bekommst.»

Mein Freund fing an zu lachen und sagte, ich könne ihn nennen, wie ich wolle, weil ich seine Freundin sei, und er sei sehr glücklich, wieder mit mir reden zu können. Da merkte ich, dass es Menschen gibt, die dazu bestimmt sind, uns ein Leben lang zu begleiten, und Cuatro war einer davon.

**Mach keinem Fremden auf** Das Schuljahr noch einmal von vorn anzufangen war für mich noch langweiliger, als es fortzusetzen. Am ersten Tag kamen meine ehemaligen Klassenkameradinnen und einige Lehrer auf mich zu, um mich nach meinen Beinen zu fragen. Für mich lief alles bestens, ich behandelte sie höflich und versuchte, das Gespräch nicht auf den Russen kommen zu lassen und darauf, wie es ihm in seiner neuen Schule ging. Die Direktorin begrüßte mich sehr herzlich, und lächelnd gab sie mir durch die Blume zu verstehen, dieses Jahr wünsche sie keine Probleme und keine weiteren Besuche auf dem Dach. Ich lächelte zurück.

Ich hatte wieder dieselbe Literaturlehrerin, und das freute mich, denn ihr Unterricht war in der Tat das Einzige, was mich an der Schule reizte. Ich musste sie natürlich auch nicht mehr belügen, ich entschied mich für das Schweigen, nahm mir vor, zu lächeln und sie zu lieben, ohne sie zu belügen. Cuatro kam in jeder Pause zu mir. Er war jetzt in der Klasse über mir und wartete immer auf mich, damit wir bei Schulschluss zusammen gehen konnten. Wir redeten viel, und wenn wir an meiner Haustür angekommen waren, verabschiedeten wir uns, ohne uns zu küssen, denn Cuatro gehörte zu den Jungen, die wegen jeder Kleinigkeit rot wurden. Ich strich ihm durch das Haar und rannte ins Haus. Ich wartete eine Weile und ging wieder hinaus. Nicht dass mich seine Gegenwart gestört hätte, ganz im Gegenteil, er war mein einziger Freund, aber am liebsten war ich mit mir allein. Ich genoss es, allein herumzustreichen, durch die Parks zu spazieren, mich auf den Malecón zu setzen und mir Geschichten auszudenken, während ich Steinchen in die Wellen warf, Dinge dieser Art.

Nach Hause zu kommen war mir ein Gräuel. Mama stritt mit Großmutter, weil es dieser eingefallen war, das Bad genau in dem Moment zu putzen, in dem sie mit der Wäsche zugange war, und Großmutter schrie, sie könne in ihrer Wohnung tun und lassen, was sie wolle, sie warfen sich lauter dummes Zeug an den Kopf. Die Tante hatte sich mehr denn je in ihrem Zimmer verschanzt, es sah aus, als wäre sie zum Schreiben zurückgekehrt. Tagsüber schlief sie, und nachts tippte sie auf der alten Maschine, die mir so gefiel. Der Verlust der Tante hatte etwas Verwirrendes für mich. Ich vermisste die Nächte in ihrem Zimmer, wo wir die Himmelsmusik, wie sie es nannte, hörten, aber wie soll ich sagen, etwas hatte sich verändert, und das lag nicht unbedingt an mir. Die Tante war nicht mehr dieselbe, nachdem dieser Mann sich umgebracht hatte, aber ich konnte nichts tun, ich konnte nicht einfach an ihre Zimmertür klopfen und versuchen, mit ihr zu reden, ich weiß nicht, ihr Bild war eingefroren in dem zweier sich küssender Würmer mit Mozarts Klaviermusik im Hintergrund. Es war eine merkwürdige Vorstellung, die mich ekelte und zum Lachen brachte und mir zugleich so sehr Angst machte, dass ich mich nicht in die Nähe der Tante und der Einsamkeit in ihrem Zimmer vorwagte. Der Onkel hingegen war immer noch der Alte, er war fast immer außer Haus, zum Glück für mich, denn ich hasste ihn immer noch. Im Grunde wusste ich gar nicht, was ich an ihm hasste, er war ein freier Mann und konnte tun und lassen, was er wollte, wie alle anderen, und er war glücklich darüber wie kaum ein anderer. Eigentlich durfte es mich auch nicht stören, dass er den Rest der Familie belog, bei uns log schließlich jeder in irgendeiner Form. Ich hatte ihn erwischt, weil ich ihm aufgelauert hatte, und es machte mir eine diebische Freude zu sehen, wie Großmutter ihrem Sohn in derselben Küche das Essen kochte, in der er sich mit seinen Jungs vergnügte. Das war schon kurios.

Papa hatte mehr zu tun denn je. Er bekleidete ein wichtiges Amt und hatte mehr Versammlungen und Wachen als der Präsident der Republik. Es waren die Achtziger, und ganz Havanna leuchtete. Mama kaufte bulgarische Weine für sich und Wodka für Papa, der seine Abstinenzphase hinter sich gelassen hatte, denn ein Militär, der nicht trinkt, ist kein guter Militär, und Papa gehörte zu den Besten. Ich schlief immer noch in ihrem Zimmer, weil Großmutter mehr denn je schnarchte und Mama nicht gern allein ins Bett ging.

Manchmal kam mich Cuatro sonntags abholen, und wir gingen zu ihm. Dort konnte man sich wohl fühlen. Er wohnte in demselben Viertel wie die Freundin, die ich während der Grundschulzeit ab und zu besucht hatte. Sie war inzwischen genau wie alle anderen, und deswegen mochte ich sie nicht mehr. Manchmal grüßte sie mich wie der stolze Schwan, der auf das hässliche Entlein herabsieht, und ich machte mich hinter ihrem Rücken über sie lustig, denn ich hatte gesehen, wie sie sich, bevor sie nach Hause kam, an der Ecke noch schnell den Lippenstift abwischte, den sie in der Schule benutzte. Ich konnte dem Ganzen nichts abgewinnen, ich fand es lächerlich, sich die Nägel zu lackieren und Pompons an die weißen Strümpfe zu machen, aber den anderen Mädchen gefiel das. Dafür war ich die Freundin von Cuatro mit seiner schrecklichen Brille und dem über die Augen fallenden Haar und seiner Manie, über den Kosmos und Ufos zu reden, als wäre er ein richtiger Wissenschaftler, aber das war wenigstens unterhaltsam. Bei ihm fingen wir an, Silvio zu hören, ich nahm die Platten von meiner Mutter mit und sang ihm *Gewehr gegen Gewehr* vor, damit er einschliefe, so wie ich als Kind. Aber Cuatro schlief nicht ein, er machte Limonaden und Sandwichs mit Schinken und Käse, wir aßen zusammen und ließen es uns in seinem Zimmer gut gehen, während seine Eltern draußen an irgendetwas arbeiteten. Sie waren ein verrücktes Wissenschaftlerpaar, das seine Zeit mit Hormonen und anderen komischen Sachen verbrachte. Der Vater erfand ständig Sachen, und die Mutter destillierte Schnaps und Branntwein und erklärte ihrem Sohn den Ursprung des Universums und was es mit den Schwarzen Löchern auf sich hat. Kein Wunder, dass Cuatro so war, wie er war.

Eines Tages, nachdem er mir seine Theorie über die Zeichnungen in der Wüste von Nasca dargelegt hatte, nahm er seine Brille ab und fragte mich, ob ich seine Freundin werden wolle. Ich wusste nicht, ob ich wegen der Frage oder wegen seinem Maulwurfblick lachen musste, aber ich versuchte mich zu beherrschen und fragte, warum.

«Jeder hat doch jemanden, mit dem er geht, oder?»

Es stimmte schon, fast alle Mädchen an der Schule hatten einen Freund, den sie dann gegen einen neuen austauschten, sodass die Paare im Verlauf des Schuljahres wechselten, aber ich hielt das für Spinnerei und fragte, wozu man unbedingt einen Freund bräuchte, was das denn bringen sollte. Cuatro wurde feuerrot, wandte den Blick ab, setzte seine Brille wieder auf und sagte, ein Pärchen würde Händchen halten, sich küssen und überall gemeinsam hingehen, alle würden wissen, dass man ein Paar wäre, und das wäre sehr schön.

«Wenn du mir einen Kuss geben willst, hättest du das auch anders sagen können, Cuatro, denn ich möchte keinen Freund, ich habe einfach keine Lust dazu. Du und ich, wir sind immer zusammen, und das ist gut, was wollen wir noch mehr?»

Mein Freund schluckte und sagte, ich bräuchte keine Ausflüchte zu erfinden, das Problem sei, dass er mir nicht gefiele und Schluss. Er wechselte das Thema, aber von diesem Moment an ließ er keine Gelegenheit aus, mich zu fragen, ob ich immer noch nicht seine Freundin werden wollte. Cuatro verstand nicht, dass ich keinen Freund haben wollte, er sagte, das wäre keine Begründung, und ich lachte, küsste ihn auf die Wange, lief um ihn herum und fragte, warum soll man sich binden, wenn man frei herumlaufen kann, warum sollte ich mich fesseln lassen, wo ich doch am liebsten die Arme weit öffne, und er lächelte, öffnete die Arme genauso wie ich und drehte sich mit mir im Kreis, bis irgendein Auto hupte und wir Fersengeld geben mussten.

An einem dieser Sonntage wartete ich im Wohnzimmer darauf, dass Cuatro mich abholen kam, und als es klingelte, rannte ich hin. Es war nicht Cuatro, sondern ein Mann, ein großer Mulatte mit Brille, der fragte, ob Großmutter noch dort wohne. Mama kam aus der Küche, trocknete sich die Hände ab und sagte, Großmutter wäre bei einer Nachbarin, aber er könne auf sie warten. Der Mann trat dankend ein und schaute sich um. Ich setzte mich wieder vor den Fernseher und merkte, wie er mich beobachtete. Mir war das unangenehm, aber dann kam er auf mich zu und sagte, ich müsste die Tochter von Papa sein, die Tochter der Argentinierin. Ich nickte, und die Argentinierin kam gerade in dem Moment aus der Küche, als er die Hand ausstreckte, um mir über den Kopf zu streichen.

«Und Sie sind …?»

Er zog die Hand zurück und sagte, er sei ein alter Freund der Großmutter. Meine Mutter lächelte und setzte sich neben ihn, sie war die Liebenswürdigkeit in Person, sie sagte irgendetwas, von wegen Großmutter würde gleich kommen, sie würde manchmal ihre Nachbarinnen besuchen und so weiter. Sie bot ihm Kaffee an und ging sofort in die Küche, um welchen zu holen. Er dankte und fragte nach meinem Vater, wie es ihm, meiner Großmutter und den anderen ginge. Mama machte es sich bequem und plauderte weiter, Papa würde unten das Auto waschen, es ginge ihnen gut, sie hätten ein wunderbares Mädchen – damit war ich gemeint. Ein hübsches Mädchen, fügte er hinzu, und ich versuchte mich zu erinnern, wann mich außer meiner Mutter mal jemand als hübsch bezeichnet hatte. Die Unterhaltung schien sehr locker. Er zündete sich sogar eine Zigarre an und rauchte, während Mama von mir und meinem sechsmonatigen Gips sprach, er sah mich an, lächelte zärtlich und wandte sich wieder seiner Zigarre zu. Irgendwann während des Gesprächs hörte ich die Tür der Tante. Sonntags kam sie gewöhnlich aus ihrem Zimmer, um sich eine Thermoskanne Kaffee zuzubereiten und sich wieder einzuschließen. Mama verbarg wie immer ihre Entfremdung von ihrer ehemaligen Freundin und meinte, jetzt tauchten wohl langsam Teile der Familie auf. Der Mann blickte auf, und die Tante blieb abrupt stehen, als sich ihre Blicke kreuzten. Plötzlich sah ich, wie sich beide veränderten, die schlaftrunkene Miene der Tante wich einem angespannten Ausdruck; er nahm die Zigarre aus dem Mund, und das Lachen erstarrte zu einer vagen Grimasse.

«Hallo …»

«Was zum Teufel hast du hier zu suchen?»

Die Tante hatte die Frage leise hervorgepresst, und meine Mutter hörte auf zu lächeln, sie verstand genauso wenig wie ich. Der Mann sah uns entgeistert an, und sie riss wie eine Irre die Augen auf und stellte die Frage noch einmal lauter. In diesem Moment ging die Tür auf. Mein Vater kam mit einem Eimer herein und ließ meine Großmutter vorbei, die ihm lächelnd mit einer Schüssel Guajavenschnitzen folgte. Mama schaute Papa an, Papa schaute den Mann an, der Mann sah Großmutter an, der prompt die Kristallschüssel aus der Hand glitt. Der Mann stand auf, nannte meine Großmutter beim Namen, sie ging zwei Schritte zurück und brachte kein Wort heraus, und meine Tante schrie hysterisch.

«Was zum Teufel hat dieser Kerl hier zu suchen?»

«Heilige Mutter Gottes, Ramón, was machst du denn hier?»

Das kam aus dem Munde meiner Großmutter, die zu heulen anfing und nicht wusste, wo sie hintreten sollte. Mein Vater riss sie am Arm von den Glassplittern weg und fragte, was los sei. Der Kerl nahm offensichtlich keine Notiz von meiner Tante, ließ die Zigarre auf den Boden fallen und ging nach vorne, den Blick auf Papa gerichtet.

«Das ist …?»

Großmutter riss die Augen auf, die des Alten füllten sich mit Tränen, und die Tante stürzte sich hysterisch schreiend auf ihn.

«Das ist dein Sohn, du Schlappschwanz, dein Sohn von der Hure, die mich geboren hat …»

Das Geheul der Großmutter konnte man im ganzen Haus hören, auch die Kraftanstrengungen, die nötig waren, um die Tante von dem Alten wegzuzerren, der wie ein Kind zu weinen begann, während er Papa zu umarmen versuchte, der sich mit dem Alten, der Tante und der Frage herumschlug, was zum Teufel eigentlich los war. Ich schaute Mama an, und sie stand auf, um den Alten aus den ineinander verknäulten Körpern zu befreien, während mein Vater meine Tante wegzog und meine Großmutter immer wieder ein peinliches «Oh, mein Gott» schluchzte. Papa schob die Tante mit seinem gesamten Körper auf die Seite und fragte sie, was das alles solle. Sie war völlig außer sich und schrie wie eine Verrückte, sie hätte sie gesehen, alles hätte sich vor ihren Augen abgespielt, die Hure wäre mit ihr spazieren gegangen, damit ihr Vater nichts mitbekam, aber anstatt spazieren zu gehen, wäre sie zu dem Scheißneger gegangen, um es sich besorgen zu lassen, und dann hätten sie ihr Bonbons geschenkt, um ihr Schweigen zu erkaufen. Mein Vater ließ sie los, sie ließ sich auf den Boden fallen und tobte weiter, sie hätte gesehen, wie sie sich im Bett herumgewälzt hätten, sie wäre verrückt nach dem Neger gewesen und mein Vater wäre der Sohn dieses dreckigen Kerls, auch wenn er jetzt alt sei, hätte sie kein Mitleid mit ihm, wegen ihm hätte ihr Vater die Familie verlassen, sie wäre Vaters Lieblingskind gewesen und sie hätte nicht mehr mit ansehen können, wie ihre Mutter ihm abends das Essen serviert hätte, nachdem sie sich am Nachmittag mit dem Neger vergnügt hatte, also hätte sie es ihrem Vater gesagt, und der hätte die Schande nicht ertragen können, vor allem nicht die Schande, zu wissen, dass der Jüngste nicht von ihm, sondern von dem Neger war, der es seiner Frau besorgte.

Auf dem Boden sitzend, den Rücken an die Wand gelehnt, fing die Tante schließlich zu weinen an. Großmutter ließ sich in den Sessel fallen und rief in krankhaftem Wiederholungszwang immer wieder Gott an. Mama erlaubte dem Alten, sich in ihrem Schoß auszuweinen, und warf meiner Großmutter über die Schulter einen verächtlichen Blick zu. Papa setzte sich mitten ins Wohnzimmer und schlug die Arme um die Knie, ohne ein Wort zu sagen. Ich verstand auf einmal, warum ich so krauses Haar hatte, ich schaute den Alten mit einem gewissen Bedauern, aber auch mit leiser Freude an, denn was auch immer passiert war, ich hatte soeben meinen Großvater kennen gelernt.

Die Szene war einen Augenblick lang wie eingefroren, als warteten alle darauf, dass das Publikum applaudierte und der Vorhang fiel. Weil aber nichts Derartiges geschah, stand Papa auf, packte seine Mutter bei den Schultern und führte sie ins Nebenzimmer. Kurze Zeit später kehrte er zurück, bat Mama, sich um die Tante zu kümmern, packte jetzt seinen Vater bei den Schultern, legte einen Arm um ihn und führte ihn hinaus. Mama ging auf die Tante zu, bückte sich und umarmte sie, sie ließ es mit sich geschehen, weinte und sagte immer wieder: «Ich habe sie gesehen, verdammt, ich habe sie gesehen.» Es gefiel mir,

Mama und die Tante Arm in Arm durch den Flur laufen zu sehen, sie ließen mich allein und zogen sich ins Zimmer zurück. Ich bedauerte, dass die Guajavenschnitze voller Glasscherben waren und dass jetzt offensichtlich mir die Aufgabe zufiel, das Chaos zu beseitigen.

Es wurde nie mehr über diesen Vorfall gesprochen. Großmutter hatte erhöhten Blutdruck und musste mehrfach zum Arzt gebracht werden. Danach blieb sie einige Tage im Bett, Mama machte ihr das Essen und brachte es ihr ins Zimmer. Ich fand es amüsant, wie sie in der Küche mit den Kochtöpfen hantierte und dabei leise murmelte: «Und mich hat sie schamlos genannt» oder «Da spielt sie die Heilige und hat ihrem Mann mit einem Neger Hörner aufgesetzt». Mama wusste nicht, dass ich ihr zuhörte, und irgendwie stimmte mich das Ganze traurig, denn dieser Neger war immerhin mein Großvater, auch wenn ich ihn bis jetzt nicht gekannt hatte. Papa kam am anderen Tag mit sehr ernster Miene auf mich zu und bat mich für das Geschehene um Verzeihung. Ich sagte nichts und fragte nur, ob ich den Großvater denn nicht mehr sehen würde.

«Das ist unser Geheimnis, du und ich, wir werden ihn besuchen, aber das darf niemand wissen, okay?»

Meinetwegen. Ich fand das in Ordnung und sagte es niemandem, nicht einmal Mama, die nach diesem Tag die Tante wieder in ihrem Zimmer besuchte. Ich stellte mir vor, dass sie über Großmutter herzogen, und bedauerte, dass ich nicht dabei sein konnte, aber Mama wollte nicht, dass ich zur Tante ging. Sie sagte, es ginge ihr nicht gut, sie würde zu viel trinken und viel weinen. Die Tante hatte zu viel Traurigkeit in sich, das wusste ich.

Als ich eines Tages aus der Schule kam, fand ich den Onkel mit besorgtem Gesicht im Wohnzimmer vor. Ich fragte nach meiner Mutter, und er sagte, sie hätte ins Krankenhaus gemusst, weil meine Tante krank sei. An diesem Abend musste ich zwei Spielgeleier essen, die mein Onkel zubereitet hatte, weil meine Eltern nicht kamen. Ich blieb wach und wartete, und als ich sie auf dem Flur hörte, öffnete ich die Tür. Mein Vater trug seine Schwester, und meine Mutter kam vorweggelaufen, um mich schlafen zu schicken, sie schlug mir fast die Tür vor der Nase zu, aber ich konnte die Verbände an den Handgelenken meiner Tante sehen. Da verstand ich die Szene, die sich vor Jahren abgespielt hatte. Das kaputte verzauberte Glas auf dem Boden. Die Blutflecken im Zimmer der Tante. Wieder ein Verband an ihrem Handgelenk. Ich weiß nicht, ob jemand es schon vor mir wusste, aber als ich von der Tür wegging, die meine Mutter so plötzlich geschlossen hatte, war mir klar, dass meine Tante ihrem Leben eine neue Wendung gegeben hatte. Sie würde weder Schriftstellerin noch Musikwissenschaftlerin, noch Schauspielerin, noch Tänzerin sein. Meine Tante hatte beschlossen, sich umzubringen, wie jener Mann, und die Gründe dafür würde vielleicht nie jemand in Erfahrung bringen. Bei mir zu Hause wimmelte es von Menschen, die ihre Geheimnisse hatten; das Schweigen hatte viele Gesichter. Ich legte Mozarts *Requiem* auf dem neuen Plattenspieler auf, den Papa Mama gekauft hatte, legte mich hin und stellte mich schlafend. Als meine Eltern hereinkamen, schaltete Papa den Apparat ab, streckte sich auf dem Bett aus und zündete sich eine Zigarette an.

«Wie lange muss ich die hysterischen Anfälle dieser Verrückten denn noch ertragen?»

«Du verstehst überhaupt nichts, weil du völlig unsensibel bist.»

«Sieh mal einer an, jetzt seid ihr also wieder dicke Freundinnen? Dann geh doch hin und tröste sie, aber ruf mich nicht mehr im Dienst an, wenn sie sich noch einmal die Pulsadern aufschneidet, ich habe keine Zeit für so einen Blödsinn.»

«Was? Hast du wegen deiner Schwester etwa eine deiner netten kleinen Partys versäumt?»

«Lass mich in Ruhe und sprich leiser, die Kleine schläft.»

Die Kleine schloss ganz fest die Augen und kuschelte sich in ihr Bett. Ich dachte, vielleicht fehlte der Tante, genau wie mir, einfach nur jemand, der sie festhält.

**Herzlichen Glückwunsch zum Geburtstag** In der achten Klasse fuhr ich zum ersten Mal mit zur Schule auf dem Land. Im Jahr davor hatte der Arzt angeordnet, ich müsse zu Hause bleiben, weil der Genesungsprozess noch nicht abgeschlossen sei. Zu Hause nahm meine Abreise kaum jemand wahr, außer Mama, die die ersten Monate des Schuljahres damit zubrachte, einen Vorrat an Dosen, Kompott, Kondensmilch und Tausenden von Lebensmitteln zusammenzustellen, die sie mir dann sonntags vorbeibringen konnte. Zu jener Zeit mied mich die Großmutter, sie ging mit gesenktem Blick an mir vorbei, als wollte sie die Scham darüber, dass ich einen Mulatten als Großvater hatte, verbergen, und ich glaube, es kam ihr äußerst gelegen, dass ich eine Weile nicht da sein würde.

Auf dem Land war es unterhaltsam, obwohl man früh aufstehen und Latrinen benutzen musste, die die feinen Mädchen natürlich verabscheuten, weil sie stanken und immer voller Frösche waren. Mir gefiel das alles gut, ich schlief auf einer Pritsche, und nachts konnte ich herumstreunen und mich mit Cuatro unterhalten, der schon im letzten Jahr war. Sonntags war Besuchstag für die Eltern. Schon sehr früh kamen die ersten Autos und Busse, ich blieb liegen und sah zu, wie die Mütter ihren Töchterchen Essen und saubere Sachen in die Koffer packten. Cuatros Eltern kamen immer sehr früh und luden mich ein, mit ihnen zu frühstücken, später musste ich dann noch einmal mit Mama und Papa frühstücken, sie kamen immer erst so gegen elf. An diesem Tag führte Papa uns zu einem Ort, der etwas abseits vom Camp gelegen war, dort ließen wir uns nieder, um Mittag zu essen und den Nachmittag zu verbringen. Mama brachte mir immer meine Kassetten mit, und ich hörte meine Musik aus dem Recorder im Auto. Wir hatten eine schöne Zeit, obwohl immer der Moment kam, in dem ich mir wünschte, dass sie mich endlich allein ließen und sich mit ihren Tangos und russischen Liedern aus dem Staub machten. Papa schaute nervös auf die Uhr und sagte, er würde nicht gerne nachts fahren, Mama dagegen wollte immer so lange bleiben wie möglich, sie wollte mich kämmen, wissen, ob es mir gut ging, ob mir die Beine nicht wehtäten, ob mich die Moskitos quälten, ob die Arbeit hart sei, ob das Wasser dreckig sei, ob die Jungen in den Mädchentrakt kämen, ob es regnete, ob es Löcher in den Holzwänden der Duschen gebe; kurzum: Sie wollte einfach alles wissen, und ich erzählte es ihr, um sie glücklich zu machen. Wenn sie schließlich gingen, konnte ich frei über die Felder wandern, mich auf die Erde legen oder mich auf einem Baum verstecken, während im Wohnheim die Mädchen vor Sehnsucht nach ihren in Havanna zurückgebliebenen Freunden seufzten oder sich für den Tanz am Abend schminkten, bei dem sie bestimmt einen Partner finden würden.

Damals habe ich angefangen, Gedichte zu schreiben. Im Quartier fand ich einen verzweifelt wartenden Cuatro vor. Ich lud ihn zu irgendwelchen Leckereien ein, die meine Mutter mitgebracht hatte, und las ihm meine Gedichte vor. Für ihn waren Gedichte etwas so Rätselhaftes wie die Schwarzen Löcher, und er fand mich großartig. Einmal hatte ich eins meiner Gedichte auf der Pritsche liegen lassen. Ich war es gewohnt, als Letzte zu duschen, weil die Duschen dann leer waren. Als ich in das Wohnheim zurückkehrte, kamen die beiden Mädchen, die neben mir schliefen, auf mich zu und behaupteten, sie hätten das Gedicht auf dem Boden gefunden. Ich war wütend, weil ich meine Werke außer mit meinem Freund Cuatro mit niemandem teilen wollte, aber eines der Mädchen sagte, sie hätte noch nie ein so schönes Liebesgedicht gelesen, und bat mich, ihr noch andere zu zeigen. Da fühlte ich mich gut und willigte, immer noch ein wenig misstrauisch, ein, ihnen eins von den vielen anderen Liebesgedichten zu zeigen, die ich während der Nachmittage auf dem Land geschrieben hatte. Die Mädchen waren beeindruckt und riefen andere herbei, und plötzlich sah ich mich von seufzenden Wesen umgeben, die, den Blick zur Decke gerichtet, von ihren Freunden, der Liebe und meinen Gedichten sprachen. Das war Klasse. Von dem Tag an wurde ich zur Dichterin, wie mich einige nannten, und ich fing an, am laufenden Meter zu schreiben. Während der Arbeitsstunden kamen einige auf mich zu, um mir von den Problemen mit ihren Freunden zu erzählen; ich sollte irgendetwas schreiben, also schrieb ich die Namen auf ein Blatt Papier und verfasste Verse zu den Situationen, die sie mir geschildert hatten. Das war ausgesprochen unterhaltsam. Die Brigadeführerin war in den Englischlehrer verliebt, und deswegen durfte ich mich, ohne zu arbeiten, in die Ackerfurche legen, um für sie Gedichte an ihren Geliebten zu schreiben. Plötzlich war ich die Kupplerin des Camps geworden. Mein Ruf machte die Runde, und aus allen Brigaden kamen Mädchen, um mir ihre Geschichte zu erzählen. Ich sagte im Scherz, sie müssten mich für meine Dienste entlohnen, wohl wissend, dass es Dinge gibt, die, je nachdem, wie man sie sagt, als Spaß oder als ernst gemeinte Bemerkung aufgefasst werden können, aber keinesfalls als Beleidigung. Es erwies sich, dass die Mädchen, je mehr sie der tröstenden Gedichte bedurften, meine Dienste immer mehr in Anspruch nahmen und mir dafür Schokolade, Eis oder etwas anderes zum Essen schenkten. Es gab sogar welche, die sich erboten, mir die Wäsche zu waschen, und ich nahm das Angebot an, warum nicht, ich war der Ansicht, dass geistige Arbeit einen gerechten Lohn verdient hat. Cuatro hielt mich für total verrückt, das sagte er mir ausgerechnet, während er von den Sachen aß, die ich mit meiner Arbeit verdient hatte, und dann fragte er mich erneut, ob ich seine Freundin werden wollte. Ich wollte nicht. Ich wollte niemandes Freundin sein. Ich hatte in all den Jahren so vieles gesehen, dass Liebesgeschichten für mich nicht mehr waren als das tägliche Handwerk, mittelmäßige Gedichte zu schreiben, damit die anderen Liebesseufzer ausstoßen und mit dem Foto ihres Freundes im Arm einschlafen konnten.

Als ich vom Land zurückkam, war die Atmosphäre zu Hause noch gespannter als sonst. Großmutters Blick stanzte fast Löcher in den Boden, wenn sie an mir vorbeiging. Die Tante blieb hinter ihrer Tür verborgen. Der Onkel ließ sich die Haare wachsen. Papa war nur mehr ein Schatten, der spät in der Nacht kam und im Morgengrauen ging. Mama erzählte mir, ganz grau im Gesicht, ihre Ehe sei ein einziges Desaster, mein Vater tauge einfach nichts, er sei genau wie früher, verlogen und feige, und sie sei so dumm gewesen, an ihn zu glauben. Mama wollte wieder arbeiten, aber sie war so viele Jahre aus dem Theaterleben heraus, sie bezweifelte, dass irgendein Schauspieldirektor sie in seine Truppe aufnehmen würde. Sie hatte Angst und wusste nicht, was sie tun sollte; sie sprach mit so viel Reue und Hass von der Ehe, dass ich ihr meine Gedichte nicht zeigen wollte. Das kam überhaupt nicht infrage, ich schwor mir, sie weder ihr noch sonst jemandem in der großen Wohnung zu zeigen. Damals fingen sie und die Tante mit ihren Plauderstündchen im Zimmer wieder an, wie in früheren Zeiten. Wenn ich aus der Schule kam, wusste ich, dass ich sie hinter der Tür vorfinden würde, wo es viele Bücher und Opern und Symphonien und so viel Traurigkeit gab, dass auch ich traurig wurde, weil ich wusste, dass die beiden sich an einem Ort verloren hatten, von dem aus es kein Zurück gab, wenn sie nicht den Kurs änderten. Ich war absolut überzeugt: Die Liebe, dieses Wort, das in aller Munde ist, kann von mir aus seine Kreise ziehen, Hauptsache, es kommt nicht in meine Nähe. Ich wusste nicht genau, was ich wollte, aber ich wusste ganz genau, was ich nicht wollte. Ich wollte nicht weinen und zu einem Schatten werden und anderen die Schuld zuweisen. Die ganz sensiblen Menschen leiden und sind immer die Verlierer. Ich wollte nicht verlieren. Niemals.

Es war schon fast zwei Wochen her, seit ich zurückgekehrt war, und noch immer sprach Papa nicht davon, dass wir Großvater besuchen würden. Es hatte sich so eingebürgert, dass wir uns einmal im Monat sahen, und ich wusste, dass Papa während meiner Abwesenheit dort gewesen war. Großvater hatte ein Zimmer in Habana Vieja, das Viertel gefiel mir nicht besonders, aber ich ging gerne dorthin, denn die Nachbarin machte Süßigkeiten, und der Alte von nebenan trommelte und sang afrikanische Lieder, und alle tranken von dem Rum, den Papa mitgebracht hatte. An dem Sonntag, an dem wir wieder zu ihm gingen, unterhielten sie sich lange, während ich Milchreis aß und den Geschichten des Nachbarn lauschte. Als sie aus dem Zimmer kamen, blickte Papa sehr ernst drein, Großvater lächelte und sagte, mein Vater sei ein wirklich rechtschaffener Mann, er habe sich ja schon darüber aufgeregt, dass man ihm bei seinem letzten Besuch den Rückspiegel vom Auto gestohlen habe, das auf der anderen Straßenseite stand. Papa verzog das Gesicht und sagte, wir müssten jetzt gehen. Großvater kam auf mich zu, küsste mich auf die Stirn und sagte, ich könne kommen, wann immer ich wolle, aber ich solle seinem Sohn nichts davon sagen. Ich lächelte, und dann gingen wir. Auf der Rückfahrt war Papa sehr schweigsam, ich sah aus dem Fenster und verfolgte aus den Augenwinkeln seine Bewegungen. Wir fuhren an einem Bierwagen vorbei, Papa hielt an, stieg aus, ohne etwas zu sagen, und kam mit einem vollen Becher zurück. Er zündete sich eine Zigarette an und lehnte sich zurück. Ich wusste nicht, was ich sagen sollte, nahm den Becher, den er mir hinhielt, und trank einen kleinen Schluck.

«Wie kann ich sicher sein, dass dieser Kerl wirklich mein Vater ist?»

Das war das Erste, was er nach langem Schweigen sagte. Dann begann ein Monolog, und nach jedem Wort hatte ich das Gefühl, der Sitz unter mir würde im Boden versinken und mich mit in die Tiefe reißen. Er blickte starr auf die Fensterscheibe und fragte sich, warum zum Teufel er einen Kerl durchfüttern solle, der jetzt mit der Geschichte aufgetaucht war, dass er so allein sei und seinen einzigen Sohn, das Einzige, was ihm etwas bedeute, zurückgewinnen wolle. Papa sah ziemlich verärgert aus, er trank schnell und sagte, seiner Mutter wolle er davon nichts sagen und seiner Schwester könne man nichts glauben, weil sie hysterisch sei. Er fragte sich einen Haufen Sachen, und ich fragte mich, warum zum Teufel er das alles auf mir abladen musste. Die anderen sahen in mir offensichtlich nur ein großes Ohr; ein Ohr ohne Mund und scheinbar auch ohne Gefühle. In dem Moment war es mir schnurzpiepegal, ob mein Großvater sein Vater war oder ob ihn der Klapperstorch gebracht hatte. Ich hatte einen Großvater, der Zigarren rauchte und mich nie mit Wiegenliedern in den Schlaf gesungen hatte, aber ich wollte nicht, dass sie schon wieder meine Geschichte änderten. Ich beschloss, ihn heimlich zu besuchen, ich würde ihm Geschenke bringen und mit dem trommelnden Nachbarn singen und niemandem etwas davon sagen, vor allem Papa nicht, der sein Bier ausgetrunken hatte, mir über den Kopf strich, mein Haar zerwühlte und sagte:

«Vergiss, was ich geredet habe ...»

Er ließ den Wagen an, und wir fuhren los. Ich schwor mir, bei meinem nächsten Besuch ein Foto von Großvater zu machen und es neben meinem Bett aufzuhängen, wie das Foto von Papa an meiner Wiege, als ich klein war.

Im darauf folgenden September gingen Cuatro und ich getrennte Wege. Er fing mit den präuniversitären Studien an, und ich kam in die neunte Klasse. Sein Institut war nicht in der Nähe der Schule, und so konnten wir uns nicht mehr jeden Tag sehen. Anfangs kam er zu mir, um mir alle Neuigkeiten zu berichten. Er war stolz, in den Kommunistischen Jugendverband eingetreten zu sein. Dann sahen wir uns nur noch an den Wochenenden, und die Woche über telefonierten wir.

In dem Jahr wurde ich fünfzehn. Der fünfzehnte Geburtstag war gewöhnlich ein albernes Fest, an dem die Mädchen sich in klassischen Posen ablichten ließen: hinter dem Duschvorhang, am Telefon, vor dem Spiegel, auf dem Bett liegend, das Kinn auf die Hände gestützt und die Beine in der Luft gekreuzt. Die Fotos sahen alle gleich aus, nur das Gesicht des Geburtstagskindes war immer ein anderes. In meiner Klasse war ich die Einzige, die fünfzehn wurde, weil ich ein Jahr älter war als die anderen, aber zu ihrem großen Bedauern konnte ich nicht mit Fotos dieser Art aufwarten. Zum Glück hatten weder meine Mutter noch mein Vater ein Interesse daran, mich in so lächerlichen Posen verewigt zu sehen. Außerdem konnte man nicht gerade behaupten, dass mein Körper schon erste Anzeichen erblühender Jugend erkennen ließ. Ich war immer noch das blasse Klappergestell, bei dem als Einziges das wirre Haar und die blauen Augen hervorstachen. Weil ich kein Interesse daran hatte, eine Party zu geben, und nur mit Cuatro feiern wollte, beschlossen meine Eltern, sich für ein Wochenende in einem Klub für Militärangehörige am Strand einzumieten. Mama wollte unbedingt, dass ich eine Freundin einlud, aber ich hatte keine Freundinnen. Es war Januar, und Cuatro war mit seiner Gruppe aus dem Institut für präuniversitäre Studien in der Schule auf dem Land, also blieb niemand übrig, den ich hätte einladen können. Papa bestand darauf, dass wir Großmutter mitnahmen, denn er wollte nicht, dass seine Mutter von ihrer Enkelin getrennt würde. Mama sagte erst mal nichts, und dann sagte sie, der Tante würde es auch gut tun, beim fünfzehnten Geburtstag ihrer Nichte dabei zu sein. Da sah ich sie beide lächelnd an und schlug vor, wir könnten doch auch Großvater mitnehmen. Das brachte sie völlig aus der Fassung. Mama schlug die Hände über dem Kopf zusammen, Papa sah mich ernst an und sagte dann, wir würden nur zu dritt fahren. Und wir fuhren tatsächlich allein.

Am Strand war es ganz schön, nur konnte man nicht baden, weil Winter war. Mama blieb morgens in der Hütte, um zu lesen und Tee zu trinken. Papa spielte mit anderen Männern Billard. Ich ging am Strand spazieren und schaute mir die tosenden Januarwellen an, oder ich setzte mich irgendwohin, um von weitem die jungen Leute beim Volleyball zu beobachten, oder ich ging in das Spielzimmer, wo sich die Kinder langweilten. Meine Eltern machten mir viele Geschenke, sie hatten sogar einen Kuchen mitgebracht, den wir mit den Leuten aus den anderen Hütten teilten. Auch wenn es komisch klingt, es war ein schönes Wochenende. Wenn wir im Restaurant beim Essen saßen, machte Papa Witze, und Mama lachte, sie sagte auch nichts, als er Sangria für mich bestellte. Abends lagen sie und ich auf dem Bett und schauten fern. Papa ging mit den anderen in die Bar und zum Billard und kam dann zurück, um uns in den Nachtklub einzuladen, wo eine Gruppe spielte; wir setzten uns alle drei an einen Tisch, wie eine richtige Familie. Ich tanzte mit Papa, der ein schlechter Tänzer war, und Mama trug einen Tango vor und gewann damit einen Wettbewerb. Als die Veranstaltung zu Ende war, ging Mama schlafen, und Papa blieb mit den anderen noch draußen am Pool, um weiterzutrinken. Ich schloss mich in meinem Zimmer ein, das ein Glasfenster mit

Blick aufs Meer hatte, und schrieb, diesmal keine Gedichte, sondern irgendwelche Sachen, die mir gerade durch den Kopf gingen und die ich niemandem zeigen wollte, nicht einmal Cuatro, der in diesem Moment, weit entfernt in Pinar del Río, mit seinen neuen Freunden etwas unternahm und teilhatte an neuen Geschichten, in denen ich keine Rolle spielte. Ich stellte fest, dass ich Cuatro vermisste, aber ich konnte mit seiner Abwesenheit durchaus leben.

Als wir nach Hause zurückkamen, war ich glücklich, und ich fühlte mich noch glücklicher, als die Tante ins Zimmer kam und sagte, sie hätte ein Geschenk für mich. Mama lächelte ihr komplizenhaft zu, und wir gingen in ihr Zimmer. Auf dem Bett stand ein Korb, und in dem Korb schlief eine kleine Siamkatze.

«Es ist ein Katzenmädchen, und sie heißt Frida, du musst dich um sie kümmern und ihr all deine Zuwendung schenken, hast du gesehen, sie hat genauso blaue Augen wie du.»

Die Tante lächelte hinter den dunklen Augenringen, und ich nahm das schlafende Katzenbaby, das klein und hässlich war, aus dem Korb. Siamkatzen sind immer hässlich, wenn sie geboren werden, sie sind ganz weiß und haben Affengesichter. Ich legte sie auf meine Schulter, und sie fing an zu schnurren und sich sanft an meinen Hals zu schmiegen. Ich bedankte mich für das Geschenk und dafür, dass die Tante mir ihre Tür wieder geöffnet hatte. Ich wusste, dass die beiden sich abgesprochen hatten, sie wollten mir einen Gefallen tun und Großmutter und Vater ärgern, denn die mochten keine Tiere, aber das war mir egal. Ich war fünfzehn Jahre alt geworden und hatte das Recht, etwas in dieser Wohnung zu haben, das allein mir gehörte. Mama sagte, ich müsse mich um alles kümmern und unbedingt vermeiden, dass Frida die anderen belästigt. Die Tante servierte drei Gläser Wein, und wir setzten uns auf den Boden, um *Die Vier Jahreszeiten* von Vivaldi zu hören. Sie erzählten mir von Frida

Kahlo und zeigten mir ein Buch mit Bildern von ihr, während das Kätzchen auf meinen Beinen schlief, ich dachte, wie genial es doch war, eine große Familie zu haben, auch wenn diese Einschätzung nur so lange andauerte wie mein fünfzehnter Geburtstag.

**Wenn du es drückst, explodiert es** Ich lernte gern nachts, denn da war es am ruhigsten. Ich steckte mitten in den Abschlussklausuren für die neunte Klasse. Zu meiner Mutter sagte ich, ich würde aufbleiben, um zu lernen, aber wenn sich alle Türen geschlossen hatten, legte ich mich neben Frida auf das Wohnzimmersofa, um ihr aus irgendeinem Buch vorzulesen. Samstags musste ich geduldig warten, bis das Fernsehprogramm zu Ende war und die anderen sich in ihre Gemächer zurückgezogen hatten.

Eines Samstags sahen wir uns alle gemeinsam Spielfilme an. Großmutter schlief in einem Sessel vor dem Fernseher, Mama und die Tante saßen auf dem Sofa, und mein Vater saß rauchend und Wodka trinkend in dem anderen Sessel. Ich lag auf dem Boden, Frida lief auf mir herum und spielte mit allem, was sich um sie herum bewegte. Plötzlich ging die Tür auf, und der Onkel trat völlig verschwitzt ein, er blieb kurz stehen, sagte «Guten Abend» und verzog sich Richtung Küche in sein Zimmer. Wir schauten ihm flüchtig nach und wandten uns wieder dem Film zu.

Eine halbe Stunde später klopfte es heftig an die Tür. Großmutter sprang aus ihrem Sessel auf, Papa erhob sich missmutig und murmelte, das sei doch keine Art, so könne man doch um diese Uhrzeit bei niemandem mehr anklopfen. Er schob den Riegel zur Seite, und als er die Tür aufmachte, stürzte sich ein Kerl wütend auf ihn.

«Ich bring dich um, du mieses Schwein!»

Der Kerl drosch auf meinen Vater ein, der völlig perplex in

seinem geblümten Pyjama und mit der Zigarette in der Hand dastand und ihm schließlich seinerseits einen Schlag versetzte.

«Das ist der Falsche, Papi, das ist der Falsche.»

Hinter dem Kerl kam ein ungefähr zehnjähriges Mädchen gelaufen. Er trat ein paar Schritte zur Seite und fragte: «Wo ist der Mistkerl, wo hat sich die verdammte Schwuchtel verkrochen, ich werde ihm die Fresse polieren.» Papa brüllte ihn fluchend an, für wen er sich denn hielte, auf diese ungehörige Art in seine Wohnung einzudringen. Mama stand auf und sagte gar nichts. Großmutter fing wieder an mit ihrem «Heilige Mutter Gottes, was ist denn jetzt schon wieder los?». Die Tante zog die Beine auf die Couch und umklammerte sie mit den Armen. Ich hatte Angst, schnappte mir Frida und setzte mich neben die Tante. Der Kerl schrie weiter, er werde ihn umbringen, er wisse, wo er wohne, seine Tochter lüge nicht und er werde nicht gehen, bis er ihm die Fresse poliert habe, weil er eine perverse Schwuchtel sei. Papa versuchte ihn zu beruhigen, er sagte, vielleicht handele es sich um ein Missverständnis, das sei eine anständige Familie, und lauter so Sachen, aber der Kerl kapierte nichts, bis ein anderes Gesicht in der Tür erschien, ein Junge von vielleicht zwanzig Jahren, mit verweinten Augen und geröteten Wangen.

«Hör auf, Papi, lass uns gehen, hör auf, bitte.»

Der Kerl drehte sich um und verpasste dem Jungen eine Ohrfeige, dass er taumelte und auf den Boden fiel, wo er weiterweinte und jammerte, sie sollten endlich gehen, das wäre ja unerträglich, ob er nicht das Recht habe, sein eigenes Leben zu leben. Aber der Kerl hörte gar nicht hin, er schüttelte ihn am Arm und sagte, er solle gefälligst den Mund halten und sofort nach Hause gehen, das wäre seine Angelegenheit. Ich sah, wie das Gesicht meines Vaters plötzlich einen angespannten Ausdruck bekam, er sah die Tante an, und diese brach in hysterisches Gelächter aus. Großmutter hielt beide Hände vor den Mund und fuhr mit ihrer Klagelitanei fort. Papa lief in die Küche und klopfte an die Tür des Onkels. Der halb wahnsinnige Kerl folgte ihm und brabbelte dabei unverständliche Beleidigungen vor sich hin. Der Junge am Boden weinte weiter, stieß das Mädchen weg und nannte sie eine dumme kleine Petze. Mama umarmte das Mädchen, das zu weinen anfing, während Papa brüllte, wenn der Onkel nicht sofort die Tür aufmache, werde er sie eintreten. Da stand Großmutter schnell auf und ging in die Küche, ich wollte auch mit, aber Mama hielt mich zurück. Auf der anderen Seite forderte Großmutter etwas mehr Respekt in ihrem Haus, der Kerl solle verschwinden und Papa endlich aufhören zu schreien, wenn sie nicht auf der Stelle damit aufhörten, werde sie sich ein Messer ins Herz rammen. Ich muss gestehen, das Bild erschien mir höchst eigenwillig, Mama aber nicht. Sie setzte das Mädchen in den Sessel, ging in die Küche und bat um Ruhe. Die Tante lachte immer noch nervös, sie hielt Frida zwischen ihren Händen und wiederholte ständig: «Sie sind alle verrückt geworden.» Ich musste mir nicht allzu viel zusammenreimen, ich sah den weinenden Jungen am Boden und stellte fest, dass alle seit langem wussten, was ich in jener Nacht aus meinem Versteck in der Küche beobachten konnte: Der Onkel war ein Perverser.

Mein Vater schlug weiter gegen die Tür, und der Kerl half ihm dabei. Großmutter schrie, Mama umarmte sie und drängte sie ins Wohnzimmer zurück; es war ein Bild für die Götter. Ich nutzte die Gelegenheit, um in die Nähe der Küchentür zu gelangen, von wo aus ich sehen konnte, wie mein Vater und dieser Kerl schließlich die Tür aufbekamen. Drinnen kauerte der Onkel in einer Ecke. Mein Vater ging auf ihn zu und zischte, er verlange für all das eine Erklärung. Der Onkel stieß einen Schrei aus, aber als der Kerl sich an meinem Vater vorbeischieben und sich auf ihn stürzen wollte, stellte sich mein Vater mit der Geschicklichkeit eines ranghohen Offiziers zwischen ihn und seinen Bruder und verpasste ihm einen Faustschlag. Da stand der Junge auf, stieß mich beiseite und lief durch die Küche. Großmutter löste sich aus den Armen meiner Mutter, und ich ging auf die Seite, um nicht wieder weggestoßen zu werden. Mama schrie mich an, ich solle aus der Küche verschwinden. Der Junge stürzte sich von hinten auf seinen Vater und schrie, er solle ihm nichts tun, er solle ihn in Ruhe lassen, er selber habe die Schuld an allem, weil er ihn liebe, und als mein Vater das hörte, schrie er so etwas wie: «Wenn dich hier einer umbringt, dann ich, du Scheißschwuchtel» und zerrte seinen Bruder am Hemdkragen vom Boden hoch. Großmutter rief, der Jüngere solle den Älteren sofort loslassen, was sollten denn die Nachbarn denken, was für eine Schande. Alle waren völlig außer sich, Papa schüttelte seinen Bruder, der klagte und wie ein Kind wimmerte, bis er auf einmal schrie: «Du weißt, dass ich immer schon so war, verdammt, und ich werde immer so sein.» Der andere Kerl brüllte weiter, und sein zwanzigjähriger Sohn sagte immer wieder: «Ich bringe mich um, verdammt, ich bringe mich um.» Meine Mutter versuchte meinem Vater etwas zuzurufen. Sie standen alle in dem Zimmer, während die Tante mit irrem Blick mit Frida sprach, das kleine Mädchen allein im Sessel vor sich hin weinte und im Samstagsfilm ein Polizist einen Bösewicht niederschlug. Ich schaute das Mädchen an und wollte auf sie zugehen, um etwas zu sagen, aber was hätte ich ihr sagen sollen? Sie musste für ihren Bruder denselben Hass empfinden, wie ich ihn damals für den Onkel empfunden hatte, doch genau genommen tat mir der Onkel jetzt Leid, aber nicht nur er, sondern auch die anderen taten mir Leid: die Nachbarn, die in der Tür standen und fragten, was denn das für ein Lärm sei, die Tante, die Frida losgelassen hatte und jetzt, den Kopf zwischen den Beinen, weinte, das kleine Mädchen, und sogar ich tat mir Leid.

Ich habe nicht mehr mitbekommen, wie das Ganze ausgegangen ist. Plötzlich lief ich einfach weg, ich rannte raus, über die Straße, und lief und lief, immer weiter, und als ich müde war, beschloss ich, zu Großvater zu gehen. Er freute sich, mich zu sehen, er war mit Freunden zusammen und halb betrunken, also wunderte er sich auch nicht über meinen späten Besuch. Ich saß eine Weile bei ihnen und sah zu, wie sie tranken und sangen. Dann sagte ich, ich würde mich eine Weile hinlegen, und er fand das in Ordnung. Ich ging in das Zimmer, ohne Licht anzumachen, und setzte mich neben dem Bett auf den Boden, ich hatte das Geschrei der anderen und das Weinen des Jungen noch in den Ohren, und ich wollte, dass das aufhörte, die Stimmen sollten aus meinem Kopf verschwinden. Ich wollte sie loswerden und schlug mit dem Kopf gegen die Wand, erst einmal und dann immer wieder. Ich hatte keine Lust zu weinen, ich wollte nur schlafen, und ich vermisste Frida, die Arme war ganz allein in diesem Haufen Irrer. Ich nahm mir vor, sie nie mehr allein zu lassen, und darüber schlief ich ein.

«Ja, Ramón, ich weiß, sie sind alle bescheuert, aber ich werde nichts sagen, geh raus zum Auto, da ist dein bescheuerter Sohn, sag ihm, er soll es ihnen sagen, ich bin nur gekommen, um meine Tochter zu holen, und sobald sie wach ist, werden wir gehen; danke für den Kaffee.»

Ich schlug die Augen auf und sah neben meinem Großvater meine Mutter in der Tür stehen. Ich richtete mich ein wenig auf, und sie kamen beide auf mich zu. Mama küsste mich und sprach in sehr liebevollem Ton, ich solle aufwachen, damit wir gehen könnten, und sie lehnte den Milchkaffee ab, den mein Großvater mir anbot. Ich stand schweigend auf und sagte, ich würde gerne einen Milchkaffee trinken. Wir mussten ein Weilchen warten, bis die Nachbarin das Frühstück für mich zubereitet hatte, und Mama redete und redete, aber ich hörte kaum hin.

«Hat Frida gefrühstückt?», fragte ich, und Mama senkte den Blick, sagte ja und seufzte resigniert.

Auf der Rückfahrt starrte ich wie immer aus dem Fenster. Vorne herrschte Schweigen. Das Auto fuhr durch den Tunnel und hielt nicht mehr, bis wir bei dem militärischen Zentrum ankamen, wo wir öfter zu Mittag aßen. Es war Sonntagmittag. Papa war Letzter in der Schlange fürs Restaurant, und wir setzten uns auf die Stühle, die etwas abseits von den anderen standen.

«Wir müssen uns bei dir entschuldigen.» Er sah Mama an. «Ich muss mich bei dir entschuldigen ... Was gestern passiert ist, wird nicht mehr vorkommen, der Onkel wohnt nicht mehr bei uns, aber ich will nicht, dass du es durch das Gerede der anderen Leute erfährst. Bei dem Theater gestern mussten ein paar Nachbarn eingreifen, und dann war Ruhe, dieser Kerl ist mit seinen Kindern nach Hause gefahren, ich habe dann ein ernstes Wörtchen mit meinem Bruder gesprochen, und wir kamen überein, dass er das Haus verlässt, daraufhin fühlte deine Großmutter sich nicht gut, und wir mussten sie zum Arzt bringen. Jetzt geht es ihr wieder gut, aber es ist besser, die Angelegenheit ihr gegenüber nicht zu erwähnen, also, es ging darum, dass ...»

«... der Onkel schwul ist und ihm junge Männer gefallen, das wusste ich schon, Papa ...»

Meine Eltern wussten nicht, was sie sagen sollten, und ich stand auf, um mir ein wenig die Beine zu vertreten. Ich wollte weg von ihnen, obwohl sie keine Schuld traf. Bei wie vielen Dingen hat überhaupt jemand Schuld? Ich wusste, dass die Geschichte so nicht gelaufen war, Papa sagte nie die ganze Wahrheit, nur immer einen Teil, um niemanden zu verletzen. Das hatte ich von klein auf gelernt. Als wir nach Hause kamen, bemerkte ich, wie die Nachbarinnen vom Stockwerk tiefer uns anstarrten. Das amüsierte mich. In der Wohnung war niemand.

Ich stellte mir vor, dass Großmutter und die Tante in ihren Zimmern waren. Den Onkel stellte ich mir gar nicht vor. Ich setzte mich auf das Sofa, um Frida zu streicheln und ihr Sachen ins Ohr zu flüstern, zum Glück hatte Frida die Gabe zu schweigen.

Beim Examen am Montag fiel ich natürlich durch, aber ich bestand später bei der Wiederholung mit der Hilfe meiner Mutter, die mit mir lernte. In jener Woche machte die Tante ihren dritten Selbstmordversuch. Dieses Mal nahm sie Tabletten, aber meine Mutter fand sie wie immer rechtzeitig und rief trotz seiner zu erwartenden Gereiztheit meinen Vater wieder auf der Arbeit an, damit er sie ins Krankenhaus brachte.

Großmutter war am Boden zerstört. Sie gebärdete sich ausgesprochen merkwürdig, suchte meine Nähe, behandelte mich liebevoll und rief mich in die Küche, um mir Süßigkeiten zuzubereiten, sie schüttete mir ihr Herz aus, sagte, ihre Kinder würden sie eines Tages noch umbringen, ich täte ihr Leid, ich wäre das Beste in diesem Haus. Sie tat mir auch Leid, aber das sagte ich ihr natürlich nicht. Ich beherrschte die Kunst des Zuhörens.

Cuatro wollte ich nichts davon erzählen, ich schämte mich. Aber er ahnte, dass etwas vorgefallen war, denn er hatte an dem Sonntag bei mir zu Hause angerufen, während ich noch selig bei meinem Großvater vor mich hin schlummerte. Die Tante hatte abgenommen und gesagt, alle wären verrückt und meine Eltern würden völlig außer sich die ganze Stadt nach mir absuchen, als wäre ich aus der Anstalt entflohen. Cuatro dachte, meine Tante wäre nun endgültig durchgedreht, bedankte sich und legte auf; er hat nie erfahren, was eigentlich los war. Ich habe eine Geschichte erfunden und gesagt, ich wäre im Morgengrauen aufgewacht und hätte den Mond gesucht. Ich wäre draußen herumgelaufen, hätte den Mond aber nicht gefunden. Mein Freund lachte und sagte, der Mond sei 384000 Kilometer von der Erde entfernt, und er schimpfte mit mir, weil ich durch das

Examen gefallen war. Er wusste, dass ich nicht die Wahrheit sagte, aber er respektierte mein Schweigen, und ich wusste, dass das genau die Eigenschaft war, die ich am meisten an ihm liebte.

Im September begann ich mit den präuniversitären Studien, und so waren wir wieder an derselben Schule. Meinen Vater schickten sie nach Angola. Alle Militärs mussten eine Zeit lang dorthin. Mama war von der Nachricht überhaupt nicht begeistert, weil in Angola Krieg war. Mein Vater mochte zwar ein verdorbener, verlogener Frauenheld sein, wie sie sagte, aber sie wollte ihn nicht als Märtyrer. Für mich war das auch nicht gerade eine tolle Nachricht: Auch wenn Papa nicht jede Nacht zu Hause schlief und mir nicht allzu oft einen Kuss gab, machte mich die Vorstellung, dass er so lange so weit weg sein würde, traurig, aber das sagte ich niemandem. Papa ging und sagte, er würde für mich zum Helden werden, aber ich müsste für ihn eine gute Schülerin sein, und so kamen wir überein, uns zu schreiben und uns gegenseitig von unseren Heldentaten zu berichten.

Die erste Heldentat konnte ich ihm nicht erzählen, weil Mama das nicht wollte. Sie war nämlich von der Semesterleiterin in das Institut für präuniversitäre Studien bestellt worden, weil ich wiederholt die Schule geschwänzt hatte. Dafür erzählte ich ihm, dass meine Mutter, nachdem sie dreimal in der theoretischen und einmal in der praktischen Fahrprüfung durchgefallen war, den Führerschein bekommen hatte, indem sie zur passenden Zeit dem Fahrlehrer zwei Flaschen sieben Jahre alten Rum zugesteckt hatte. Mein Vater antwortete kaum, er schrieb einen Brief an uns beide und erzählte von Manövern und Sehnsüchten. Für mich war Angola ein dunkler Urwald mit Stechfliegen, die Eier in der Haut ablegten und seltsame Krankheiten übertrugen; ein Ort, wo Papa sich entsetzlich langweilte und keine Gelegenheit hatte, mir zu schreiben, und so beschloss ich, ihm auch nicht mehr zu schreiben. Mit dem nächsten Brief kamen vier Seiten, in denen er mir eine Menge Heldentaten berichtete. Den anderen unter Druck zu setzen war zweifellos eine gute Methode, um das Schweigen zu brechen.

Von dem Onkel hörte ich nichts mehr, nur dass er manchmal mit seiner Mutter telefonierte. Ich weiß, dass er noch einmal gekommen ist, um seine Sachen zu holen, aber wohl zu einer Zeit, zu der kaum jemand anzutreffen war. Sobald sie es mir erlaubten, zog ich in sein Zimmer um. Ich war glücklich, ein eigenes Reich für mich und Frida schaffen zu können; Mama wollte nach Papas Abreise zwar unbedingt, dass wir ein Zimmer teilten, aber ich lehnte ab. Endlich konnte ich die Tür schließen und alle anderen vergessen, ich konnte Poster an die nackten Wände hängen, Schuhe herumliegen lassen, ich brauchte das Bett nicht zu machen und konnte hin und wieder eine rauchen. Es war phantastisch. Das erste Foto, das Papa schickte, auf dem er im Tarnanzug zu sehen war, hängte ich an die Wand gegenüber von meinem Bett, und damit Mama nicht eifersüchtig war, hängte ich eins von ihr daneben. Sie machten sich gut, so nebeneinander, aber doch durch eine undefinierbare Linie getrennt, ich hatte nämlich ein Stück Wand zwischen ihnen frei gelassen. Endlich hatte ich eine Höhle, in die ich mich zurückziehen konnte, einen Raum ganz allein für mich, eine Tür, die ich zumachen konnte.

**Gott wohnt im fünften Stock** Am Institut für präuniversitäre Studien hatte Cuatro neue Freunde gefunden. Die aus meinem Studienjahr waren ein Jahr jünger, also schloss ich mich lieber Cuatros Leuten an. Ich hatte nachmittags Unterricht und er morgens, so war ich gezwungen, öfter vor der letzten Stunde zu gehen, weil sie sich an den Tagen, an denen sie zusätzlich nachmittags in die Schule mussten, bei ihm zu Hause trafen, um Silvio zu hören oder sich zu unterhalten. In der Schule fanden Sport oder militärische Übungen nämlich immer gegenläufig zum Unterricht statt, und damals war das Land damit beschäftigt, Luftschutzeinrichtungen gegen Angriffe des Feindes zu bauen. Cuatros Gruppe musste immer Mittwochnachmittags in die Schule gehen und Löcher im Hof ausheben. Weil er und seine Freunde Mitglieder des Kommunistischen Jugendverbandes waren, machten sie alles, was von ihnen verlangt wurde. Ich schwänzte die letzte Stunde, um mich mit ihnen zu treffen, denn das Ausheben interessierte eigentlich niemanden so recht, man konnte dabei ein wenig Spaß haben, sich mit Erde beschmieren und vor den Lehrern davonlaufen, die alles viel zu ernst nahmen. Danach gingen wir zu Cuatro. Es gefiel mir, mich über die Balkonbrüstung zu lehnen und ihnen zuzuhören; sie gehörten zum selben Team, hatten alle gute Noten und interessierten sich für wissenschaftliche Entdeckungen. Einer von ihnen schrieb Gedichte und las sie den anderen vor. Aber so sehr Cuatro auch auf mich einredete, ich weigerte mich beharrlich, etwas von mir vorzulesen. Zu jener Zeit hatte ich die romantische Dichtung als Gegenleistung für Kompott ganz zugunsten anderer schriftstellerischer Arbeiten aufgegeben. An einem Nachmittag las der junge Poet etwas vor, das mir sehr interessant vorkam, und ohne dass mich jemand darum gebeten hatte, sagte ich, ich würde auch ein Gedicht vorlesen. Cuatro war sofort begeistert und bat um absolute Ruhe. Ich las. Als ich fertig war, schaute ich auf, und das Mädchen, das neben meinem Freund saß, starrte mich an, als hätte es nur Bahnhof verstanden, der Junge auf der anderen Seite genauso; Cuatro richtete seine Brille, nur der Poet sagte, es wäre großartig. Mein Freund stand auf, um Tee nachzugießen, und sagte, die Lyrik wäre ihm immer noch ein Rätsel, er bewundere diejenigen, die einen Zugang dazu fänden, ihm persönlich wären Romane lieber.

«Entschuldige, aber ich habe nichts verstanden.»

Das kam von dem Mädchen, und der Poet fing an, ihr meine Verse zu erklären, der andere fügte noch ein paar Sachen hinzu. Ich stand mit dem Rücken zu ihnen über die Balkonbrüstung gebeugt und zündete mir eine Zigarette an, die ich aus dem Zimmer der Tante geklaut hatte. Cuatro kam auf mich zu und küsste mich auf die Wange, er sagte, ich solle mir nichts daraus machen, nur die Unverstandenen könnten die Welt verändern, aber ich solle mich nicht so hermetisch ausdrücken und diesen Schwachsinn lassen, nachmittags zu rauchen, sonst würde ich noch so enden wie der von gegenüber, der morgens um acht schwankend seine Eingangstür suchte.

Damit war Dios gemeint, der Schriftsteller mit Bart und langen Haaren, mit dem ich meine Mutter vor vielen Jahren, als ich noch ein Kind war, vom Balkon meiner Freundin aus gesehen hatte. Für Cuatro hatte Literatur nichts mit wüstem Lebenswandel zu tun, er meinte, der Typ wäre einfach nur frustriert, er gäbe sich als Schriftsteller aus, dabei hätte noch keiner ein Buch von ihm gesehen. Das Einzige, was er gesehen hätte, wären die Partys und Saufgelage gewesen, die dort stattfanden, als er klein war. Wir waren siebzehn und gerade dabei, die Welt zu entdecken. Cuatro und seine Freunde lasen die Zeitschrift *Sputnik* und die großen Romane. Ich las *Der Ekel* und versuchte ihnen mitzuteilen, dass es mir schnurzpiepegal war, ob der Mensch vom Affen abstammte oder nicht, dass ich viel eher wissen wollte, wie der Mensch es fertig brachte, sich wieder in einen Affen zu verwandeln, ohne dass man ihm das äußerlich ansah.

Cuatro war immer noch mein einziger Freund, er war zu intelligent, um nicht all meine Flausen zu akzeptieren, auch wenn er nicht immer meine Meinung teilte. Er konnte beispielsweise nicht verstehen, dass ich kein Interesse daran hatte, Mitglied des Kommunistischen Jugendverbandes zu werden, nicht einmal, um meinem Vater, dem Helden, eine Freude zu machen. Oder dass ich die Schule schwänzte, obwohl meine Mutter vor der Semesterleiterin vor Scham im Boden versank. Oder dass ich zu rauchen begann, an den Nägeln kaute, immer noch diese wilde Mähne hatte und nicht lernen wollte, mich zu schminken. Cuatro akzeptierte alles, auch wenn er nicht mehr davon sprach, dass wir doch miteinander gehen könnten, und anfing, seiner neuen Freundin vielsagend zuzulächeln, die darauf bedacht war, stets ihre Nägel zu lackieren und gute Noten zu erzielen.

Wenn seine Freunde gegangen waren, legten wir uns manchmal aufs Bett und redeten. Er mochte es, wenn ich Geschichten erfand, und das konnte ich ganz ausgezeichnet. Einmal sah er mir, nachdem ich geendet hatte, fest in die Augen.

«Schön, jetzt mal im Ernst, wie stellst du dir deine Zukunft vor?»

«Die Zukunft? Die Zukunft ist eine riesige Kristallkugel, die uns auf den Kopf fallen kann, also ist es besser, nicht darüber nachzudenken.»

Cuatro hingegen hatte Pläne. Er wollte auf die Universität gehen und etwas in Richtung Physik studieren. Er wollte ein großer Wissenschaftler werden und viele Sachen entdecken, er wollte heiraten, zwei Kinder haben und in weit mehr als achtzig Tagen um die Welt reisen. Ich bat ihn um ein Foto von Paris und eines von den Pyramiden in Ägypten; alles andere war mir egal, im Grunde war mir alles egal.

Sein Freund, der Poet, lud mich einmal zu einer literarischen Runde mit Liedermachern und Gedichtrezitationen ein. Es kam mir komisch vor, dass ich Cuatro nichts davon sagen sollte, aber er erklärte mir, es wäre ein Trick. Er und sein Kumpel wüssten, dass Cuatro sich für das Mädchen interessierte, sie hätten eigentlich ausgemacht, zusammen ins Kino zu gehen, aber sie würden die beiden alleine lassen, damit sie zusammenkämen. Mir gefiel das überhaupt nicht, um ehrlich zu sein, ärgerte es mich. Cuatro hatte mir nichts davon gesagt, dass er Interesse an der anderen hatte, und weil ich das als Verrat an unserer Freundschaft betrachtete, weil wir immer alles zusammen machten, nahm ich beleidigt die Einladung des Poeten an und versprach, Cuatro nichts zu sagen.

Der Abend war der blanke Wahn. Wir kamen in ein halbdunkles Lokal, das nur von Kerzen erleuchtet war. Der Poet kannte einige Leute. Wir setzten uns auf den Boden, und er stellte mir seine Freunde vor, einer war Liedermacher, und der andere, keine Ahnung, jedenfalls rauchte er viel, und der Poet klaute bei ihm Zigaretten für mich. Er selbst rauchte nicht. Ich fühlte mich von dem Ambiente angezogen: Alle saßen auf dem Boden, einer machte den Conferencier, die Liedermacher trugen ihre Lieder vor, und zwischen den einzelnen Liedern wurde etwas vorgelesen. Der Poet gehörte auch zu den Vortragenden. Ich dachte, er müsse sich sehr wichtig vorkommen, weil er mir zeigen konnte, dass seine Gedichte von vielen Leuten gehört wurden, also beachtete ich ihn nicht sonderlich. Ich beobachtete stattdessen die anderen, es waren die unterschiedlichsten Typen, mit langen Haaren und Röcken, die bis zu den Knöcheln reichten. Ich trug Jeans, wie gewöhnlich. Einige waren jung und andere weniger jung, und zu meiner Überraschung entdeckte ich Dios unter den Anwesenden.

Als die Darbietung vorbei war, hatte der Abend gerade erst begonnen. Es war Samstag, also schlug der Poet vor, wir sollten das Fest in einem Park fortsetzen. Einige gingen schon vor, um Rum zu besorgen, und wir anderen schlenderten durch das Havanna der achtziger Jahre und ließen uns in einem Park in Vedado nieder. Dios unterhielt sich auf dem ganzen Weg mit einem der Liedermacher, mit denen der Poet befreundet war. Dann kam der Rum und mit ihm die Lieder, wir verbrachten die ganze Nacht mit Singen, Trinken und Gedichtrezitationen. Alle waren schon halb betrunken, als der Poet mich aufforderte, die Verse noch einmal zu lesen, die ihm so gut gefallen hatten. Ich hatte meine Gedichte nicht dabei, aber weil ich dachte, das Ganze wäre sowieso ein Riesenchaos und einige wüssten schon nicht mehr, was sie redeten, trank ich einen Schluck und sagte, an diese Verse könnte ich mich nicht mehr erinnern, aber ich würde etwas vortragen, was ich geschrieben hätte, als ich fünfzehn wurde. Ich nahm noch einen Schluck und sprach:

*Ich bin fünfzehn, ich nehme mich an die Hand. Überzeugt, jung und zudem anschmiegsam zu sein.*
*Ich bin nicht fünfzehn. Aus der Vergangenheit steigt eine Stille ohnegleichen.*
*Ich träume von jener schönen, von jener hübschen Welt der Perlen und der geraubten Gräser.*
*Ich bin in allen meinen Zuständen. Fasst mich nicht, lasst mich.*

Ich weiß nicht, ob es an meinem blassen Gesicht lag, an den Zäsuren und meinem perfekten Vortrag oder dem Alkohol, aber nachdem ich gesprochen hatte, herrschte ein langes Schweigen, das der Poet durch Applaus und die Bemerkung «Ich habe euch ja gesagt, dass sie gut ist» brach. Die anderen pflichteten ihm bei, und einer der Sänger nahm die Gitarre, um mir ein Lied zu widmen, nur mit Erlaubnis meines Begleiters natürlich. Ich sah ihn verwirrt an, aber dann wurde ich abgelenkt, weil mir jemand einen Schluck Rum und eine Zigarette anbot, ich fühlte mich genial.

Viele Lieder später diskutierte der Poet mit einem anderen über den Einfluss von Vallejo auf Silvio. Ich schaute auf die Uhr, es war halb eins, und ich dachte, Mama würde jetzt bestimmt vor dem Samstagsfilm sitzen und auf ihre Uhr schauen. Ich spürte, dass jemand hinter mir war, und drehte mich um. Dios kauerte hinter meiner Bank.

«Wenn ich Paul Éluard wäre, würde ich dich zum Duell fordern, aber am Ende würde ich deine Verschlagenheit preisen.»

Ich fühlte mich entdeckt, und das gefiel mir ganz und gar nicht, also akzeptierte ich die Zigarette, die er mir anbot, und murmelte:

«Ich habe auch eigene Gedichte, aber ich weiß sie nicht auswendig, und außerdem ...» – ich lächelte, um ihn als Komplizen zu gewinnen – «sind die von Paul wesentlich besser.»

Dios lächelte.

«Wie du siehst, bin ich keine fünfzehn mehr, aber mit Paul Éluard kenne ich mich aus, ich träume auch von jener schönen, von jener hübschen Welt der Perlen und der geraubten Gräser; warum zeigst du mir nicht mal deine Gedichte?»

Das war der Anfang eines langen Gesprächs. Ich erfuhr, dass Dios eine Art geistiger Vater dieses Liedermachers war, mit dem ich ihn hatte reden sehen. Er sprach von vielen Büchern, die er zu Hause hatte, die abstrusesten Sachen, von denen ich noch nie gehört hatte, und er lud mich ein, ihn zu besuchen. Ich sagte, er wäre der Nachbar eines sehr guten Freundes von mir, ich hätte ihn schon vorher gesehen, aber Mama erwähnte ich nicht, denn eigentlich wusste ich gar nicht so genau, welche Art Beziehung die beiden hatten. Sie hatte nie darüber gesprochen, und es war so viel Zeit vergangen, dass ich fürchtete, in ein Fettnäpfchen zu treten. Er wiederholte, ich sollte doch mal bei ihm vorbeischauen, er würde im fünften Stock in dem besagten Haus wohnen, und normalerweise wäre er zu Hause, nur morgens wäre er nicht ansprechbar, der Schlaf wäre ihm heilig. Ich sollte meine Gedichte mitbringen und Paul zu Hause lassen. Ich lächelte und nahm einen Schluck Rum aus seiner Flasche.

Als alle beschlossen, dass es jetzt an der Zeit wäre, zu gehen, war der Poet total betrunken, aber er bestand darauf, mich nach Hause zu begleiten. Mir war ein wenig schwindelig, aber im Grunde hatte ich nicht viel getrunken, immer nur ein paar kleine Schlucke, um nicht die Kontrolle zu verlieren. Unter Leuten zu leben, die ziemlich viel tranken, hatte mich gelehrt, immer nur so viel Alkohol zu mir zu nehmen wie nötig. Ich verabschiedete mich von Dios und versprach, ihn bald zu besuchen.

Wir gingen ganz langsam. Ich musste lachen, weil der Poet ein so anderes Bild abgab als bei Cuatro zu Hause. Er fragte, ob es mir gefallen habe, und ich sagte, ja, sehr gut. Er sagte, mein Gedicht sei ausgezeichnet gewesen, und ich sagte: «Danke.» Er sagte, hoffentlich wären Cuatro und die Freundin zusammengekommen, und ich sagte auch: «Hoffentlich.» Er fragte, ob mir seine Freunde gefallen hätten, und ich sagte, ich fände sie toll. Dann blieb er stehen und stützte sich mit seinem ausgestreckten Arm an der Mauer ab, gegen die ich mit dem Rücken lehnte, und fragte, wie ich ihn fände. Ich sagte, ich hielte ihn für einen ziemlich betrunkenen Dichter, und legte die Hand auf seine Brust, um ihn von mir fern zu halten, aber er ließ sich davon nicht beeindrucken und sagte, ich würde ihm sehr gefallen – er blies mir dabei seine Fahne ins Gesicht –, und dann wollte er mich küssen. Ich hörte ein Geräusch in den Ohren und sagte, es wäre besser, den Abend nicht kaputtzumachen, alles wäre so schön gewesen, aber jetzt wäre es spät und ich müsse nach Hause.

«Du gibst mir einen Kuss, und dann gehen wir, ich schwöre es, ich bringe dich bis vor die Haustür, und wenn du willst, bringe ich dich auch ins Bett, decke dich zu und lese dir ein Gedicht vor.»

Ich lächelte, schaute nach unten, seufzte und sah ihm dann direkt ins Gesicht.

«Mein Knie ist knapp unter deinen Weichteilen; wenn du den Arm nicht wegnimmst, werde ich es dir zwischen die Beine rammen und deine Eier zerquetschen, und wenn du willst, serviere ich sie dir auf einem Teller und lese dir ein Gedicht vor, bevor der Schmerz nachlässt.»

Der Poet sah mich ernst an, nahm den Arm weg, und dann gingen wir schweigend weiter.

Tags darauf rief Cuatro an. Er sagte, er hätte mich am Samstag angerufen, um mit mir ins Kino zu gehen, aber ich wäre nicht zu Hause gewesen, und dann wäre er mit der anderen Freundin allein gegangen, weil sie ihrerseits vom Poeten versetzt worden wäre. Ich begriff, dass die ganze Aktion eine List des Poeten gewesen war, um mit mir auszugehen, und ich fühlte mich geschmeichelt. Zu Cuatro sagte ich nichts.

In derselben Woche traf ich den Poeten bei Cuatro wieder, er schaute mich bedrückt an, und als die anderen nicht hinschauten, drückte er mir ein Stück Papier in die Hand. Ich ging wie üblich auf den Balkon hinaus und las das Entschuldigungsgedicht, das er für mich verfasst hatte. Es hieß *Reue* und war entsetzlich, es handelte von einer Frau aus Schaum, die in tiefdunkler Nacht mit ihren blauen Augen die Einsamkeit des Dichters erhellte. Ich fand das alles sehr kitschig, aber ich verstand es als Friedensangebot, und das war in Ordnung. Wenn wir in jedem Moment genau unsere Position kennen, erreichen wir eine fast perfekte Kommunikation. Ich steckte den Zettel in die Tasche meines Schulhemdes und schrieb auf einen anderen meine Telefonnummer, damit er mich anrief. Im Grunde hatte ich ja nichts gegen seine Eier, und außerdem interessierte mich die Lyrik viel zu sehr. Cuatro legte *Am Ende dieser Reise* auf, und drinnen fingen alle an zu singen. Ich lehnte mich über die Balkonbrüstung. Im fünften Stock im Haus gegenüber wohnte Dios, und ich wollte ihn besuchen.

**Ende des Schuljahres** «Bist du's? Mein Gott, ich kann es nicht glauben, bist du es wirklich?»

Mama schrie am Telefon so laut, dass Großmutter den Blick vom Fernseher abwandte und lauschte, weil sie, genau wie ich, dachte, mein Vater würde bald nach Kuba auf Heimaturlaub kommen. Mama setzte sich auf den Boden, und die Tränen liefen ihr über das Gesicht, während sie sprach. Ich ging ein wenig näher heran, aber sie schien nicht mit Papa zu telefonieren, denn dann erzählte sie immer von der Kleinen, also von mir, und einen Haufen Sachen, die wir hier schon in- und auswendig kannten. Sie blieb fast fünfundvierzig Minuten am Telefon, und als sie fertig war, umarmte sie mich und sagte, das sei ihre Schwester gewesen, sie habe aus Argentinien angerufen. Ihre geliebte Schwester habe sich an sie erinnert und werde ihr bald schreiben. Mama machte einen zufriedenen Eindruck, und sie nahm mich an der Hand, um mich zum Zimmer der Tante zu führen, während Großmutter sich wieder dem Fernseher zuwandte.

Eine Woche später kam Papa auf Heimaturlaub. Wir holten ihn ab, nachdem er die drei Tage Quarantäne hinter sich hatte. Er verteilte Küsse, Umarmungen, Geschenke und Geschichten von unvorstellbaren Kämpfen. Zu Hause freuten sich alle über seine Rückkehr, und sogar die Tante tauchte im Zimmer auf, um sich den Kassettenrecorder anzusehen, den er mir mitgebracht hatte. Papa hatte sich einen Schnauzer wachsen lassen und sah sehr gut aus, wie einer dieser harten Kerle aus den Samstagsfilmen. In den ersten Tagen mochte ich ihm nicht viel von meinen schlechten Noten und meinen nächtlichen Ausflügen bis zum frühen Morgen erzählen; Mama wollte ihn offensichtlich auch mit nichts behelligen, sie war so froh, den Kontakt mit ihrer Familie wiederhergestellt zu haben, dass sie von kaum etwas anderem sprach. Meinem Vater erschienen der Anruf und die Briefe der argentinischen Tante ein wenig verdächtig; es kam ihm merkwürdig vor, dass sich jemand nach so langer Zeit meldete. Da wurde Mama böse, sie warf den Kopf nach hinten und meinte, er wäre bestimmt nicht die geeignetste Person, um über Familienprobleme zu sprechen. Insgeheim war ich mit ihr einer Meinung.

Der Kassetterecorder kam natürlich in mein Zimmer. Dort traf ich mich manchmal mit Cuatro und dem Poeten. Damals gingen wir gewöhnlich zu dritt aus, das Mädchen und der andere Freund waren ein Paar geworden und hatten sich von uns abgesondert. Wir waren ein perfektes Trio. Cuatro, der Vernünftige, der verrückte Poet und ich, «die Bohnenstange», wie eh und je. Der Poet hatte sich perfekt in seine Rolle als guter Freund gefügt, und es war toll. Er war unser Kulturagent, nahm uns zu literarischen Runden, Konzerten und Saufgelagen mit, die Cuatro zwar nicht billigte, an denen er aber trotzdem teilnahm, ohne selbst viel zu trinken.

Solange Papa zu Hause war, sah ich meine Freunde nur einmal; er fragte, warum ich mit Jungen herumzog und ob einer davon mein Freund sei. Ich sagte, wir wären nur Freunde, und bat sie, nicht mehr zu kommen. Mein Zimmer war sowieso nicht unbedingt das Paradies. Das Zuhause des Poeten schon eher, denn seine Mutter war viel auf Reisen, und er war fast immer allein. An den Wochenenden trafen wir uns dort, um Fito und Charly zu hören, das war unsere argentinische Zeit, aber es war ein Argentinien, das Mama nicht kannte.

Damals hatte Cuatro zwei gescheiterte Annäherungsversuche hinter sich. Er sagte, er gefalle den Mädchen nicht, weil er eine Brille trage und nicht wie der Poet sei, der immer einen Vers auf den Lippen hatte und dreinschaute, als gehörte ihm die Welt. Für mich war der Poet einfach ein intelligenter, leicht versnobter Junge mit viel Geld; aber vielleicht war es genau das, was fast allen gefiel. Cuatro war den Mädchen zu ernst, er hatte zu gute Noten und nervte mit seinem ständigen «Trink nicht so viel, Bohnenstange» und «Ich glaube, wir sollten jetzt gehen» und so weiter.

Papa blieb zwei Wochen, während deren es friedlich zuging und wir im Hauptquartier der Revolutionären Streitkräfte zu Mittag aßen, spät abends spazieren gingen und viel lachten, ich war glücklich. An dem Tag, als er wieder abreiste, klopfte Mama nachts an meine Tür. Sie setzte sich auf mein Bett und sagte mit ernster Miene, Papa hätte eine andere; sie wüsste, bei den Auslandseinsätzen hätten alle eine andere, und er wäre noch nie so liebenswürdig und zärtlich gewesen, außerdem hätte sie vor seiner Abreise ein Geschenk in seinem Koffer entdeckt. Ich war gerade dabei, ein Lied von Fito abzuschreiben, und Mama redete weiter, sie sagte, das alles wäre eine Farce; sie war überzeugt, mein Vater hätte ihr bloß einen Heiratsantrag gemacht, damit er geordnete Familienverhältnisse vorweisen konnte und das Auto bekam, das wäre die doppelte Moral, die sie alle hätten. Ich hörte ihr zu, aber ich wollte den Blick nicht von dem Lied von Fito abwenden; da wurde sie sauer und sagte, sie könne mit niemandem reden; die Tante hätte gesagt, ihr Bruder wäre ein Neandertaler, der ihr nicht zuhören wollte, und mir wären ihre Probleme egal. Sie stand auf, schluchzte und sagte, zum Glück würde in Argentinien jemand an sie denken. Ich wollte ihr hinterhergehen, damit sie sich nicht schlecht fühlte, aber dann blieb ich sitzen, ich weiß nicht, warum; ich stellte den Kassettenrecorder lauter, und Fito schrie an meiner Stelle weiter.

An jenem Abend wollte ich eigentlich zu Cuatro gehen, das habe ich auch Mama gesagt, aber als ich an seiner Haustür ankam, schaute ich mich um und sah im fünften Stock im Haus gegenüber Licht brennen. Wenn ich Dios noch nicht besucht hatte, dann deshalb, weil ich Angst davor hatte, dass mein Freund etwas davon mitbekommen könnte. Außerdem war da noch etwas Merkwürdiges: Dios hatte mich schon als kleines Mädchen beeindruckt, und ich muss gestehen, als ich ihn zum ersten Mal traf, hielt ich ihn für einen Wolf mit dichterischen Ambitionen, der Jagd auf junge Mädchen macht. Das hatte in mir eine gewisse Vorsicht geweckt, die zur Versuchung geworden war. Ein Geräusch tönte in meinen Ohren, so etwas wie Angst. Aber die Angst ist verlockend und wird zum reißenden Strom, wenn sie erst einmal überwunden ist. Ich überquerte die Straße, ging die Treppen hinauf, und ein bärtiger Mann erschien in der Tür.

«Paul schläft, ich habe stattdessen meine Gedichte mitgebracht.»

Dios lächelte und meinte, das hätte aber lange gedauert mit dem Besuch. Sein Appartement war nicht sehr groß. Für die literarischen Runden gab es ein Zimmer, das bis an die Decke voll war mit Postern, Fotos, Zeitungsausschnitten und allem Möglichen. Auf dem Tisch lag haufenweise Papier, dazwischen standen ein halb ausgetrunkenes Glas Rum und eine alte Schreibmaschine, die mich an die der Tante erinnerte. Diese Nacht war wie eine Entdeckung. Wir verbrachten viele Stunden damit, uns zu unterhalten, Bücher anzuschauen und Gedichte zu lesen, während Dios etwas trank, das seiner Meinung nach «nichts für Minderjährige» war, und an seinen Zigaretten zog, die er nach der Hälfte ausmachte, um sie später wieder anzuzünden. Ich weiß nicht genau, ob es an meiner Jugend, meiner Boheme-Seele oder meinem Wissensdrang lag, keine Ahnung, aber ich war vollkommen fasziniert. Dios redete, und es war so, als ob dieser Raum, dieses kleine Zimmer voller Bücher und Papier, seit langem mein wäre, und dieser Mann aus der Generation meiner Eltern, ein halber Hippie und Träumer, war mir so nah wie Gott den Gläubigen. Es kommt mir so vor, als hätte er mich die erste Stunde meines Besuches unter die Lupe genommen, und als ich kurz nach Mitternacht ging, sagte er, ich könnte wiederkommen, wann immer ich wollte. Ich würde bestimmt wiederkommen, Dios würde mit einer Platte von den Beatles auf mich warten, und ich könnte ihm die Gedichte vorlesen, die ich ihm bei meinem ersten Besuch niemals vorgelesen hätte.

Ich erzählte niemandem von diesem Treffen, nicht einmal Cuatro, denn ich wusste genau, dass ihm das nicht gefallen würde. Er wollte immer das Beste für mich und merkte nicht, dass das Beste nicht immer blütenweiß ist, Reinheit hat nicht nur helle Töne. Zum Glück ahnte Cuatro nichts; sie waren im letzten Jahr, in dem es um die Aufnahme in das gewünschte Studium ging, es gab kein anderes Thema als die Universität. Cuatro interessierte sich das ganze Schuljahr über für nichts anderes, nicht einmal dafür, am Wiederaufbau des Schulhofes mitzuwirken; damals war Architektur das große Thema im Land, also hatte der Institutsleiter entschieden, dass wir das Jahr damit zubringen würden, die im Jahr zuvor errichteten Luftschutzräume, die nichts weiter waren als Hohlräume, die den Hof verunstalteten und den Leuten als Mülleimer dienten, wieder zuzuschütten.

Mein Freund hatte nukleare Mikroelektronik gewählt. Die Namensgebung an sich war mir schon ein Gräuel, noch mehr die Tatsache, dass Cuatro in der Tschechoslowakei studieren wollte, und bei seinem Durchschnitt war klar, dass wir uns nächstes Jahr trennen müssten. Der Poet hatte Telekommunikation gewählt; ich fragte ihn, was einen Typen wie ihn dazu treibe, an die CUJAE zu gehen und in einer Welt aus Ingenieuren und Aktentaschen zu enden, aber für den Poeten lag darin die Magie, er sagte, die Kunst trüge man in sich, aber wenn man am wissenschaftlichen Fortschritt teilhaben wolle, müsse man an die Universität.

Der Tag des letzen Examens war eine Riesenshow. Ich schrieb meine Arbeit am Morgen, und die beiden waren am Nachmittag dran, also wartete ich auf sie, damit wir zusammen losziehen konnten. Cuatros Eltern hatten ihm eine Flasche Champagner geschenkt, als er seinen Studienplatz bekam, und er hatte sie sorgsam bis zum letzten Tag aufgehoben. Wir gingen zu ihm nach Hause, aßen eine Kleinigkeit, schnappten uns die Flasche und zogen los. Sie waren beide völlig euphorisch. Der Poet schrie mitten auf der Straße herum und stieg auf die Bänke an den Haltestellen. Cuatro sagte, er würde sich auf jeden Fall vor seiner Reise Kontaktlinsen machen lassen; vielleicht hätte er bei den Tschechoslowakinnen mehr Glück. Auch ich war glücklich, obwohl ich noch ein Jahr vor mir hatte.

Von der Flasche waren wir gerade mal ein wenig angeheitert, also gingen wir zum Poeten nach Hause, dort gab es immer angenehme Überraschungen, und diesmal beschloss er, eine der Whiskyflaschen aufzumachen, die seine Mutter in ihrem Zimmer gebunkert hatte. Wir tranken stundenlang und hörten Musik, und als uns der Alkohol in den Kopf gestiegen war, erinnerte sich der Poet daran, dass irgendwo eine literarische Runde stattfand, und wir beschlossen hinzugehen. Cuatro mussten wir erst einmal unter die Dusche stellen, dann zogen wir alle Sachen vom Poeten an, schnappten uns die Whiskyflasche und machten uns auf den Weg. Bei der literarischen Runde trafen wir auf viele bekannte Gesichter, und es waren die gleichen Liedermacher wie immer da. Cuatro wollte nichts mehr trinken, er fühlte sich schon betrunken genug, und er schämte sich deswegen. Da umarmte ich ihn und rezitierte ein Gedicht. Der Poet lief irgendwo herum, und Cuatro drückte mich fest.

«Gefällt dir der Poet?»

Die Frage amüsierte mich, und ich sagte nein. Da nahm er meine beiden Hände und sah mir mit seinem trunkenen, kurzsichtigen Blick in die Augen.

«Willst du immer noch nicht meine Freundin sein?»

Cuatro war mein bester Freund, und diese Freundschaft war etwas Zerbrechliches, das ich in meinem Innern eingeschlossen hatte, sie war zu groß, um sie auf einen so kleinen Raum zu begrenzen, sie war zu stark, um sie zu etwas Flüchtigem zu machen, und sie war zu sehr ein Teil von mir, um sie zu zerstören. Ich hielt seinem Blick stand, ohne etwas zu sagen, und er lächelte nur; er küsste meine Hände, und dann schauten wir schnell in eine andere Richtung. Der Poet kam mit dem Vorschlag auf uns zu, wir sollten zu ihm nach Hause gehen, der Whisky sei alle und seine Mutter würde ihm bestimmt noch eine Flasche aus ihren geheimen Beständen überlassen. Cuatro mussten wir erst noch überzeugen, wir mussten ihn förmlich hinzerren, aber wir schafften es. Auf dem Weg schlossen sich uns ein Sänger, zwei Jungen und ein Mädchen an. Der Poet machte eine Flasche echten Cognac auf und sagte, jeder solle sich wie zu Hause fühlen. Ich setzte mich hin und schaute dem Sänger zu, der auf dem Boden saß und sang, während das Mädchen ihm zuhörte und die anderen beiden verzweifelt versuchten, in ihre Nähe zu kommen. Cuatro legte sich aufs Bett und blätterte in einer Zeitschrift. Der Poet tanzte mitten im Raum und sah uns mit irrem Blick an. Um zwei Uhr morgens war das Mädchen ganz nah an den Sänger herangerückt, und die anderen beiden verabschiedeten sich. Der Poet kam zurück, nachdem er die Tür hinter ihnen zugemacht hatte, und meinte, es wäre auch langsam Zeit. Dann sah er den Sänger an, und dieser zog ein Päckchen aus der Tasche. Cuatro wachte von dem Stoß auf, den ihm der Poet versetzt hatte.

«Auf, mein Freund, jetzt kommen wir zum angenehmen Teil.»

Ich hatte noch nie Marihuana geraucht, und obwohl Cuatro mich fragend ansah, nahm ich die Zigarette, die er abgelehnt hatte, und rauchte mit den anderen. Der Poet legte Fito auf. Der Sänger und das Mädchen verließen das Zimmer. Cuatro trank einen großen Schluck und sah uns fassungslos an, weil der Poet und ich laut sangen und uns gegen die Wand fallen ließen, um über allen möglichen Mist zu lachen, auch über Kommentare unseres Freundes Cuatro, der auf dem Bett lag und fest entschlossen war, sich heillos zu betrinken, weil wir verrückt waren, vollkommen verrückt, und nicht aufhören konnten zu lachen. Es gab einen Moment, in dem ich das Zeitgefühl verlor; Fito sang und wiederholte immer dasselbe Lied, und die Stimmen der anderen wurden groß und fern. Ich spürte, dass ich mich im Kreise drehte und dass es keine Wände gab, ich kam mir vor wie ein Tiger mit Flügeln, der über die Stadt gleitet, ohne sie zu berühren, ohne irgendwo anzuhalten, ohne anhalten zu können, da bekam ich Angst, ich hielt mich irgendwo fest, ich fühlte mich klein, ich war kein Tiger mehr, sondern eine eingeschüchterte Frida hinter dem Besen, ein feuchtes grünes Stück Nichts, ich bekam immer mehr Angst und klammerte mich immer mehr fest, ich wollte von dem Flug zurückkehren und merkte, dass das Feuchte die Lippen des Poeten waren. Ich öffnete die Augen und wich sofort zurück. Es drehte sich immer noch alles, Cuatro war inzwischen eingeschlafen, und der andere sah mich an.

«Hey, Poet, wir haben ganz schön einen sitzen.»

Er versuchte zu lächeln, und ich stolperte ins Bad. Ich setzte mich auf die Toilette; ich musste wirklich pinkeln, das ist das Letzte, woran ich mich erinnern kann.

Am nächsten Tag wachte ich von dem Klopfen an der Tür auf. Cuatro hatte ein ganz ängstliches Gesicht, als ich aufmachte.

«Wir haben ganz schön zugeschlagen, Bohnenstange, ich sterbe vor Kopfschmerzen; ich habe bei mir und bei dir zu Hause angerufen, deine Mama ist ganz aus dem Häuschen, sie sagt, sie habe kein Auge zugemacht.»

Wir wuschen uns das Gesicht und gurgelten mit Zahnpasta. Im Zimmer lag der Poet schlafend auf dem Boden. Die anderen beiden waren nirgendwo zu sehen, aber die Gitarre und die Schuhe des Sängers standen im Wohnzimmer. Ich ging in die Küche und holte Zwiebelscheiben, um sie in die Brote zu stecken, die Cuatro und ich auf dem Rückweg aßen. Als ich nach Hause kam, empfing mich meine Mutter alles andere als freundlich.

**Freunde haben einen festen Platz im Herzen** Als ich von Dios sprach, schaute mich mein Freund ziemlich unfroh an. Sein Blick hatte sich verändert, seit er Kontaktlinsen trug, er sah richtig gut aus, aber als ich ihm von meinen Besuchen bei seinem Nachbarn von gegenüber erzählte, verhärtete sich seine Miene, und seine Kinnlade fiel nach unten. Seiner Ansicht nach sollte ich mich mehr auf das Lernen konzentrieren, als seltsame Leute zu treffen und nachts allein durch die Straßen von Havanna zu ziehen. Ich war in der zwölften Klasse und hätte gern Geisteswissenschaften studiert, aber meine Noten waren miserabel. Cuatro versuchte während der Vorbereitung auf die Uni Tschechisch zu lernen, und der Poet war Feuer und Flamme für das Ingenieurstudium, er sprach über Computer und die Mädchen, die er im Filmkurs kennen gelernt hatte, für den er sich an der CUJAE eingeschrieben hatte.

Ich hatte von Dios erzählt, weil meine Besuche bei ihm häufiger geworden waren. Der Poet verbrachte fast den ganzen Tag an der Universität, und Cuatro studierte mehr als ein Doktor der Wissenschaften, so musste ich die Tage ohne meine Freunde verbringen, und an vielen Abenden zog ich Dios' Stimme dem Schweigen meines Zimmers vor. Zu Hause war es wie immer: Mama lag im Bett und las, Großmutter schlief vor dem Fernseher, die Tante blieb in ihren vier Wänden, und ich versuchte Verse zu schmieden, während Frida mit meinen Papieren spielte. Ich glaube, das war die Zeit, in der ich die meisten Gedichte geschrieben habe, und wohl auch die Zeit, in der ich die meisten weggeworfen habe. Mein Ansporn war, sie Dios zeigen zu können, aber fast immer lächelte er nur und holte ein Buch. Ohne ein Wort zu sagen, überzeugte er mich am Ende immer davon, dass wahre Lyrik etwas anderes war, etwas, das über die einfache Aneinanderreihung von Worten hinausging und das ich nie erreichen würde. Es waren angenehme Abende, ich konnte nach Belieben rauchen und trinken, sofern der Alkohol nicht so hochprozentig war, das man ihn hätte anzünden können. An Dios konnte man jeden Tag etwas Neues entdecken, manchmal erinnerte er mich an die Tante, ich weiß nicht, warum. Nachts war er wach, und häufig blieb er tagelang in seiner Wohnung, ohne das Tageslicht zu sehen; ungewaschen und ungekämmt trank er und ordnete Papiere, bis er wieder Lust auf die Stadt hatte. Dann ging er raus, irgendwohin, schaute sich alle möglichen Filme an, besuchte alle literarischen Stammtische der Vereinigung kubanischer Schriftsteller und Künstler, alle Konzerte und informellen Literaturrunden. Das faszinierte mich, denn er konnte seine Zeit frei einteilen und tun und lassen, was er wollte. Manchmal hatte ich das Gefühl, ich wäre in einer anderen Zeit geboren. Bei ihm fühlte ich mich frei, und ich musste nicht lügen. Es war angenehm. Das war der Grund, warum ich mit Dios ausging, als meine Freunde mit anderen Dingen beschäftigt waren; es war eine andere Welt, eine andere Art, die Stadt kennen zu lernen. Havanna war damals eine Stadt mit vielen Leuchtreklamen, überall war etwas los, Konzerte der Nueva Trova, Film- und Theateraufführungen in allen Sälen der Stadt Die Leute, die er kannte, fand ich eigenartig. Die Jungen bei den literarischen Runden, die Pärchen, die sich bildeten, das war eine fremde Welt, die mich neugierig machte, also beobachtete ich sie. Manchmal ergab sich ein Gespräch, und ich leitete mein Gegenüber so, dass es fast die ganze Zeit redete; es war unglaublich, wie viel die Leute redeten, und wenn sie betrunken waren, redeten sie noch mehr. Ich hörte die ganze Zeit zu und hatte das Gefühl, ich würde nicht zu dieser Welt dazugehören, die mir oft künstlich vorkam. Die Leute trafen sich an denselben Orten, hatten dieselben Interessen und verhielten sich gewöhnlich auch gleich. Der Poet sagte, ich wäre eine selbstgenügsame Person mit sehr schönen Augen, ich sollte mir einen Freund suchen, das würde den Jungen imponieren. Cuatro sagte, die Pose der «unverstandenen Einzelgängerin» würde mir nicht stehen, ich sollte diese Komödienspielerei lassen und lieber lernen. Dios sagte nichts, er goss mir etwas zu trinken ein und legte eine Platte von den Beatles auf, und ich setzte mich im Schneidersitz auf den Stuhl und fing an zu reden, über irgendwas.

Die Zeit verging sehr schnell, und ich merkte kaum, wie viele Monate seit Papas letztem Heimaturlaub vergangen waren. Mama bekam immer noch Briefe, die an die ganze Familie gerichtet waren und die sie mir vorlas, aber plötzlich trat eine Veränderung ein. Ich merkte es, als ich eines Tages nach Hause kam und an die Zimmertür der Tante klopfte. Mama riss die Tür auf, ich gab ihr einen Kuss, aber da fing sie schon an zu schimpfen, es sei schon viel zu spät, um sich noch draußen herumzutreiben. Sie blickte zur Tante hinüber, zeigte auf mich und sagte, ich wäre genau wie deren Bruder, ich würde ihm alles nachmachen, sogar die Art, wie ich mich bewegte und kleidete, mit diesen viel zu weiten Hosen und Hemden. Ich wusste nicht, was ich sagen sollte, ich sah die Tante an, und Mama packte mich mit beiden Händen am Kopf.

«Sag mir sofort, wo du dich herumgetrieben hast, wag es ja nicht, mich zu belügen, noch eine Lüge ertrage ich nicht.»

Ich schwieg, und meine Mutter schloss die Augen, sie ließ meinen Kopf los und ging aus dem Zimmer. Ich stand da und wusste nicht, was ich tun sollte. Die Tante stand auf und sagte, ich solle es nicht so wichtig nehmen, meine Mutter sei ziemlich aufgebracht, aber es sei nicht meine Schuld. Ich fragte, was passiert sei. Sie kam auf mich zu, riss die Augen auf und flüsterte wie im Wahn: «Sie sind alle verrückt, du musst fort von hier.» «Aber was ist denn passiert?», fragte ich noch einmal. Da bewegte sie den Kopf:

«Es ist wegen deinem Vater, Kind. Deine Mutter hat sich einen schlechten Mann ausgesucht und ist darüber verrückt geworden, wie alle anderen in diesem Haus.»

Mehr war aus der Tante nicht herauszuholen, aber ich war sehr erschrocken. Ich dachte, Papa wäre etwas passiert, und allein der Gedanke versetzte mich in Angst und Schrecken. Ich ging ins Zimmer und traf dort Mama, die sich die Tränen abwischte. Sie schaute auf, kam auf mich zu und bat mich, ihr zu verzeihen, ich sei doch ihr geliebtes kleines Mädchen, sie habe mich schlecht behandelt, weil sie mit den Nerven am Ende sei.

«Was ist mit Papa?», rief ich halb tot vor Angst.

Mama setzte sich auf das Bett und atmete tief ein, dann sagte sie, gar nichts, es gehe ihm gut, es dauere nur noch, bis er Ferien nehmen könne, denn er habe so viel zu tun, und das würde an ihren Nerven zerren. Mama log, das war offensichtlich.

«Papa lebt? Ihm ist nichts zugestoßen?»

Sie sagte, ja natürlich, er würde noch leben und bald kommen, ich solle mir keine Sorgen machen, sie sei sehr nervös, weil sie keine Briefe bekommen habe, aber es seien Genossen da gewesen, die sich um die Familien von Militärs auf internationalen Einsätzen kümmerten, es gehe ihm gut, er komme vor lauter Arbeit nicht zum Schreiben. Dann entschuldigte sie sich noch einmal für ihr Benehmen. Ich malte mir aus, Mama hätte von irgendwelchen Frauengeschichten erfahren und wäre deswegen so. Ich seufzte und ging verdrossen aus dem Zimmer, ich dachte: Papa riskiert in Angola sein Leben, und sie sorgt sich nur um diese alberne Ehe. Zu einer anderen Zeit wäre ich vielleicht zu meinem Großvater gegangen, aber er hatte mich enttäuscht. Als mein Vater seine Besuche bei ihm einstellte, versprach ich ihm, dass er niemals mehr ohne Familie dastehen werde, und ging zu ihm, ohne es jemandem zu sagen. Er behandelte mich wie immer, er sagte, er wäre ein einsamer alter Mann und Papa würde ihn nicht lieben, und deswegen tat er mir Leid; ich versuchte Geld zusammenzubekommen, um ihm eine Flasche als Geschenk mitzubringen. Er freute sich sehr und sprach davon, sich einen Plan auszudenken, wie er Papa zurückgewinnen könnte. Ich habe nie mit meinem Vater darüber gesprochen und besuchte Großvater weiterhin, aber er fing an, sich zu verändern. Er war nicht mehr der Alte, er sagte, sein Sohn hätte viel Geld und es wäre nur gerecht, wenn er ihm ein wenig davon abgäbe, schließlich wäre er ein einsamer alter Mann. Da begann sich allmählich auch in mir etwas zu verändern. Großvater interessierte meine Anwesenheit überhaupt nicht, er interessierte sich nur für meinen Vater, weil er ihm Geld gegeben hatte. Das machte mich sehr traurig, und ich beschloss, ihn nicht mehr zu besuchen, vielleicht hin und wieder mal, aber nicht regelmäßig. Ich wollte einen Großvater, einfach ein Stück Familie außerhalb der großen Wohnung, aber ich hatte nie wirklich einen. Also schloss ich mich an diesem Abend mit Frida in meinem Zimmer ein und schrieb ein Gedicht, das vom Krieg handelte und von den Helden, die alles geben, ohne etwas dafür zu bekommen, von denen, die sich für die anderen einsetzen, wie es Che getan hatte. Ich steckte das Gedicht in einen Umschlag und beschloss, es Papa zu schicken.

Als ich die zwölfte Klasse beendet hatte, bekam ich keinen Studienplatz. Ich hatte mich für Kunstgeschichte und andere Fächer beworben, bei denen ich genau wusste, dass ich keine Chance hatte, ich hätte alles Mögliche auf Lehramt studieren können, aber ich war nicht für die Schule geboren, also bewarb ich mich für gar nichts mehr. Ich weiß, dass Mama ein wenig traurig war, auch wenn sie nichts gesagt hat; sie schenkte mir je ein Buch von Borges, Cortázar und Sábato und sagte, die wahre Universität läge in den Büchern. Ich fühlte mich glücklich. Die Tante machte eine Flasche Wein auf und schlug vor, auf meine Befreiung aus dem Schulsystem anzustoßen. Ich war so froh. Großmutter schenkte mir nichts, sie sah mich schräg an und meinte nur: «Mal sehen, was dein Vater dazu sagt …» Aber zur Überraschung der anderen schimpfte Papa nicht mit mir. Seit fast einem Jahr war er nicht mehr zu Hause gewesen, er schrieb nur einen seltsamen Brief, in dem er von den Menschen und ihren Zielen sprach und davon, dass man manchmal das Sollen mit dem Wollen verwechsle, aber dass man immer das tun solle, wobei man sich am besten fühle. Wenn ich das Lehramt nicht wolle, dann sei es besser, wenn ich gar nichts studierte, denn sonst würde ich Gefahr laufen, bei meinem Versuch, es anderen recht zu machen, Schiffbruch zu erleiden, und dann wäre die Blamage vorprogrammiert. Der Brief war wirklich ausgesprochen seltsam, auch wenn Mama das Gegenteil behauptete. Nach außen merkte man mir nichts an, aber in meinem Inneren quälte mich der Gedanke, ihn verraten zu haben; er war ein Held für mich, aber ich hatte es nicht geschafft, für ihn eine gute Schülerin zu sein.

In jenem Sommer ging Cuatro in die Tschechoslowakei. Die letzten Tage über waren er, der Poet und ich unzertrennlich. Nachdem der Poet einige Monate an der CUJAE verbracht hatte, war er zu der Einsicht gekommen, dass die Naturwissenschaften zwar sehr interessant sind, ihm die Künste aber mehr zusagten, und bei seinem guten Durchschnitt und seiner Intelligenz hatte er keine Probleme, in die Kunstgeschichte hinüberzuwechseln.

Obwohl er sich riesig freute, sein Studium aufnehmen und seinen Beitrag für die moderne Welt leisten zu können, sah Cuatro ein wenig traurig aus. Am letzten Tag waren wir die ganze Zeit bei ihm zu Hause. Seine Mutter packte den Koffer, und der Vater machte eine Liste von den Wissenschaftlern, die er in Europa kannte. Der Poet nahm Kassetten mit den besten und unvergesslichsten Stücken von Silvio und Fito Páez auf. Niedergeschlagen beobachtete ich alle Bewegungen und den mir ausweichenden, durch die Kontaktlinsen ganz veränderten Blick meines kurzsichtigen Freundes. Als seine Mutter in die Küche ging, blieben wir allein im Zimmer zurück. Der Poet sah mich an, machte eine Mundbewegung und sagte, er ginge Zigaretten holen. Ich lächelte, denn jeder wusste, dass er nicht rauchte, und wartete, bis er die Tür hinter sich zugemacht hatte, und ging dann zu Cuatro, der auf dem Bett saß.

«Ich könnte dir sagen, dass ich dich vermissen werde, aber es ist besser, wenn ich dir sage, dass ich dir nur das Allerbeste wünsche.»

Cuatro sah auf und lächelte lustlos.

«Ich habe gesehen, wie das Zettelchen bei dir landete, wie du die Lösungen abgeschrieben und es dann in deinem Strumpf versteckt hast, ich habe alles gesehen, Bohnenstange, und von dem Moment an wusste ich, dass ich mich in dich verlieben würde.»

Seine Worte lösten tief in meinem Innern einen Freudentaumel aus, und ich griff nach seiner Hand.

«Ich liebe dich auch, Cuatro, nur auf eine andere Art, du weißt, ich finde den Gedanken immer noch befremdlich, eine feste Beziehung zu haben.»

«Eines Tages wird irgendein Kerl auftauchen, und dann wirst du deine Meinung ändern; du wirst sehen, es ist nichts Befremdliches, sondern eher etwas Magisches; ich werde dir jeden Tag schreiben, und dann kannst du mir ja berichten» – er lächelte. «Ich hoffe bloß, du lässt dich nicht mit dem Alten von gegenüber ein.»

Ich stand lächelnd auf, schüttelte den Kopf und rezitierte:

*Brich nicht den Zauber dieses Sommernachmittags.*
*Behalte deine unmögliche Liebe für dich.*
*Liebe sie frei.*
*Liebe ihre Art, nicht zu wissen, dass du existierst.*
*Liebe den wilden Schwan.*

Als ich mich umdrehte, schaute mein Freund mich zärtlich an.

*Tag für Tag betrachte ich die Wolken und sage mir:*
*Nur das Begehren ist ewig.*

Ich konnte nicht weitersprechen, weil Cuatro mich ansah und ich an so vieles denken musste, auch daran, dass er am nächsten Tag nicht mehr da sein würde, und das war ziemlich traurig, denn es würden fünf Jahre werden. Wie heißt es bei Whichy* weiter:

*Die Zeit bleibt nicht stehen, sie schaut sich nicht um, sie kehrt nicht zurück.*

Die Zeit würde andere Menschen aus uns machen, das war klar.

«Lass mich dich umarmen, Cuatro.»

Mein Freund stand plötzlich auf und umarmte mich ganz fest. Ich wollte ihm noch so vieles sagen, aber ich hielt mich zurück. Es gibt Räume, die können die Worte nicht füllen. Nachdem Cuatro gegangen war, verbarrikadierte ich mich zu Hause in meinem Zimmer. Frida schlief auf dem Kissen, ich gab ihr einen Kuss. Sie streckte den Kopf aus und streifte mich mit

* Es handelt sich um den kubanischen Dichter Luis Rogelio Nogueras (1945–1985).

ihrem Fell, sie schnurrte, ohne die Augen aufzumachen. Ich merkte, dass sie mich sehr lieb hatte, und ich lächelte und dachte an Cuatro.

**Die leere Grube** Die ersten Tage nach der endgültigen Rückkehr von Papa waren ein wenig merkwürdig. Er machte einen traurigen Eindruck auf mich, und ich dachte, das käme vielleicht daher, dass er nach all den Kriegswirren jetzt wieder im Frieden angekommen war, aber ich wusste, das war im Grunde nur wieder eine der schönen Rechtfertigungen, die ich mir immer ausdachte. Papa war ein anderer geworden, er war abgemagert, und seine Augen hatten ihren Glanz verloren. Mama verhielt sich distanziert, und ich schloss daraus, dass mein Vater wieder eine andere Frau hatte und dass meine Mutter davon wusste. Aber er ging nicht aus dem Haus.

Damals hing ich wirklich nur herum. Ich schlief morgens, und abends ging ich ins Kino, zu Dios oder zum Poeten, der ganz in seinem Studium der Kunstgeschichte aufging. Er war überheblich wie alle, die ein geisteswissenschaftliches Studium anfangen, aber mit Größenwahn kannte ich mich ja bestens aus, also störte es mich nicht. Es kam mir komisch vor, wie bereitwillig mein Vater akzeptierte, dass ich nicht an die Universität ging, auch wenn ich es gut fand, denn so freies Denken war bei einem Militär von Rang bestimmt nicht gang und gäbe. Manchmal aßen wir zusammen. Wir setzten uns zu dritt an den Tisch, wie wir das schon seit langer Zeit nicht mehr gemacht hatten. Mama trug stillschweigend das Essen auf, er aß, und ich versuchte, irgendetwas zu sagen und ihn über den Krieg, Afrika und die grüne Stechfliege auszufragen. Papa lächelte und berichtete lustlos, bis er eines Tages ganz ernst wurde, sich zurücklehnte und mich ansah.

«Das Soldatenleben ist hart, und dein Vater ist müde ... Ich habe mich entschlossen, den Militärdienst zu quittieren.»

Meine Mutter sah ihn mit großen Augen an, und er fuhr fort:

«Ich will mein Leben ändern, also habe ich beschlossen, die Uniform an den Nagel zu hängen. Dein Vater wird nicht mehr Soldat sein; ich bin müde, einfach müde. Nach diesen Ferien höre ich auf und kehre in mein Leben als Zivilist zurück.»

Ich fand die Idee meines Vaters, die Uniform an den Nagel zu hängen, nicht schlecht, ich verstand bloß nicht, was diese ganze Geheimnistuerei sollte, warum kann man nicht einfach den Kurs ändern und basta. Ich schlug vor, auf seinen Entschluss anzustoßen, und Mama holte eine Flasche Rum. Wir stießen alle drei an, und Papa strich mir über den Kopf, wie er es schon lange nicht mehr getan hatte. Ich war glücklich.

In den ersten Monaten bekam ich häufig Post von Cuatro. Er schrieb, wie begeistert er von dem alten Kontinent, den Nächten in Prag, den neuen Freunden und den tschechoslowakischen Mädchen war. Der Poet und ich lachten in seinem Zimmer über die Vorstellung, wie unser Wissenschaftler in seinem neuen Look auf Freiers Füßen wandelt. Der Poet war immer noch derselbe, ein intelligenter, etwas versnobter Schürzenjäger und Komödiant, ein guter Freund und mein Begleiter bei unseren Ausflügen mit dem Kraut der Glückseligkeit. Bei ihm trafen sich eine Menge Leute, und es war immer was los. Wir gingen alle gerne zu ihm, weil man dort machen konnte, was man wollte. Die Mutter war immer noch viel auf Reisen, und er lud zu Festen ein, auf denen bis zum Morgen gesungen und über die Welt geredet wurde. Es war eine Zeit, in der sich alle viel zu sehr für die Welt interessierten. Einige trugen Pullover mit dem Kopf von Che und erklärten sich zu Idealisten, die von einer Welt träumten, in der es keine Diktaturen, keine Unterschiede und keinen Hunger mehr gäbe. Andere fragten sich, warum man einem Freund den Eintritt in den Kommunistischen Jugendverband versagt habe, nur weil er Familienangehörige in Miami hat. Einige meinten, der Kommunistische Jugendverband wäre sowieso der letzte Mist, und für andere war Miami ein Zufluchtsort für Frustrierte ohne Mumm. Ich hörte ihnen zu und trank, denn das war meine Lieblingsbeschäftigung. Ich beobachtete, wie sich die Gesichter veränderten, während der Alkohol durch die Kehlen rann und die Worte nur so herausströmten, immer präziser und aggressiver, es kamen immer mehr Worte, immer mehr schöne Adjektive, Verben und Substantive, aber es waren eben nur Worte. Eigentlich wollte man nur zusammen sein, trinken und Spaß haben und versuchen, ein wenig Ordnung in die Welt zu bringen, was natürlich niemand ernsthaft vorhatte.

Bei Dios sah der Kosmos anders aus. Die Gespräche fanden nur zwischen ihm und mir statt, die Welt da draußen interessierte uns nicht sonderlich. Mich interessierte nur die Welt, die durch die Werke, die er mir zu lesen gab, und durch die Geschichten von früher zu mir kam. Das war die Zeit vor meiner Geburt, als alles erst im Entstehen war und Havanna ein neues Gesicht bekam; es war die Zeit, in der meine Mutter meinen Vater kennen lernte, sich in seine Uniform verliebte und beschloss, ihrer Heimat den Rücken zu kehren; Dios war damals verheiratet und arbeitete beim Kubanischen Institut für Kunst und Filmproduktion, wo alle jung waren und man die Hoffnung hatte, eine neue Welt aufbauen zu können. Inzwischen waren alle ein wenig alt geworden, und Dios hatte schon eine ganze Weile keine Arbeit und keine Frau mehr, aber das machte ihm nichts aus: Er war erfüllt von Büchern und Musik und jungen Freunden wie mir, die zu ihm kamen, um sich mit ihm zu betrinken und davon zu träumen, große Schriftsteller oder Dichter zu werden, Buchläden und Konzertsäle zu füllen, und Dios ließ uns träumen. Er ließ mich träumen und meine Gedanken ordnen, denn bei ihm hatte ich nicht nur die Gabe, zuzuhören, sondern auch die, zu reden. Das genaue Gegenteil von dem, was in der großen Wohnung der Fall war. Vor langer Zeit hatte ich meine Position bestimmt, und das war gut so, denn es ist viel wert, wenn man weiß, wo man steht.

In der großen Wohnung erfand ich meine eigene Welt. Ich schloss mich in meinem Zimmer ein, um Musik zu hören, zu schreiben und mit Frida zu spielen, die zu jener Zeit ein bisschen durcheinander war und nach Liebe gierte. Papa war ein Offizier im Ruhestand, der den ganzen Tag in Pyjama und Pantoffeln herumlief und in seinem Zimmer Zeitung las oder irgendetwas anderes. Mama machte einen etwas fröhlicheren Eindruck, weil der Briefkontakt zu ihrer Schwester in Buenos Aires etwas Alltägliches geworden war, sie ging zur Tante ins Zimmer, um ihr die Fotos zu zeigen und mit ihr zu reden, ich weiß nicht, wie, denn die Tante existierte nur noch als Schatten. Das Geklapper der Schreibmaschine war kaum noch zu hören, nur das mit Heftpflaster reparierte kleine Radio. Großmutter wurde einfach nur immer älter, ich glaube, das einzig Bedeutende, was sie je getan hat, um ihr Leben zu verändern, war die Beziehung mit meinem Großvater. Ansonsten ließ sie einfach die Zeit verstreichen und nährte ihre Verbitterung und ihre schlechte Laune, die ich von mir fern zu halten versuchte, indem ich mich hinter der Tür verschanzte und zur Beobachterin der großen Wohnung und von all dem Schweigen darin wurde. Aber auch das Schweigen erlaubt Stimmungsveränderungen.

Es geschah an einem Sonntag. Es war Sonntagmittag, im Fernsehen kam der Sonntagsfilm, Großmutter saß vor dem Fernseher und Papa im Pyjama und mit Plastikschlappen auf dem Sofa, ich war in meinem Zimmer, und Frida schlief auf dem

Kissen. Von meinem Bett aus hörte ich laute Stimmen, aber zwischen dem Krach von all den Fernsehern im Haus und der Musik, die ich hörte, konnte ich nicht genau sagen, um was es ging, es interessierte mich auch nicht sonderlich, bis es an meiner Tür klopfte und mein Name gerufen wurde. Die Stimme meines Vaters versuchte die meines Onkels zu übertönen, der darauf bestand, ich solle aus dem Zimmer kommen. Ich ging hinaus. Der Onkel lächelte mich an und führte mich an der Hand ins Wohnzimmer. Papa sah ziemlich betreten aus, und Mama wirkte angespannt.

«Ich will, dass alle anwesend sind, denn ich glaube nicht, dass dieser Hurensohn euch die Wahrheit gesagt hat.»

Der Onkel sah Papa hasserfüllt an. Ich hatte ihn lange nicht gesehen, und das lange Haar stand ihm nicht schlecht, auch der Ring nicht, den er im Ohr trug. Was ihm nicht so gut stand, war das manierierte Gehabe und das blond gefärbte Haar, aber der Onkel war eben schwul, und das hatte ich schon lange akzeptiert. Aber seine Rache oder die Lüge habe ich nicht akzeptiert; ich weiß nicht genau, was mich im ersten Moment mehr störte. Der Onkel lächelte ironisch und sagte:

«Also, ich bin schwul und pervers, nicht wahr? Ich musste aus diesem Haus verschwinden, weil ich kein gutes Beispiel abgebe, nicht wahr? Du wolltest nicht zulassen, dass deine Tochter zwischen Perversen und Schwächlingen groß wird, deiner Schwester verzeihst du ihre hysterischen Anfälle, denn sie ist ja eine Frau, aber mir nicht, weil ich ein Scheißschwuler bin und du ein Mann bist, der so etwas nicht zulässt, nicht wahr? Dann sag doch deiner Tochter, du Scheißkerl, warum du jetzt im Pyjama herumläufst, hast du es ihr schon gesagt? Du warst doch immer der Mann im Haus, nun erzähl schon, was du in Angola gemacht hast, na, was ist? Du hast es ihr nicht gesagt, Mama hat es mir jetzt erzählt, wo der Krieg vorüber ist, deiner Tochter hast du irgendeine Geschichte erzählt, weil du nicht den Mut hast, ihr zu sagen, dass du wegen Feigheit degradiert wurdest ...» Der Onkel sah mich an, und ich schloss die Augen, ich weiß nicht, was die anderen gemacht haben, und ich wollte es auch nicht wissen, und ich wollte auch dem Onkel nicht zuhören, der auf die anderen und auf mich einredete. Ich öffnete die Augen erst, als er mich bei den Schultern packte und mir ins Gesicht sah. «Dein Papi hat in Angola gekniffen; bei einer von diesen berühmten Schlachten, bei denen sie ausziehen, um den Arsch von anderen zu retten, hat er es vorgezogen, seinen eigenen zu retten und zu kneifen, sie haben ihn zum Feigling erklärt, ihm vor aller Augen die Sterne abgenommen und ihn zum einfachen Soldaten degradiert, er musste dieselbe Scheiße machen wie all die zwanzigjährigen Soldaten, und unser tapferer kleiner Held hat es nicht über sich gebracht, euch das zu erzählen, und ist lieber die ganze Zeit dort geblieben, damit man hier nicht schlecht von ihm denkt, bis deine Mutter es von den Genossen vom Sozialdienst erfahren hat und es meiner Mutter sagen musste und sie dann beschlossen, es dir nicht zu sagen, das sollte ein Familiengeheimnis bleiben, wie die Tatsache, dass ich schwul bin, alle in der Familie wussten das, auch dein Vater, jeder wusste es, ich war immer schwul, und ich bereue es nicht, weil ich den Mut hatte, es laut herauszuschreien, den Mut, den dein Vater nicht hat, um dir zu sagen, dass er ein verdammter Feigling ist, der im Krieg gekniffen hat und jetzt im Pyjama herumsitzt, und ich will, dass du mir sagst, wer, verdammt nochmal, von uns beiden das größere Weichei, der größere Scheißkerl und die jämmerlichere Figur ist ... Wer ist mehr zu verurteilen? Ich, weil mir die Männer gefallen und ich es nicht verberge, oder er, weil er sein ganzes Leben lang ein Scheißkerl war, ein falscher Moralapostel, der deine Mutter nur geheiratet hat, um an das Auto zu kommen? In Wirklichkeit ist er immer ein Scheißfaschist gewesen. Er hat mich aus meinem eigenen

Haus geworfen, er hat uns gezwungen, die Beziehung zu unserem ältesten Bruder abzubrechen, weil der nach Miami ausgewandert ist, er hat deiner Tante das Leben zur Hölle gemacht, als sie sich in den Professor verliebt hat, das weißt du alles gar nicht, diesen Scheißkerl hast du zum Vater, und jetzt freue ich mich …» – der Onkel ließ mich los und ging auf Papa zu, der völlig erstarrt war – «… dass du jetzt so verdammt frustriert bist und nicht weißt, was du mit deinem Leben anfangen sollst, ich freue mich, ich habe jahrelang darauf gewartet, dass du etwas falsch machst, irgendwann kommt die Scheiße aus der Grube, ich kann über die Straße gehen, und es kann mir egal sein, wenn sie mir Schwuler hinterherrufen, denn ich bin schwul; ja, dein Bruder ist eine Schwuchtel, aber was ist mit dir, du ehrenwerter Offizier der Revolutionären Streitkräfte?»

Das klatschende Geräusch der Ohrfeige, die mein Vater seinem Bruder gab, wurde ein wenig durch das nervöse Lachen der Tante gemildert, die sich ins Wohnzimmer geschlichen hatte und in dem Moment loslachte, als hätte sie wieder einen hysterischen Anfall. Ich atmete tief ein, um nicht mehr so verschwommen zu sehen, und stand auf. Ich stolperte in mein Zimmer und schaffte es gerade noch, die Tür zuzumachen, bevor meine Mutter eintreten konnte. Drinnen suchte ich nervös den Geldbeutel in meiner Tasche, zog eine Jeans über die Shorts, die ich trug, und ging wieder hinaus. Mama stand vor der Tür und versuchte mich zu umarmen, aber ich stieß sie brutal zur Seite und lief weiter, ich erreichte die Haustür und hörte die Stimmen hinter mir, die ich kaum zuordnen konnte, Mama rief mich von der Treppe aus, die ich, mehrere Stufen auf einmal nehmend, hinunterrannte, ich wollte nichts sehen, nichts wissen. Ich ging in die Bar an der Ecke und kaufte eine Flasche Wodka; ich mochte Wodka, und außerdem war es das Billigste, was man damals kaufen konnte. Dann lief ich herum. Ich schaute mir die Autos an und spürte den Straßenlärm, ich versuchte ihn lauter zu machen, ihn ganz stark zu spüren, bis ich zu einem Park kam, dort fing ich an zu trinken. Ich trank gerne. Ich setzte mich auf eine Bank, und weil ich so nervös war, versuchte ich schneller zu trinken, sehr schnell; der Alkohol hat die Gabe, alles verschwinden oder es zumindest weniger deutlich hervortreten zu lassen. Ich wollte einfach an nichts denken, an was auch? Alkohol blockiert die Sinne, denn wenn man denkt, wird alles durchsichtiger und wirklicher, und dann hast du auf einmal die ganze Scheiße vor Augen. Und das wollte ich nicht, deswegen trank ich, schluckte und trank, denn ich konnte nicht mal weinen, was oder wen hätte ich auch beweinen sollen? Vor langer Zeit hatte ich beschlossen, niemals zu weinen, wegen nichts und niemandem. Jeder beweint sich selbst. Ich trank nur und fühlte mich ein wenig besser. Ich stellte mir meinen Vater vor, wie er sich im Gebüsch verkroch, während draußen der Kugelhagel losging, ich fand die Vorstellung so urkomisch, dass ich lachen musste. Sich Bilder auszudenken war schon immer eine gute Methode. Papa hält sich die Hände vors Gesicht, und draußen schießen Uniformierte, während der Onkel, strohblond, hingebungsvoll vor ihm tanzt, damit mein Vater keine Angst hat, damit er nicht zum Feigling wird, sondern zum Helden für mich, die ich eine schlechte Studentin für ihn war. Deswegen hatte es ihm also nichts ausgemacht, dass ich den Sprung zur Universität nicht geschafft hatte, deswegen dieser seltsame Brief und das Gesicht von Mama, alles nur deswegen, kein Wunder, dass er so abgemagert war, und ich war wie immer das kleine Mädchen, das geschont werden musste und von nichts etwas wissen durfte, und dann erfuhr es doch alles, was noch schlimmer und verletzender war. Halbwahrheiten oder die absolute Wahrheit. Welche Farbe hat die Wahrheit? Ich denke, braun, wie die Scheiße.

An jenem Abend trank ich so viel, dass ich Lust verspürte, mich irgendwo abzulenken, ich dachte an den Poeten, denn plötzlich überkam mich eine eigenartige Wut, und das war nicht gut. Cuatro war nicht da. Dios würde um diese Uhrzeit noch den Rausch vom Samstag ausschlafen, mein einziger Lichtblick war der Poet, und ich beschloss, zu ihm zu gehen.

Ich weiß nicht, was ich für ein Gesicht hatte, als ich ankam. Er sah jedenfalls leicht benebelt aus. Ich war betrunken. Wir gingen in sein Zimmer, und er brachte mir ein Glas Wasser, das ich zurückwies, weil ich tanzen, laute Musik hören und mich im Kreis drehen, immer wieder im Kreis drehen und einfach gut drauf sein wollte. Der Poet ging die Musik holen, ich schob die Bücher und Hefte beiseite und legte mich auf sein Bett. Ich bat ihn um etwas Alkoholisches, und er erwiderte etwas, aber ich muss ihn wohl sehr ernst angesehen haben, denn kurz darauf kehrte er mit einer Flasche zurück, ich kann nicht mehr sagen, was es war. Er legte Fito Páez auf und warf sich neben mich auf das Bett. Ich fing an zu reden und zu trinken. Wir waren auf einer Wellenlänge, das weiß ich; er fragte, was mit mir los sei, und ich antwortete irgendetwas, damit er aufhörte zu fragen. Ich habe die Bilder jener Nacht nur vage vor Augen. Ich weiß, dass wir uns unterhielten und tranken, ich rauchte und redete. Ich sprach viel, aber ich kann nicht genau sagen, was ich gesagt habe, ich weiß nur, dass ich irgendwann angefangen habe zu weinen. Ich weiß es genau. Ich erinnere mich, auch wenn ich die Zeit nicht zurückdrehen und das Bild einfrieren und verschwinden lassen kann. Ich weiß, ich habe ihn irgendwann umarmt und angefangen zu weinen, er hat mich auf das Haar geküsst und mich auch umarmt, und das war das Einzige, was ich wollte. Ich wollte umarmt werden, nur das. Manchmal möchte ich weinen, zumindest hin und wieder ein kleines bisschen, ohne dass jemand davon erfährt und ohne zu wissen, warum, ich will es gar nicht so genau wissen. Weinen und rein und leer bleiben, um weiterzumachen, als wäre nichts geschehen. Ganz ruhig werden, wie in jener Nacht, in der die Zeit sich verlor, während die Musik lief und alle Gesichter langsam verschwanden und ich in weite Ferne zu einem undefinierbaren, angenehmen Ort segelte, wo man so gut wie nie hinkommt, und der gerade deswegen gut ist; sich einfach gehen lassen und die Musik zum Zentrum des Wunsches machen, allem entfliehen und etwas anderes werden: ein fliegender Tiger oder eine verstörte Frida, keine Ahnung, irgendwas, jedenfalls etwas ganz anderes.

Am nächsten Morgen wachte ich mit starken Kopfschmerzen auf. Ich schaute an die Decke und versuchte aufzustehen. Der Poet saß mir gegenüber auf einem Stuhl und sah mich ernst an. Ich versuchte zu lächeln, und mein Kopf fiel zurück.

«Wie fühlst du dich?», fragte er noch einmal. Ich schaute ihn schlecht gelaunt an und sagte, ich hätte Durst, schrecklichen Durst, und alles würde sich drehen. Er stand auf, setzte sich zu mir und strich mir ganz zärtlich durchs Haar.

«Bohnenstange … ich liebe dich sehr. Weißt du?»

Er war übertrieben ernst, und ich sah ihn erstaunt an.

«Verdammt, was ist denn mit dir los? Ich war betrunken, ich bin schon betrunken hierher gekommen, ich weiß … Schön, das kommt vor, ich bin immer noch betrunken, Gott … ich spüre meinen Körper überhaupt nicht.»

Er fing an, langsam mein Gesicht zu streicheln, da bemerkte ich etwas in seinem Blick, etwas, das ich mir nicht erklären konnte, selbst wenn ich gewollt hätte. Mir fiel ein, dass schon Montag war, und der Poet war immer noch zu Hause, er war nicht in die Universität gegangen, weil eine Freundin, noch betrunken von der vorhergehenden Nacht, in seinem Bett schlief, er sah gut aus, war hellwach und nicht so von der Rolle wie ich.

«Ich wusste nicht, dass du noch Jungfrau warst, Bohnenstange, wirklich nicht, aber ich liebe dich, weißt du?»

Ich schloss die Augen und versuchte zu lächeln. Erst da merkte ich, dass ich vollkommen nackt vor dem Poeten mit seinem schuldbewussten, reuigen, zärtlichen und keine Ahnung was sonst noch für einem Gesicht im Bett lag. Ich öffnete die Augen.

«Was soll das heißen, dass ich Jungfrau war?»

Er versuchte mich zu umarmen, aber ich stand sofort auf und hüllte mich in das Betttuch. Ich sammelte meine Kleider ein, die auf dem Boden vor dem Bett lagen, und schloss mich im Bad ein. Plötzlich hasste ich alles, obwohl ich gar nicht so genau wusste, was ich eigentlich hasste. Ich stellte mich vor den Spiegel und hasste meinen nackten Körper. Mein Skelett zeichnete sich unter der dünnen Haut ab, die so weiß war, dass sie mir fast Leid tat, so Leid wie meine dürren Beine und meine Hüften einer Heranwachsenden, wie die Brüste, die verrieten, dass ich noch ein Kind war, ein kleines Tier, das sich weigert, erwachsen zu werden. Ich schloss die Augen ein wenig und öffnete sie, um mein lächerliches Bild im Spiegel wieder vorzufinden. Ich steckte in diesem Körper, den ich hasste und der mich nicht frei sein ließ. Ich war nicht das, was man im Spiegel sah, das Spiegelbild war eine weitere Maske, eine weitere Verwandlung, ein anderes Gesicht des Schweigens. Ich war ein bisschen mehr auf dieser Seite, und um mit der Welt kommunizieren zu können, brauchte ich diesen absurden Körper, diese blauen Augen, die alles überstrahlten, damit man das unter ihnen wachsende Unheil, die große Lüge nicht sah. Was wollte der Poet? Mein Körper, das war nicht ich, irrtümlich hatte er meinen Körper genommen. Ich hasste den Poeten und seinen Körper, den ich nicht einmal gespürt hatte, den ich nicht kannte und den ich auch nicht kennen lernen wollte. Ich wollte ätherisch sein, wie ein Luftgespenst. Wenn man ein Schmetterling werden will, muss man erst ein Wurm sein, aber ich wollte gleich ein Flügelschlag sein, nicht diese absurde Materie, die die anderen sehen können. Ich wollte nicht, dass mich jemand anfasst; es war mir egal, ob ich noch Jungfrau war, aber ich hasste meinen Körper und wollte ihn nicht berühren, nicht sehen, nicht wissen, dass es ihn gibt, noch sonst was. Ich beschloss, den Spiegel und den Poeten zu hassen, und meine Augen, weil sie sahen, den Anblick der Leute zu hassen das Gesicht meines Vaters, den Tango im Blick meiner Mutter, das vergrämte Gesicht meiner Großmutter, das blonde Haar meines Onkels, den Lebensüberdruss der Tante und mein schieres Vorhandensein; ich konnte sehen, dass ich vorhanden war, und deswegen hasste ich den Spiegel, der das verräterische Auge ersetzte.

Ich biss mir auf die Lippen, und ich wollte kaum mit den Fingern mein Fleisch berühren, während ich mich anzog. Ich empfand Ekel, einen ungeheuren Ekel gegenüber allem, und ich wollte mich übergeben, weil ich so viel Alkohol im Körper und so viel Scheiße im Kopf hatte. Irgendwann kommt die Scheiße aus der Grube, hatte der Onkel gesagt, aber ich hatte ja genug geweint, also war die Grube jetzt wieder leer, und es galt weiterzuleben.

Als ich aus dem Bad kam, wollte der Poet etwas sagen, aber ich unterbrach ihn.

«Man sieht sich.»

Ich ging zur Tür und schloss sie hinter mir, ohne ihm noch einmal ins Gesicht zu sehen. Draußen war Montagmittag, und die Sonne schien, wie an allen Mittagen in Havanna. Ich dachte, es wäre vielleicht eine gute Idee, in der Heladería Coppelia eine Pizza und ein Eis zu essen, also machte ich mich auf den Weg.

**Konzentrische Kreise** Plumps, plumps, plumps machten die Steinchen, wenn sie ins Meer fielen, und dann erzeugten sie konzentrische Kreise, die ihren Radius immer weiter ausdehnten, während ich vom Malecón aus weitere Steinchen ins Wasser warf, zehn Minuten nachdem ich mit Mama telefoniert hatte, drei Tage nachdem ich von zu Hause fortgelaufen war.

Meinen Zustand konnte man nicht gerade als völlig leidend bezeichnen. Ich war zwei Tage wie bewusstlos in der Stadt herumgeirrt, hatte an den Straßenständen Brot mit Kroketten und Eis in der Heladería Coppelia gegessen. Die eine Nacht hatte ich im Beerdigungsinstitut an der Ecke Calzada und Calle K verbracht und die andere in dem in der Zapata. In dem in der Calzada hatte es mir besser gefallen, weil mehr Leute, ich meine, mehr Tote da waren und mehr interessante Geschichten erzählt wurden. Am dritten Tag rief ich zu Hause an, ich hatte Angst, bei einem dieser schlafwandlerischen Ausflüge jemanden von der Familie zu treffen, und wollte lieber etwas von mir hören lassen. Mama war am Telefon, und sie war, wie zu erwarten, völlig aufgelöst und den Tränen nahe. Ich sagte ihr, es ginge mir gut; meine größte Sorge war, dass sie vergessen hatten, Frida zu versorgen, das einzige vernunftbegabte Wesen in der großen Wohnung. Mama sagte, Frida wäre die Einzige, der es gut ginge, ansonsten herrsche ein einziges Chaos. Wir kamen überein, uns am Malecón zu treffen, sie wollte mir Frida und etwas zum Anziehen bringen, denn ich hatte mich entschlossen, ein paar Wochen bei einem Freund unterzuschlüpfen. Dieser Freund war Dios, der noch nichts von seinem Glück wusste.

Mama kam zwanzig Minuten vor der vereinbarten Zeit, stellte eine Tasche auf die Mauer, aus der Frida ihr Köpfchen steckte, und umarmte mich weinend. Ich wich nicht zurück. Ich legte meine Arme um ihren Rücken und streichelte mit einer Hand den Hals der Siamkatze, die ihre ängstlichen blauen Augen öffnete und aus der Tasche zu klettern versuchte, während der Tango in meinen Armen schluchzte und schluchzte, dann löste sich meine Mutter aus der Umarmung, trocknete ihre Tränen und fing an zu erzählen.

Es war so: Nachdem ich das Haus verlassen hatte, waren Papa und der Onkel aufeinander losgegangen, Mama war mir bis zur Treppe nachgelaufen und wieder zurückgerannt, als sie den Schrei der Großmutter hörte. Die Tante war auf die Fensterbank geklettert und hatte damit gedroht herunterzuspringen. Der Onkel hatte die Tante wieder heruntergezogen, und Großmutter war in Ohnmacht gefallen. Papa hatte versucht, sie zu reanimieren, aber da sie nicht wieder zu sich kam, musste er sie zum Auto tragen, um sie ins Krankenhaus zu bringen. Alle waren mitgefahren. Der Onkel kümmerte sich um die Tante mit ihrem hysterischen Anfall, Mama kümmerte sich um Großmutter und Papa darum, den Wagen zu steuern. Zum Glück war ich nicht mit im Auto. Die Tante stellten sie mit Tabletten ruhig, und sie gaben ihr einen Termin beim Psychiater. Großmutter musste zur Beobachtung dableiben. Der Onkel blieb bei Großmutter. Papa und Mama fuhren wieder nach Hause. Mama brachte die Tante ins Bett. Sie hat ihr als Schlaflied bestimmt *Ballade für einen Verrückten* vorgesungen. Danach ging sie zurück ins Wohnzimmer, wo Papa saß und rauchte. Sie sagte, sie wolle sich scheiden lassen, und er hat das akzeptiert. Mama wollte im Telefonbuch die Nummer von irgendeinem Freund heraussuchen, um festzustellen, wo ich sein könnte, aber da ich keine Freunde hatte, ließ sie es bleiben und richtete sich darauf ein, auf meine Rückkehr zu warten. Am nächsten Tag holte Papa Großmutter aus dem Krankenhaus, und Mama kaute sich die Nägel ab, weil ich immer noch nicht aufgetaucht war. Papa sprach kaum ein Wort, und Mama, die wegen meines Fernbleibens ganz aufgewühlt war, sagte, wenn ich nicht wiederkäme, müsste er für immer mit dieser Schuld leben. Papa akzeptierte auch das, und da hat Mama gesagt, sie würde nie mehr ein Wort mit ihm reden, solange sie lebe, und wenn ich wieder da sei, würde sie einen Unterschlupf suchen, damit wir nicht mehr in diesem Irrenhaus leben müssten. Ich sagte nichts, weil ich genau wusste, dass Mama niemanden hatte, wo sie hätte unterkommen können. Am nächsten Tag gerieten sie in Panik. Papa suchte mich überall in der Stadt, Mama musste zu Hause bleiben und sich um die schnarchende Großmutter und die Tante kümmern, die mit offenen Augen dalag, ohne etwas zu sagen, oder besser gesagt, sie musste sie bewachen. Der Onkel rief an, um nach mir zu fragen, und Mama schickte ihn zum Teufel. Papa kehrte in der Nacht zurück und warf sich weinend auf das Sofa im Wohnzimmer. Mama sagte, sie würde am nächsten Morgen zur Polizei gehen. Und genau in dem Moment rief ich an.

Das alles hätte so manches Drehbuch der Filmgeschichte in den Schatten stellen können. Nur war ich gerade achtzehn Jahre alt, und es handelte sich um meine Familie. Mama wollte weiterreden, aber ich fiel ihr ins Wort.

«Am besten, wir vergessen das alles, Mami; ich gehe zu einem Freund, und wenn ich zurückkomme, werde ich das alles vergessen haben.»

Nun konnte ich wieder klar sehen und lachte. Lachen war immer eine gute Methode; wenn einem alles völlig absurd vorkommt, kann ein Lachen befreiend wirken. Man denkt einfach, es ist doch gar nichts passiert, und redet es sich so lange ein, bis man an die Lüge glaubt und am Ende davon überzeugt ist, dass es sich tatsächlich so verhält. Es ist eine gute Methode, zumindest funktioniert sie. Wahrheit lässt sich herstellen, nichts anderes geschah in der großen Wohnung, nur dass immer wieder jemand einen Fehler machte: Sie waren alle zu schwach, zu sehr in dieselben Lügen verstrickt. Nein. Meine Lüge konnte ich mit niemandem teilen. Ich musste aus den konzentrischen Kreisen der großen Wohnung ausbrechen, ich musste raus. Dann wäre alles erträglich. Alles, was man von außen betrachtet, ist erträglich, verständlich, verzeihlich, alles. Man muss nur außen stehen, und ich war schon seit langem zur Beobachterin geworden. Ich existierte nicht für sie, oder ich existierte, ja, aber offensichtlich ohne Gefühle und Verstand. Sie bringen dir das Laufen und das Denken bei, und dann wollen sie nicht, dass du selbst denkst, sie wollen weiter für dich denken, aber weil sie es nicht können, musst du etwas tun. Ich wollte nichts verändern, daran hatte ich kein Interesse. Jeder hat sein Schicksal selbst in der Hand, mehr noch: Um sie glücklich zu machen, würde ich Mama eine Sammlung Tangos, der Tante drei Tonnen Messer, Papa eine Maske, dem Onkel alle möglichen Haarfarben und der Großmutter ein Wasserbett kaufen, damit sie endlich unterging; ich würde all das kaufen und mich dann aus dem Staub machen, dann wäre ich endlich Herrin über mein Schicksal, weil nichts mehr in mir wäre. Es wäre so wie bei einem neorealistischen Film in der Cinemathek: Der Film ist zu Ende, und drei Blocks weiter sprichst du schon über etwas anderes. Nicht einmal die Geschichte mit dem Poeten würde existieren, ich konnte mich an nichts erinnern, das Gedächtnis kann uns verraten, aber wenn du dich nicht erinnerst, ist auch nichts da. Ich entschied mich für die Amnesie. Das war gut.

Mama war nicht gerade begeistert von meinem Entschluss, eine Zeit lang von zu Hause wegzugehen, aber am Ende willigte sie ein. Ich versprach, häufig anzurufen, um mich nach der Familie und nach Briefen von Cuatro zu erkundigen. Meinem Freund würde ich logischerweise nichts davon erzählen; ich hatte ihm eigentlich nie von den Ereignissen in der großen Wohnung erzählt, ich erfand lieber Geschichten für ihn, denn meine Phantasie hatte ihn immer fasziniert.

An jenem Abend ging ich zu Dios. Er lachte, als er mich mit einer Tasche und Frida im Arm in der Tür stehen sah.

«Machst du eine Wallfahrt?»

«Können wir ein paar Tage bei dir bleiben?»

Dios stellte wie üblich keine Fragen. Er nahm die Tasche, ging auf die Seite, dass ich eintreten konnte, und schloss die Tür hinter mir.

«Mal kommt Wasser, mal nicht, ich habe kein Toilettenpapier, wir können ein paar Kroketten in der Pfanne braten, die liegen seit einer Woche hier herum, wenn du telefonieren willst, musst du mit der Wählscheibe aufpassen, sie dreht sich nicht von selbst zurück, im Wohnzimmer gibt es keine Lampe, beim Kassettenrecorder geht die Rückspulfunktion nicht mehr, den Fernseher muss man eine halbe Stunde vorher einschalten, damit er sich aufwärmt, die Dusche ist kaputt, aber da ist eine grüne Wanne, die du benutzen kannst, hab ich noch was vergessen? ... Du kannst auf dem Sofa im Wohnzimmer schlafen, ich hab was zu trinken für dich, ich glaube, das kannst du jetzt brauchen, von dem kannst du ruhig trinken ...»

So begann meine Zeit bei Dios. Gut, die Umstände waren nicht die glücklichsten, aber Frida und ich, wir haben uns bei ihm wohl gefühlt. Wir schliefen zusammen auf dem Wohnzimmersofa, das Betttuch war vielleicht nicht ganz sauber und schlecht aufgezogen, aber zumindest konnten wir mit der Gewissheit schlafen, nicht von hysterischem Schreien oder der nächsten Folge einer Fernsehserie geweckt zu werden. Dios war wie ich ein Nachtmensch, und so hatten wir kein Problem, uns aufeinander einzustellen. Wir gingen ein paar Mal ins Kino; in der Cinemathek zeigten sie jeden Tag einen anderen Film, und das gefiel mir, weil Dios manchmal einen Bekannten traf, und dann gingen wir etwas trinken und unterhielten uns die ganze Nacht über interessante Sachen. Wir kamen ziemlich spät zurück, und ich musste ihn fast nach Hause zerren, denn mein Freund trank und trank, und wenn man ihm guten Rum anbot, trank er umso schneller und hielt dann eine Rede in irgendeiner Sprache. Es war sehr unterhaltsam.

In der Wohnung tat ich fast nichts. Den Morgen und einen Großteil des Nachmittags schlief ich. Irgendwann wachte ich auf und fand Dios lesend auf dem Boden des Zimmers vor, wo die literarischen Runden stattfanden. Er schlief kaum und aß fast nichts; eine Nachbarin, die er monatlich dafür bezahlte, besorgte ihm das eine oder andere, und Dios kümmerte sich um nichts. Er verbrachte den Tag damit, Kaffee zu trinken und irgendein selbst gebranntes Zeug zu sich nehmen, das er von einem Freund bekam. Manchmal, wenn er mich mit verschlafenem Gesicht in der Tür stehen sah, rezitierte er französische Gedichte. Ich fing an zu lachen, und er sagte, Gedichte könne man nicht übersetzen, fuhr dann mit Paul, seinem Lieblingsdichter, und Baudelaire fort, den ich nicht im Original kannte.

Ich sprach fast jeden Tag mit Mama. Großmutter war wieder auf dem Damm. Die Tante weigerte sich, zum Psychiater zu gehen, und Papa schlief wieder im Wohnzimmer. Offen gestanden tat Mama mir ein wenig Leid, aber auch sie hatte gelogen, wie die anderen. Ich wollte nicht, dass sie erfuhr, wo ich war, denn sie würde mich bestimmt abholen wollen, also fragte ich sie nach der argentinischen Familie, und sie berichtete mir hocherfreut von dem letzten Brief und dem Versprechen ihrer Schwester, sie bald besuchen zu kommen.

Der Poet hatte öfters zu Hause angerufen, aber weil ich hartnäckig schwieg, hatte er es irgendwann gelassen, und das war gut so. Cuatro hatte nichts mehr von sich hören lassen.

Ich blieb in meinem Versteck. Ich nahm mit Dios an den Stammtischrunden der Vereinigung kubanischer Schriftsteller und Künstler teil, wo sich alle tüchtig voll laufen ließen. Wir gingen zu den literarischen Abenden im Havanna der achtziger Jahre, wo junge Sänger viele Sachen hinterfragten, über die nachzudenken ich keine Lust hatte, es war die Rede von Perestroika und Glasnost, aber für mich waren das nur russische Wörter, und ich habe das Russische nie besonders gemocht, trotz Papas Liedern. Manchmal blieb ich lieber zu Hause und versuchte Gedichte auf Französisch zu lesen. Wenn ich mich geschlagen geben musste, vertiefte ich mich in den nächsten Autor, in Dios' Bücherregalen steckten unzählige Namen voller Staub, Spinnweben und Geheimnisse.

An einem Abend traf ich den Poeten. Wir warteten auf den Beginn eines Konzertes, und Dios unterhielt sich mit einem Freund, einem Typ mit langen Haaren, ein paar Jahre älter als ich, der ihm gerade von einem phantastischen Saufgelage am Abend zuvor berichtete. Ich hatte den Eindruck, dass er immer noch betrunken war, denn er lachte mit einem irren Gesichtsausdruck und holte die Pulle vor, die er in seinem Jackett versteckt hatte, und prostete Dios und mir zu. Ich nahm auch einen Schluck, und er sah mich eindringlich an und fragte, ob ich die Freundin von Dios sei. Dios legte den Arm um mich und sagte, ich wäre seine Muse. Wir lachten, aber die Geschichte von dem Saufgelage interessierte mich nicht sonderlich. Ich drehte mich unauffällig weg, sodass die beiden ihre Pulle für sich hatten, und da kreuzten sich mein Blick und der des Poeten, der einige Schritte entfernt stand und mich beobachtete. Er rührte sich nicht vom Fleck und wusste offenbar nicht, was er machen sollte, als ich auf ihn zuging.

«Hallo.»

«Hey, ich hab öfter bei dir angerufen, Bohnenstange, wie geht's? Du bist ja nie zu Hause. Wie fühlst du dich? Du bist dünner geworden, ich muss mit dir sprechen.»

Der Poet machte einen nervösen Eindruck. Ich lachte und sagte, es ginge mir gut, ja, ich wäre manchmal nicht zu Hause, aber es ginge mir wirklich gut, er solle sich keine Sorgen machen.

«Hast du etwas von Cuatro gehört?»

Er verzog das Gesicht, weil er sich schon denken konnte, dass mit meiner Frage das Gespräch beendet war. Er sagte, er habe bei Cuatro zu Hause angerufen und die Mutter habe Briefe für mich.

«Danke, ich werde sie gleich heute abholen, ciao.»

Ich ließ ihn einfach stehen und ging wieder zu Dios und seinem betrunkenen Begleiter zurück, ich wusste, dass mich der Poet mit Blicken verfolgte. An dem Abend gingen wir nach dem Konzert mit dem Freund von Dios auf ein Fest bei Bekannten. Wir tranken die ganze Nacht und unterhielten uns, es waren eine Menge Leute da, und der Freund, von dem ich später erfuhr, dass er «Merca» genannt wurde, war unglaublich witzig, ich weiß nicht, ob es am Rum lag, aber ich musste fast die ganze Zeit über seine Betrunkenen- und Schwulenwitze lachen, während Dios sich woanders aufhielt, irgendwann kam er mit ernster Miene auf mich zu und sagte, wir müssten jetzt gehen, er wäre müde. Merca sagte, er solle doch allein gehen, er würde mich dann nach Hause bringen, aber Dios sah mich streng an und fragte, ob ich wirklich dort bleiben wolle. Im Grunde war mir das völlig egal, aber ich wollte meinem Freund keine Umstände machen, also machten wir uns auf den Weg. Den ganzen Weg über sprach Dios schlecht über Merca, ich wusste nicht, warum, und es interessierte mich auch nicht sonderlich, ich war so betrunken, dass mir alles egal war. Als wir an der Eingangstür ankamen, musste ich plötzlich an Cuatro denken und bat Dios, kurz auf mich zu warten, ich müsste noch etwas erledigen. Er wollte noch etwas sagen, aber da war ich schon zum gegenüberliegenden Gebäude losgelaufen, wo mein Freund wohnte. Ich weiß nicht, wie oft ich geklingelt habe, bis Cuatros Vater ein wenig verärgert seinen Kopf aus der Tür streckte. Ich grüßte ihn lachend, und er sah mich ernst und etwas verwirrt an.

«Weißt du, wie spät es ist?»

Mein Lachen muss ziemlich idiotisch gewirkt haben, er fragte mich, ob etwas mit mir nicht stimme, ich stammelte, ich würde am nächsten Tag kommen und die Briefe abholen, und rannte wieder los. Dios stand vor der Eingangstür und suchte das Schloss. Ich war ganz außer Atem, und durch den Schreck, den ich ihm versetzte, fiel der Schlüssel auf den Boden. Wir mussten erst eine Weile im Dunkeln herumsuchen, bis wir hinein konnten. Die Trunkenheit und die Scham lösten Lachanfälle bei mir aus, und als ich endlich einschlafen konnte, schnarchte Dios schon eine ganze Weile in seinem Zimmer vor sich hin.

Als ich am anderen Tag um vier Uhr nachmittags die Augen aufschlug, sah ich als Erstes das Gesicht von Mama. Ich machte sie wieder zu, aber als ich sie erneut öffnete, war da immer noch das Gesicht von Mama, die fragte, ob es mir gut ginge. Ich sagte ja und setzte mich auf. Dios lehnte an der Wand.

«Deine Mutter und ich, wir kennen uns seit Jahren.»

Er reichte mir ein Glas Tee. Ich tat überrascht und sagte, das hätte ich nicht gewusst. Ich trank den Tee, und Mama gab mir den Brief von Cuatro. Ich lächelte. Frida kletterte auf mir herum, ich streichelte sie und sagte laut, es wäre besser, wenn wir wieder in unser Zimmer in die große Wohnung gingen. Mama lächelte und sagte nichts. Als wir uns verabschiedeten, nahm ich das Buch mit, das ich gerade las, und sagte zu Dios, ich würde ihn später anrufen. Er küsste mich auf die Stirn, küsste Mama, und dann machten wir uns auf den Weg. Kurz vor unserem Haus blieb Mama stehen.

«Bitte, Kind, sag mir, was ist zwischen euch?»

«Freundschaft, Mami, er ist ein großartiger Mensch, weißt du, ein guter Freund.»

Mama legte den Arm über meine Schultern, seufzte und sagte, ich wäre schlauer als sie. Es wäre besser, ihn einfach zum Freund zu haben, obwohl sie ihn eine Zeit lang gern zu meinem Vater gemacht hätte. Damit war meine Zeit bei Dios zu Ende.

**Parallele Welten** «Ich bin ein Versager, ich weiß, ich war mein ganzes Leben lang ein Versager ... Ich habe viele Fehler gemacht, und der erste war, dass ich zum Militär gegangen bin; ich wollte nicht, ich habe für das Militär nichts übrig, aber es war der Ruf des Vaterlands, und man musste ihm folgen; du verstehst das nicht, das waren andere Zeiten damals, glaubst du, es macht mir nichts aus, dass ich meinen Bruder verloren habe, nur weil er in die Vereinigten Staaten gegangen ist? Oder dass deine Tante wegen diesem Mann leidet? Glaubst du, mir ist es gleichgültig, dass der Onkel dieses Problem hat, dass deine und meine Mutter dauernd streiten müssen, dass meine Freunde von früher sich von mir abgewandt haben, weil ich in Ungnade gefallen bin?»

Papa redete weiter, und ich knabberte aus kosmetischen Gründen mit den Zähnen die abstehenden Nagelhautfetzen ab. Als ich meine Aufgabe für beendet hielt, zog ich die Füße hoch auf den Autositz, nahm ihm die Flasche aus der Hand, trank einen Schluck, sah ihn an und fragte nach einer Zigarette. Er bekam große Augen, zog die Schachtel aus der Tasche und hielt sie mir hin, ohne etwas zu sagen. Ich zündete die Zigarette an und nahm einen tiefen Zug.

«Ich rauche auch, ich habe es dir nicht gesagt, aber man soll ja auch nicht immer die ganze Wahrheit sagen, nicht wahr?»

Ich lächelte. Er seufzte, zündete sich auch eine Zigarette an, dann nahm er einen Schluck und sagte, er wolle versuchen, mir die ganze Wahrheit zu sagen. Deswegen waren wir an diesem Abend zusammen weggefahren, er wollte mit mir sprechen, ich sollte alles erfahren und verstehen. Er wollte bei seiner Tochter nicht schlecht angesehen sein, er wollte mich nicht verlieren und auch nicht von mir gehasst werden. An diesem Abend wollte mein Vater viele Dinge nicht, aber was ich als seine Tochter nicht wollte, war, mir immer irgendwelche Gründe anhören zu müssen, vor allem, wenn es längst zu spät war. Ich wollte ihn nicht mit Leidensmiene die Schande von Angola rechtfertigen sehen. Der Krieg gibt dir Gelegenheit, innerhalb von einer Minute zum Helden oder zum Feigling zu werden, eine einzige Minute kann über dein ganzes Leben, über Orden oder Schande, entscheiden. Mir war das nicht wichtig, aber ich konnte meinem Vater nicht sagen, dass mir ein lebendiger Feigling lieber war als ein toter Held. Ich wollte seinen Namen nicht in einer Todesanzeige lesen und das Foto eines Märtyrers der Revolution küssen. Mir wäre es auch lieber gewesen, aber das konnte ich ihm natürlich ebenso wenig sagen, wenn ich nicht immer das Foto des lebendigen, dauernd abwesenden Vaters hätte küssen müssen. Aber um darüber zu reden, war es jetzt auch zu spät, also nahm ich stattdessen noch einen Schluck, rauchte noch eine Zigarette und lächelte ihn an.

«Na ja, Papa, die Uniform stand dir wirklich nicht besonders gut; du solltest dich rasieren, ein wenig zunehmen und das Auto waschen, das hat es bitter nötig, und da wir gerade vom Auto reden: Du musst mich zu einem Freund fahren, damit er mir seinen Kater ausleiht, Frida braucht unbedingt männliche Gesellschaft.»

Papa lachte und strich mir durchs Haar. Ich denke, er war glücklich, dass er mir nichts mehr erklären musste, weil ich nie nachfragte, das kam jemandem, der nicht viel redete, ausgesprochen gelegen. Ich weiß nicht, ob er das Gefühl hatte, dass ich ihn verstanden oder ihm verziehen hatte, wie er das wollte, und ich weiß auch nicht, ob mich das überhaupt interessierte. Das Gespräch war damit jedenfalls beendet und wurde von ihm als Erfolg verbucht. Mein Vater nahm einen Schluck und fragte, wo mein Freund denn wohne.

Dieser Freund war Merca, obwohl er eigentlich noch gar nicht mein Freund war, aber an dem Abend, an dem wir uns kennen gelernt hatten, hatten wir über Katzen gesprochen, und er sollte mir seinen Siamkater leihen, damit Frida ihre sexuellen Bedürfnisse befriedigen konnte. Papa wartete im Auto auf mich. Ich lief über den Flur, bis ich das Zimmer gefunden hatte, in dem er wohnte. Ich klingelte mehrfach, und als ich schon gehen wollte, ging die Tür auf. Vor mir stand ein Mädchen mit verschlafenem Gesicht, sie war barfuß und trug ein altes Hemd auf links. Ich fragte nach Merca, und sie sagte schlecht gelaunt, er würde noch schlafen.

«Wenn er aufwacht, sagst du ihm, das Mädchen sei wegen der Katze da gewesen.»

«Katze? Was für eine Katze?», fragte sie immer noch schlecht gelaunt.

«Der Kater von Merca ... für meine Katze. Ich habe eine Siamkatze.»

Sie schaute mich von oben bis unten an und verzog das Gesicht.

«Kater? Ja, Merca hat einen Mordskater, aber den nimmt ihm bestimmt niemand ab, also vergiss es. Ciao.»

Sie schlug mir die Tür vor der Nase zu, und mir blieb nichts anderes übrig, als mich umzudrehen und zu verschwinden, ich mochte den beiden Alten nicht ins Gesicht schauen, die auf dem Flur saßen und Reis sortierten. Fazit: Dieser Merca war ein Idiot, und ich würde schon einen Partner für Frida finden, auch wenn es kein Siamkater war.

Papa wollte mich dabei unterstützen und kam wenig später mit einer schwarzen Katze nach Hause, die ihm angeblich ein

Freund geliehen hatte. Ich sah erst die Katze und dann Papa an und musste an Großvater denken, ich weiß nicht, warum. Ich vermutete, Fridas Nachwuchs würde auch so eine Mischung werden wie ich, und der Gedanke gefiel mir. Frida schien sich nicht sonderlich für das alles zu interessieren und der Kater noch weniger, denn als Erstes steckte er den Kopf in den Fressnapf und zeigte damit seine zweifelhafte Abstammung.

Zu Hause wurde ich wieder die Nachrichtenüberbringerin wie früher als Kind, denn Mama war entschlossen, mit ihrem künftigen Ex-Mann nicht mehr zu sprechen. Die Tante willigte nach langen Gesprächen mit meiner Mutter schließlich ein, einen Psychiater aufzusuchen. Großmutter fing an, über alle ihre Kinder herzuziehen, über die Verrückte, den Schwulen und den Soldaten, nur den Ältesten hob sie in den Himmel, er würde als Einziger etwas taugen, er hätte sie wirklich geliebt und ihr nie so viel Kummer gemacht wie die anderen.

Ich gelangte zu der Überzeugung, dass ich meinem Leben endlich eine Richtung geben musste. Ich war mir sicher, dass meine Gedichte nur albernes Gekritzel auf gelbem Papier waren, und beschloss, Französisch zu lernen, damit ich die französischen Dichter wirklich genießen konnte. Ich fing mit einem Kassettenkurs an, den ich von Dios geschenkt bekam, und später würde ich mich dann an einer Sprachenschule einschreiben.

Zu jener Zeit wurden Cuatros Briefe anders. Er schrieb jetzt nicht mehr von der Schönheit Europas und den Schlössern Prags. Cuatro berichtete von einem sich wandelnden Europa, von Zeitungsartikeln und geteilten Meinungen sogar unter den Studenten im Wohnheim. Plötzlich wurden seine Briefe zu langen Reden, in denen er zwischen Erstaunen, Zweifeln und der Angst hin- und hergerissen war, dass eine Veränderung in Osteuropa auch auf uns übergreifen könnte. Aber wir waren damals noch eine glückliche Insel mit bulgarischen Säften, russischem

Wodka, ungarischen Weinen, Konserven und Leckereien, und außerdem hatte ich schon genug Probleme, da brauchte ich mich nicht auch noch mit den politischen und philosophischen Abhandlungen meines Jugendfreundes zu befassen.

Ich lebte, wie es mir passte. Ich verbrachte fast den ganzen Tag in meinem Zimmer, ich schlief, las oder schrieb Geschichten für die nächsten Briefe an Cuatro, machte die ersten Schritte bei «Bon jour, je veux parler français, au revoir» oder füllte ein Heft nach dem anderen mit inneren Monologen, die ich niemals jemandem zeigen würde.

Dios war der Einzige, den ich an den Abenden besuchen konnte. Als ich einmal bei ihm war, klingelte es an der Tür. Ich blieb in dem Zimmer sitzen, wo die literarischen Runden stattfanden, und er kam mit Merca im Schlepptau zurück. Der Idiot freute sich auch noch, mich zu sehen, er sagte, er wäre gekommen, um nach mir zu fragen, und fing gleich an, sich zu entschuldigen, dieses Mädchen wäre eine dumme Kuh, die an dem Tag zufällig bei ihm übernachtet hätte, sie hätte ihm erst gestern Abend von meinem Besuch erzählt, als sie sich zufällig auf der Straße getroffen hätten. Zu diesem Zeitpunkt interessierten weder Frida noch mich Merca und seine angebliche Katze, aber die Leute haben die schlechte Angewohnheit, unbedingt alles erklären zu wollen. Merca setzte sich zu mir, bat Dios um was zu trinken und erzählte mir eine absurde Geschichte, von wegen der Siamkater sei abgehauen und verschwunden. Ich bewunderte seine Fähigkeit, Geschichten zu erfinden, und fand ihn ganz witzig. Dios schenkte uns dreien ein, und wir kamen von der Katze zum nächsten Thema und unterhielten uns fast den ganzen Abend. Am Ende war Merca gar nicht so ein Idiot, er war ausgesprochen unterhaltsam, und so gab ich ihm meine Telefonnummer, für den Fall, dass der Kater wieder auftauchte. Außerdem hatte er erzählt, er wolle die Ferien auf der Isla de la

Juventud verbringen, und das interessierte mich brennend. Um zehn lud er Dios und mich ein, mit ihm auf eine Party zu gehen. Dios sagte, er habe keine Lust, und sah mich an. Ich wollte auch nicht mit.

Als Merca gegangen war, setzte Dios sich hin und trank schweigend weiter. Ich lehnte im Türrahmen und fragte ihn, warum ihn die Anwesenheit des Jungen störe.

«Merca? Der stört mich nicht, er ist einer von den wenigen, die mich wirklich gern haben.»

Ich zog es vor, keine weiteren Fragen zu stellen. Wenn meine Beziehung zu Dios etwas Gutes hatte, dann war es die Tatsache, dass wir über alles redeten außer über uns selbst. Das war gut. Ich ging auf die Toilette, und als ich zurückkam, bat er mich, ihm ein Buch aus dem oberen Regal zu reichen. Ich kletterte auf einen Stuhl und streckte den Arm nach oben, und als ich mich mit dem Buch in der Hand umdrehte, musterte Dios auf seltsame Weise meinen Körper.

«Warum trägst du eigentlich immer Hosen?»

Seine Frage amüsierte mich, ich stieg von dem Stuhl herunter und sagte lachend: «Weil ich ein Mannweib bin.» Er verzog keine Miene, zündete sich eine Zigarette an, blickte wieder zu mir und trällerte ein Lied von Silvio.

«Wenn ich zehn Jahre jünger wäre, was für ein Glück ...» – ich sah ihn an und wollte nicht verstehen, er trank und sprach weiter: «Meine liebste, vollkommenste Muse, die sich versteckt und vorgibt, noch ein Kind zu sein, und sich sogar verkleidet, ich werde dich lieben, auch wenn ich alt und verbraucht bin; auch wenn ich längst zu Asche geworden bin, werde ich deine Augen, deinen gläsernen Körper, deinen Frühling lieben ... Wie viele Männer haben dich geliebt?»

Ich lehnte mich wieder an die Tür, kreuzte die Arme und lächelte.

«Keiner, weil ich Hosen trage …» Dios lachte über meinen Scherz, und dann wurden wir wieder ernst. «Ich weiß nicht, ob mich jemand geliebt hat, und es interessiert mich auch nicht, ich liebe niemanden … Ich liebe deine Freundschaft, und ich will nie auf sie verzichten müssen …»

Dios lächelte und sagte, er habe in seinem Leben immer am liebsten Schönheit angebetet, und es gebe schöne Dinge, die würden unverzichtbar. Er sah mir fest in die Augen, und ich hielt seinem Blick einige Minuten stand. Dann erhob er sich und schlurfte zum Kassettenrecorder.

«Und wenn ich daran denke, dass ich deine Mutter kennen gelernt habe, als du noch ein kleines Mädchen warst … Wollen wir uns etwas Schönes anhören?»

An jenem Abend war es fast eins, als ich nach Hause kam. Ich trat ganz leise ein, um Papa nicht zu wecken, der im Wohnzimmer schlief. Er hatte erst vor ein paar Tagen angefangen, als Mechaniker in einer Fernsehwerkstatt zu arbeiten, und musste sehr früh aufstehen. In meinem Zimmer zündete ich ein paar Kerzen an, damit es nicht so hell erleuchtet war. Ich stellte mich vor den Spiegel und zog mich aus. Ich hasste meinen Körper immer noch. Mit jeder Hülle, die fiel, spürte ich einen Schauder, eine Abneigung, etwas Undefinierbares. Ich wollte nicht ich sein, und was wollten die anderen? Was hatte Cuatro geliebt? Was wollte der Poet von mir? Von was träumte Dios? Ich wusste es nicht. Ich fühlte nichts oder tausend Sachen gleichzeitig, aber nichts in meinem Fleisch oder auf meiner Haut. Das Bild im Spiegel störte mich. Es störte mich, dass Dios mich begehrte, obwohl ihn das verletzbar machte, was natürlich Vorteile für mich hatte. Aber was nützten mir diese Vorteile? Ich wollte doch gar nichts. Weder von ihm noch von sonst jemandem. Ganz am Ende hatten die anderen alle irgendwelche Absichten. In jenem Augenblick fragte ich mich, ob dieses ganze von Gott geschaffene Universum nicht künstlich war, ein Spiel aus Reflexen und Täuschungen; ich wusste es nicht. Cuatro hatte viele Jahre lang geduldig die Freundschaft mit mir ertragen und mir bis zum letzten Moment immer dieselbe Frage gestellt. Der Poet hatte sich mit seinem ersten fehlgeschlagenen Versuch abgefunden und wartete auf den Moment, in dem ich für seine Avancen empfänglich wäre. Dios war mein Freund, aber vielleicht wäre ihm etwas anderes lieber gewesen, keine Ahnung. Plötzlich störte mich, was er gesagt hatte. Am Ende erwarten alle etwas. Von jeder Sache erwarten sie etwas, von jeder Person. Das fand ich nicht gut. Ich beschloss, das Experiment zu machen, das ich damals die «Entbehrlichkeit des Seins» oder «Parallele Welten» nannte. Ich hatte das schon bei anderen mir gegenüber erlebt, und jetzt wollte ich beweisen, dass es auch umgekehrt funktioniert.

Am Tag darauf stand ich spät auf, ging in den Laden und versorgte mich mit Konservendosen, Säften und billigem Rum. Dann ging ich nach Hause zurück und sagte Mama, ich würde mit Freunden zum Camping fahren, Camping war damals in Mode, und es gab eine Menge Plätze an allen Stränden. Mama fing gleich an zu meckern, aber ich sagte ihr, die Leute wären in Ordnung, sie wären alle an der Uni, ich würde sie vom Institut für präuniversitäre Studien kennen, und es wäre nur eine Woche. Mama kam wieder runter von ihrem Trip, wenn auch nicht ganz, und gab mir eine Menge Ratschläge, Warnungen und etwas Geld mit auf den Weg. Ich hörte ihr zu und sagte zu allem ja. Um vier schloss ich meine Tür ab und sagte «tschüs». Ich verbrachte den Rest des Tages damit, herumzulaufen, im Park zu lesen und in die Spätvorstellung im Kino Yara zu gehen. Ungefähr um zwei Uhr morgens kehrte ich nach Hause zurück und versuchte keinen Lärm zu machen. Papa schnarchte, und ich schlich durch die Küche. Frida hatte mich zum Glück nicht bemerkt. Der schwarze Kater hatte seinen Zweck erfüllt, und Papa hatte ihn in sein Revier zurückgebracht, Mama und ich vermuteten, es war der Fischladen ganz in der Nähe. Frida schlief tief und fest in einem Wohnzimmersessel, und ich ging in mein Zimmer und schloss die Tür ab.

Ich blieb eine Woche lang in meinem Zimmer. Ich versuchte nachts zu schlafen, weil ich kein Licht anmachen konnte, und nutzte die Zeit auch zum Essen, um tagsüber jeglichen Lärm zu vermeiden. Die Tage verbrachte ich bei geschlossenem Fenster, ich las im Schein des einfallenden Lichtes und lauschte auf die Stimmen im Wohnzimmer und in der Küche. Der Atemrhythmus der großen Wohnung war in meiner Abwesenheit auch nicht anders als sonst. Meine Großmutter rührte in den Töpfen und schimpfte leise auf ihre Kinder. Meine Mutter rührte nach der Großmutter in denselben Töpfen und trällerte Tangos von der letzten Kassette, die ihre Schwester ihr geschickt hatte. Mein Vater verkündete laut, er habe Geld bekommen und würde etwas davon auf dem Tisch liegen lassen, damit meine Mutter es nehmen könne, ohne mit ihm reden zu müssen. Etwas beunruhigt war ich allerdings wegen Frida. Der Mensch ist das einzige Tier, das sich leicht täuschen lässt. Die Katze strich in der Nähe meiner Zimmertür herum, sie spürte, dass ich da war, aber Mama legte es so aus, dass sie mich vermisste oder so. Ich war ein wenig traurig, aber ich konnte nichts tun. Ich muss gestehen, das Schwierigste an dieser Woche war das Pinkeln. Manchmal musste ich ganz nötig, aber ich konnte die Toilette in meinem Zimmer nicht benutzen, weil genau in dem Moment jemand in der Küche war und mich gehört hätte. Dann musste ich warten, aber ich war ja geübt darin, schweigend wie ein Gespenst in der großen Wohnung zu leben, also überstand ich locker alle Feuerproben.

Eine Woche später, als der Freitagsfilm gerade angefangen

hatte, öffnete ich meine Tür und ging ins Wohnzimmer. Zum Glück war die Großmutter vor dem Fernseher eingeschlafen, so blieb mir ihr Ohnmachtsanfall erspart. Mama schreckte hoch, Papa hob den Kopf und starrte mich mit Riesenaugen an.

«Wann bist du gekommen?»

«Ich war überhaupt nicht weg, ich hasse Camping, aber in meinem Zimmer fühle ich mich wohl, und jetzt werde ich mich erst mal frisch machen, ich habe seit einer Woche keine Dusche gesehen.»

Ich drehte mich um, und beide standen auf, um mir zu folgen. Mama stellte Fragen, und ich versuchte ihnen zu erklären, dass wir alle verzichtbar sind, dass nichts absolut notwendig ist. Man kann im selben Raum leben, ohne je zusammenzutreffen. Keine Existenz bedingt eine andere. Alles ist flüchtig, von Umständen abhängig, vergänglich. Wir sind nur einen kurzen Augenblick auf dieser Welt. Nichts währt ewig, folglich ist nichts unverzichtbar. Ob drei oder zwei, das bleibt sich gleich, wenn einer fehlt, kommen die anderen schon zurecht. Ob grün oder blau, das bleibt sich gleich, wenn es blau ist, mischt man eben ein bisschen Gelb dazu. Deswegen muss man den anderen so akzeptieren, wie er ist, ohne etwas von ihm zu wollen, ohne etwas von ihm zu erwarten. Das war mehr oder weniger die Theorie, die ich ihnen zu erklären versuchte, aber sie schienen nichts zu verstehen, also ging ich, erschöpft von so viel Schweigen, ins Bad, drehte die Dusche auf und fing an zu singen.

**Mein geliebtes Buenos Aires** Die Scheidung meiner Eltern verlief noch umstandsloser als die Hochzeit. Sie gingen morgens zusammen weg. Als sie zurückkamen, war ich schon die Tochter geschiedener Eltern. Mama kam in mein Zimmer, um mir die Neuigkeit mitzuteilen, und mir fiel nichts Aufrichtigeres dazu ein, als sie zu beglückwünschen; dann bekam ich die wahre Neuigkeit zu hören. Mama sagte, es wäre nicht gerecht, dass mein Vater im Wohnzimmer schlafen müsste, schließlich wäre es die Wohnung seiner Mutter. Sie wüsste, wie viel mir mein Zimmer bedeutete, aber Papa täte ihr Leid, wenn er jeden Morgen das Bettzeug vom Sofa räumen müsste. Man hätte ihn aus dem Heer und aus seiner eigenen Wohnung vertrieben. Mama hatte manchmal so Anfälle von Solidarität, mit denen ich nichts anfangen konnte, aber an jenem Tag konnte ich nicht viele Argumente vorbringen. Ich betrachtete den Bauch meiner trächtigen Katze, stand auf und sagte zu ihr, ohne Mama eines Blickes zu würdigen:

«Frida, habe ich dir schon von der Theorie der Ordnung der Arten erzählt? Alles hat seine Ordnung: Du bestimmst über deine Jungen, ich bestimme über dich, und sie bestimmen über mich, und wer bestimmt über sie?»

Mama schien meine Bemerkung überhaupt nicht zu gefallen. Sie stellte mich als gefühllos hin und sagte, sie habe meine Theorien satt. Mein Vater würde nicht länger im Wohnzimmer schlafen, und ich könnte schon mal meinen Umzug in ihr Zimmer vorbereiten, das andere wäre jetzt Papas Zimmer.

Mamas schlechte Laune dauerte nicht lange an, die Tante aus

Argentinien wollte zu Besuch kommen und die Ferien bei ihrer Schwester verbringen. Jeden Abend erzählte sie mir in meinem neuen Zimmer all die Geschichten aus ihrer Kindheit, die ich schon kannte: von dem brummigen antikommunistischen Großvater, von der Großmutter, die eine hervorragende Köchin war, und von der jüngeren Schwester, die noch sehr jung war, als sie Buenos Aires verlassen hatte. Mama machte einen glücklichen Eindruck, und das fand ich gut.

Papa machte eine Art Erholungs- oder Friedensprozess durch. Einmal sprach er mich an, wie sehr er sich freue, dass ich ihm so bereitwillig mein Zimmer überlassen hätte, und er fügte hinzu, dass das Leben sich jetzt ändern würde. Er habe beschlossen, die Differenzen mit seiner Schwester aus dem Weg zu räumen, er selbst würde sie zum Arzt bringen. Er würde auch versuchen, mit seinem Bruder, dem «Sodomiten», wie er ihn nannte, zu sprechen, um sich mit ihm darauf zu einigen, dass er Großmutter zu Hause besuchen könne, natürlich nur, wenn er nicht da sei, man müsse es ja mit der Gutmütigkeit nicht gleich übertreiben. Und er wolle sich auch bemühen, die Liebe der Großmutter zurückzugewinnen. Was Mama anginge, so könne er keinen Sinn darin sehen, dass man nicht mehr miteinander spräche, vor allem jetzt, wo man die Scheidungsurkunde unterschrieben habe, also wolle er dafür sorgen, dass sich zwischen ihnen allmählich eine tiefe und aufrichtige Freundschaft entwickele. Das waren die Worte meines Vaters, während ich mein ehemaliges Zimmer betrachtete, ohne Poster an den Wänden, ohne das Nachttischlämpchen, ohne die Bücherecke. Das Zimmer hatte sich in etwas anderes verwandelt, es war nicht mehr der Zufluchtsort, wo ich heimlich rauchen konnte.

Die Tante aus Argentinien kam im Juli. Auf Bitten meiner Mutter sprach ich mit Papa, und er brachte uns zum Flughafen. Mama war ganz aufgeregt, und ich muss gestehen, ich war es auch ein bisschen, ich fand es gut, nun auch den anderen Teil der Familie kennen zu lernen. Die beiden hatten während ihres langen Briefwechsels Fotos ausgetauscht, es war also kein Problem, sich in der Menge von Leuten zu erkennen, die aus dem Ausgang strömten. Mama lief hin und her, und auf einmal sah ich, wie sie stehen blieb, die Hand auf den Mund legte und dann auf eine blonde Frau zulief, die schon mit Freudenschreien auf uns zukam, sie ließ den Wagen mit den Koffern einfach stehen, die beiden fielen sich in die Arme und küssten sich. Mama weinte. Ich musste den Wagen aus dem Tumult retten, denn die Tante hatte ihn anscheinend völlig vergessen. Plötzlich drehte sie sich um und erkannte mich.

«Du bist die Kleine? Wie hübsch du bist und wie groß! Du bist ja schon eine Frau ...»

Sie umarmte mich, während sie das sagte, und Mama hielt sie immer noch fest, sie schauten sich an, berührten ihr Haare und lachten, es war eine rührende Szene, und die Tante gefiel mir. Sie hatte eine wilde blonde Mähne und Augen, die unseren sehr ähnlich waren, sie trug Jeans, ein weißes Hemd, und an ihrem Hals baumelten irgendwelche Ketten. Sie musste etwa zweiunddreißig sein, aber sie sah aus wie fünfundzwanzig. Nachdem sie den Ex-Mann meiner Mutter kennen gelernt hatte, setzten sich die beiden im Auto nach hinten und unterhielten sich die ganze Zeit. Sie sprachen gleichzeitig, manchmal von verschiedenen Dingen, dann wieder sprach eine nach der anderen ... kurzum: Sie redeten ununterbrochen. Papa setzte uns im Habana Libre ab, wo sie drei Tage bleiben sollte, danach würden wir drei in einem Haus am Strand wohnen, das Mama irgendwie hatte organisieren können, weil sie allein sein wollten, um sich in Ruhe unterhalten zu können. Nach all den Jahren, in denen sie sich nicht gesehen hatten, hatten sie sich viel zu erzählen.

Im Hotelzimmer fing die Tante an auszupacken. Sie hatte

viele Sachen mitgebracht: Kleidung für mich und Mama, Parfüms, Bücher und – was mir am meisten gefiel – Musik. Ich hatte ihr in einem Brief eine Liste geschickt, und sie hatte von allen Kassetten mitgebracht: Fito, Charly, Baglietto und eine Menge Sachen, die ich nicht kannte, und natürlich Tangos für Mama. Dann machte sie eine Flasche Whisky auf und sagte, jetzt würden wir das Wiedersehen feiern. Sie stellte jedem ein Glas und Marlboros hin. Mama sagte, sie würde bei dieser besonderen Gelegenheit eine rauchen, aber die Kleine nicht. Die Tante lachte und sagte, die Kleine sei doch schon eine erwachsene Frau, und wenn sie nicht rauchen könne, würde sie es eben lernen. Die Kleine griff ganz schnell zu. Nach dem Anstoßen ging ich mit dem neuen Walkman auf den Balkon, damit die beiden sich in aller Ruhe auf dem Bett liegend ihren Gesprächen hingeben konnten.

Der Besuch der Tante aus Argentinien machte wirklich Spaß; sogar die beiden Male, als sie vor unserem Strandtrip und vor ihrer Abreise bei uns zu Hause war, war es einfach genial. Beide Male verschwand sie im Zimmer der anderen Tante, legte ihr die Karten, erstellte ihr Horoskop und sprach viel mit ihr; alle waren glücklich, sogar die Großmutter. Meine argentinische Tante war eine faszinierende Person. Sie war unverheiratet und hatte keine Kinder. Als sie sechzehn war, hatte ihr Vater – mein anderer Großvater – sie zum Studium nach Paris geschickt, aber nach zwei Jahren hatte sie festgestellt, dass das Studium nicht ihr Karma war, sie verliebte sich in einen englischen Ägyptologen, und sie gingen zusammen nach Kairo. Mein Großvater wusste davon nichts und schickte jeden Monat Geld, das meine Tante über einen Freund in Paris bekam. Nachdem sie eine Weile die Pyramiden und Wüsten bereist hatte, erfuhr sie, dass ihr englischer Liebhaber verheiratet war. Sie verließ ihn, um in die Stadt der Lichter zurückzukehren, wo sie aber nie ankam, weil ihr auf dem Weg einfiel, dass sie sich erst mal klar werden musste, wohin sie eigentlich im Leben wollte. Sie entschied sich dafür herumzufahren. Sie reiste nach Madrid und bestieg den Zug. Bei einer dieser Fahrten lernte sie ihre nächste Liebe, einen in Schweden lebenden chilenischen Exilanten, kennen, der sie mit seinen Worten eroberte und ihr half, eine gerechte Sache zu finden, für die es sich lohnte weiterzuleben. Meine Tante ging nach Schweden und lebte dort unter Chilenen, alles nette Leute, die Spanisch sprachen, aber nach drei Jahren stellte sie fest, dass sie der Revolutionskampf mit so viel Meer dazwischen nicht sonderlich interessierte. Sie packte ihre Sachen und kehrte nach Paris zurück. Dort machte sie dann lange Zeit nichts und war schon kurz davor, sich in die Seine zu stürzen, weil sie ohne Diplom auch nicht nach Hause zurückkehren konnte, da lernte sie Pierre kennen, einen jungen, viel versprechenden Künstler. Fast hätte sie ihn geheiratet, die französische Staatsbürgerschaft angenommen und den Vater vergessen. Unglücklicherweise verging viel Zeit, ohne dass aus dem viel versprechenden Talent tatsächlich ein echter Künstler wurde, und irgendwann war meine Tante die leeren Weinflaschen, die unfertigen Leinwände und das verschwendete Geld leid. Sie sagte sich, dass Europa nicht ihr Kontinent war, nachdem sie fast zehn Jahre dort mit Suchen verbracht hatte, ohne fündig zu werden. Sie hatte mit dem Gedanken gespielt, nach Kuba zu ihrer Schwester zu gehen, aber das hätte dem Familienoberhaupt gar nicht gefallen, und sie war doch die Tochter des Hauses. Sie nahm ein Flugzeug und flog nach Buenos Aires. Der Großvater war sehr erfreut über ihre Rückkehr und wollte Anzeige erstatten, als seine jüngste Tochter ihm erzählte, sie wäre ein paar Monate vor dem Studienabschluss in der Pariser Metro vergewaltigt worden, und das hätte sie in eine solche Krise gestürzt, dass sie nicht mehr in der Lage gewesen wäre, an die Uni zu gehen, und dass fast das ganze Geld der letzten Zeit für die Behandlung draufgegangen wäre, aber die Scham hätte sie daran gehindert, das in den Briefen zu erwähnen. Die Eltern meiner Mutter waren bestürzt und schickten die Tante zu einem befreundeten Psychologen, der einen sehr guten Ruf hatte. Der Psychologe verliebte sich in sie, aber sie verliebte sich in den Gärtner des Hauses, einen Brasilianer, der sein ganzes Leben davon geträumt hatte, Samba-Sänger zu werden. Nach den traumatischen Erfahrungen in Europa zog meine Tante mit ihrer neuen Liebe nach Rio de Janeiro; das Geld des Großvaters hatte es ihr ermöglicht. Hier verbrachte sie ungefähr drei Jahre, vertiefte sich in die Welt der Esoterik, bis ihr Liebhaber sie wegen einer Samba-Tänzerin verließ. Da kehrte die Tante in ihr geliebtes Buenos Aires zurück und beschloss, ihre Schwester ausfindig zu machen, die glücklicherweise noch dieselbe Adresse und Telefonnummer hatte. All das war passiert, während ich langsam größer wurde und Mama ihre Tangos sang. Jetzt war die Tante zweiunddreißig, tat nichts und hatte auch nicht die Absicht, etwas zu tun. Meine Großeltern waren alt, das Vermögen der Familie war beträchtlich, und langsam verspürten sie Sehnsucht nach der älteren Tochter.

Mama lachte über die Geschichten ihrer kleinen Schwester, aber ich denke, sie war ziemlich traurig, denn letztlich hatte keine von beiden es verstanden, etwas aus ihrem Leben zu machen, nur dass meine Mutter kaum etwas zu erzählen hatte, aber dafür hatte sie ja mich als das Wichtigste in ihrem Leben.

Als die Tante aus Argentinien abreiste, waren wir alle ganz begeistert. Ich konnte stolz sein, auf beiden Seiten eine so charismatische Familie zu haben. Zu Hause wurde von nichts anderem gesprochen, und Mama wies mich darauf hin, wie oft Papa über die Brille hinweg auf die Beine ihrer Schwester geschaut hatte. Natürlich kannte niemand die wahre Geschichte, nur Mama und ich. Worüber sie mit der anderen Tante gesprochen hat, weiß ich nicht, aber ich hatte den Eindruck, dass der das Kartenlegen und das Horoskop gut taten, denn sie kam wieder in unser Zimmer, unter dem Vorwand, sie wolle Tangos hören, aber dann blieb sie und unterhielt sich mit Mama, die wieder die Geschichte ihrer Kindheit aufrollte und Fotos zeigte. Sie war glücklich, weil sie wusste, dass ihre Eltern ihr nicht mehr böse waren, die Zeit heilt alle Wunden, und außerdem war ich die einzige Enkelin, der einzige Nachkomme der argentinischen Familie.

Im Monat darauf bekam Frida drei Junge. Es war eine normale Geburt, und die Nachkommen waren von zweifelhafter Abstammung, wie zu erwarten. Das Problem war nur, dass sie die Kiste nicht akzeptierte, die wir mit so viel Liebe in unserem Zimmer vorbereitet hatten. Katzen sind eben so, sie gehören zu den wenigen wirklich freien und unabhängigen Arten. Frida wollte ihre Jungen in Papas Zimmer großziehen. Sie verbrachte Tage damit, die Kleinen von meinem Zimmer in seins zu tragen, bis Papa die Gesellschaft akzeptieren musste, unter leisem Protest natürlich, aber ich stellte mich taub.

Im November jenes Jahres fiel in Berlin die Mauer, das heißt, sie fiel nicht, sie wurde eingerissen. Ich kam gerade von Dios und wollte schnell den Familienzuwachs begrüßen, da fand ich meine Eltern in der Küche vor. Sie unterhielten sich, ich konnte es kaum glauben und wollte natürlich auch an dem Gespräch teilhaben. Papa wirkte sehr besorgt.

«So viel Perestroika und so viele Freiheiten, das wird zur Anarchie führen, zum Chaos, die Massen werden sich erheben, es wird Hexenjagden geben, du wirst sehen, was da losbricht, dieser Gorbatschow ist bestimmt ein Agent der CIA.»

Papa war wirklich sehr besorgt und Mama auch, und ich muss sagen, die Nachricht riss mich nicht gerade vom Hocker. Ich fand es gut, dass die Welt sich veränderte und manche Dinge neu geordnet wurden, das ist Dialektik, so habe ich es in der Schule gelernt, aber Papas sorgenvolles Gesicht gab mir zu denken.

«Es wird den Bach runtergehen, ihr werdet sehen, es werden viele Sachen fehlen, und dann geht es den Bach runter. Wenn alle Karten in einer Reihe stehen, brauchst du nur die erste anzustoßen, und dann fallen sie alle um.»

Dieser Satz gefiel mir, und ich werde ihn nie vergessen. Ich glaube, das war einer der besten Sätze meines Vaters, der kaum den Mund aufmachte, aber wenn er etwas sagte, war er immer sehr konkret. Als Erstes musste ich an Cuatro denken: Er war ganz nah an der Katastrophe, und seine Briefe klangen in der letzten Zeit wenig optimistisch.

Ein paar Tage später saßen wir vor dem Fernseher und sahen, wie die ersten Leichname aus Angola ankamen. Mein Vater rauchte, und ich versuchte ihn aus den Augenwinkeln heraus zu beobachten, ohne etwas zu sagen. Angola war schon Geschichte, der Friedensvertrag war unterzeichnet, die Toten kehrten zurück, es gab Orden und Verabschiedungen, aber in vielerlei Hinsicht war es auch das Ende meines Vaters. Das wusste ich, auch wenn es mir natürlich immer noch lieber war, ihn neben mir sitzen zu haben, als ihn im Fernsehen mit der kubanischen Flagge auf seinem Sarg zu sehen. Papa stand auf, seufzte und ging in sein Zimmer.

«All die Jahre und am Ende ... zu viele Tote ...»

Das war alles, was er sagte, und ich traute mich nicht, noch etwas hinzuzufügen. Damals war das Land in Trauer, und alle sprachen nur über das eine. Dios' Wohnung war der einzige Ort, an dem nicht über Politik gesprochen wurde, aber bei jedem Konzert und bei jedem Treffen, zu dem wir gingen, wurde heftig diskutiert. Es war das angolanische Fieber. Fast alle Lieder und die ganze Literatur der jungen Autoren handelten von Angola und von Freunden, die dorthin gegangen und als Märtyrer zurückgekehrt waren. Und von der Unsicherheit, was uns das neue Jahrzehnt bringen würde. Ich hatte nichts, worüber ich hätte schreiben können. Meine Gedichte und inneren Monologe handelten von Dingen, die niemanden interessierten. Dios war mein einziger Zuhörer. Er empfahl mir immer noch Bücher und hielt mich zu der ewigen Suche nach der Schönheit an, die jenseits gesellschaftlicher Phänomene, des Tagesgeschäfts und der reinen Tatsachen existieren musste.

Zu jener Zeit entstand zwischen Merca und mir so etwas wie Freundschaft. Er gehörte zu den Leuten, die nichts tun und sich «Produzent» nennen. Die Produzententätigkeit bestand darin, alle möglichen Leute zu kennen, Sänger, Dichter, Maler, und an der Organisation fast aller Konzerte beteiligt zu sein, überall eingeladen zu werden und einen Mordsspaß zu haben. Dank seiner unzähligen Freundschaften konnte ich die drei Jungen von Frida unterbringen; zu Anfang war sie sehr traurig, aber dann gewöhnte sie sich daran. Wo ich mit Dios auch hinging, überall traf ich Merca. Ich hatte kein Interesse daran, Leute kennen zu lernen, aber ich war gerne dabei, um sie zu beobachten. Ich hatte schon immer diese verflixte Obsession, andere dabei zu beobachten, wie sie sich bewegen und miteinander sprechen. Ich wollte zwischen einstudiertem und natürlichem Verhalten unterscheiden können. Es war eine interessante Studie. Weil Merca so unterhaltsam war, hatte ich in seiner Nähe immer viel Spaß. Und dann brachte ich den völlig betrunkenen Dios nach Hause, der französische Gedichte rezitierte, die ich jetzt dank meines Kassettenkurses und des Kurses an der Sprachenschule, mit dem ich im September angefangen hatte, schon ein wenig verstehen konnte.

Als Merca mich einlud, auf die Ferieninsel, oder die Guerillainsel, wie wir sie nannten, zu fahren, sagte ich spontan zu.

Dios sah mich schlecht gelaunt an und sagte, ich sei verrückt, mit Leuten zu verreisen, die ich nicht richtig kenne, er werde bei so einem Wahnsinn nicht mitmachen. Ich konnte auf ihn einreden, wie ich wollte, er sagte, er sei zu alt dafür, um wie ein Hungerleider unter freiem Himmel zu schlafen. Er hatte meine Freundschaft mit Merca mittlerweile ohne Groll akzeptiert, aber er wollte auf keinen Fall mit. Er gab mir eine Kette mit einem Amulett und wünschte mir Glück. Ich dachte, wenn die argentinische Tante ihr Leben lang von hier nach da gereist war, um irgendwelche Geschichten zu erleben, dann konnte ich dasselbe tun, auch wenn mein Territorium kleiner war.

Papa und Mama waren nicht sonderlich begeistert von der Nachricht. Ich lachte und sagte, die Insel würde zum Staatsgebiet gehören, sie wäre mit sechzehn nach Kuba gekommen, meine Tante wäre mit sechzehn nach Paris gegangen, und dann bat ich Papa um einen seiner Feldrucksäcke.

**Etwas Schlamm und ein Kuss** Als ich an die Haltestelle der 26 kam, stellte ich überrascht fest, dass Merca alleine dort stand. Ich fragte nach den anderen, und er nahm mich ganz schnell an der Hand, um auf einen Lastwagen aufzusteigen, der nach Batabanó fuhr, weil es angeblich keine Tickets mehr gab. Auf dem Weg erzählte er wieder eine seiner Geschichten: Seine Freunde hätten Examen, und keiner hätte mitgewollt und so weiter, dass mir der Verdacht kam, er hätte das alles nur erfunden, um mit mir allein zu verreisen. Aber zu dem Zeitpunkt mochte ich Merca schon zu sehr, um mich darüber zu ärgern.

In Batabanó standen eine Menge Leute wegen Tickets für die Überfahrt mit dem Schiff an. Es war Februar, auf der Insel fand das Festival de la Toronja statt, und viele Leute wollten dorthin. Das Abenteuer fing früher an als gedacht, denn so sehr mein Freund sich auch bemühte, nicht einmal mit Bestechungsversuchen konnte er jemanden dazu bringen, uns zwei Tickets zu verkaufen. Also mussten wir die Nacht dort verbringen, es war toll, wir lagen auf der Erde und warteten auf den Morgen. Merca hatte eine Flasche Rum dabei, und wir unterhielten uns fast die ganze Zeit über. Er war wirklich ein interessanter Kerl, weil er so viele Geschichten zu erzählen hatte. Als der Morgen kam, froren wir und hatten nur Alkohol und die zwei Brote von meiner Mutter im Magen, aber wir hatten Glück, wir konnten gleich mit dem ersten Schiff übersetzen. Schifffahren war eine neue Erfahrung für mich, und ich war dementsprechend aufgeregt. Ich sah fast sechs Stunden lang nur das Meer und den auf dem Deck schlafenden Merca. Ich stellte mir vor, ich wäre auf einem dieser

Ozeandampfer, wie man sie immer in den Filmen sieht, und würde vor dem Krieg fliehen oder sonst etwas Interessantes erleben, deswegen gefiel es mir so gut. Als wir auf der Insel ankamen, liefen wir mit den Rucksäcken durch die Straßen und suchten Mercas Freunde. Wie gesagt, Merca kannte Gott und die Welt.

Wir hatten drei lustige Tage. Wir tranken und rauchten bis zum frühen Morgen Marihuana mit Mercas Freunden. Tagsüber schliefen wir bei irgendwem, und nachmittags kümmerten wir uns darum, die Reiseerlaubnis für den Süden zu bekommen, denn dort war Sperrgebiet, ein Naturreservat. Schließlich bekamen wir die Genehmigung, uns zwei Tage an der Playa Larga aufzuhalten. Mercas Freunde fühlten sich wohl und hatten keine Lust auf die vielen Mücken im Süden, nur zwei wollten bei dem Abenteuer dabei sein.

Wir fuhren um kurz nach vier in einem Bus von Nueva Gerona nach Cocodrilo, dem einzigen Dorf im Süden. Wir passierten die Grenze, und eine Stunde später setzte uns der Fahrer an einer Haltestelle ab. Er sagte, wir müssten noch ungefähr sieben Kilometer bis zum Strand laufen, ließ den Motor wieder an und fuhr los. Merca war ein wenig verärgert, weil er keine Erlaubnis für das Dorf bekommen hatte, und sagte, wo wir hinkämen, gebe es nichts außer Strand. Ich fand das gut, und was die anderen beiden davon hielten, weiß ich nicht, sie waren so betrunken, dass ihnen sowieso alles egal war. Ich fühlte mich so frei und glücklich, dass ich meinen Rucksack und meine Feldflasche schnappte und allein loslief. Auf dem Weg wurden wir von einem Regenschauer überrascht, dem wir schutzlos ausgeliefert waren: Wir mussten weiterlaufen, weil es nichts gab, wo wir uns hätten unterstellen können, und ich dachte daran, wie meine Tante aus Argentinien im Zug durch Europa reiste und nicht wusste, was sie am Ende erwartete, Hauptsache, sie war unterwegs. Mich erwartete am Ende ein Strand mit einem unbewohnten Haus, fast ohne Dach, und daneben ein alter Wachturm. Ich fand es großartig, auch wenn mir die Stechmücken wie Elefanten mit Lanzen vorkamen, aber man hatte mich ja gewarnt, also ließ ich meine Sachen fallen, rieb mich mit Mückenschutzmittel ein und wickelte mir ein Handtuch um den Kopf. Merca kam kurz darauf. Er wunderte sich über meine Ausdauer, war ärgerlich wegen dem Regen und weil die Freunde, die mit uns gekommen waren, auf dem Weg in ihrer Blödheit noch eine ganze Flasche geleert hatten und bei jedem Loch hingefallen waren. Sie kamen später und beschwerten sich, es gäbe so viele Mücken, es wäre ja schon dunkel, und überhaupt, an diesem Ort wäre ja nichts, aber genau dieses Nichts gefiel mir. Es war so ähnlich wie die Freiheit. Die Freiheit war ein Ort ohne Grenzen und Gesetze, aber wir sind so sehr an Gesetze gewöhnt, dass wir uns ohne sie nackt fühlen. Ich setzte mich auf einen Stein und fing an zu schreiben, bis ich auf einmal Merca auf sämtliche Götter fluchen hörte und sah, wie er sich fast auf einen der anderen stürzte. Fazit: In der Hosentasche von dem Schwankenden befand sich offenbar das Gras, das Merca besorgt hatte. Sein betrunkener Freund war so oft auf den Boden gefallen, dass das Päckchen kaputtgegangen war und das ganze Gras jetzt feucht an der Tasche klebte, und die Schweinerei schien Merca nicht zu gefallen. Er schimpfte ein bisschen herum und zog dann in Richtung Strand ab. Ich blieb sitzen und sah zu, wie er sich entfernte und wie die anderen versuchten, noch etwas von dem zu retten, was in der Tasche klebte. Es war schon komisch, woran sich manche Leute klammern, aber was ging das mich an. Ich wickelte mich in ein Betttuch und schrieb weiter.

Ein paar Stunden später hatten die anderen in dem verlassenen Haus schon fast ein Lager errichtet, aber sie konnten suchen, wo sie wollten, sie fanden kein trockenes Holz, um Feuer zu machen, also versuchten sie das Gras über zwei Kerzen zu trocknen. Die Atmosphäre war nicht gerade sehr freundschaftlich, und Merca kam und kam nicht zurück. Ich nahm eine Dose Büchsenfleisch und machte mich auf die Suche nach ihm. Ich ging, eingehüllt in mein Tuch, den Strand entlang und verfluchte die Moskitos. Es machte mir Spaß, zu gehen und mich weit weg von allem zu fühlen, von der Stadt, den Nachrichten, den Leuten. Fast auf der anderen Seite sah ich die Reste von etwas, das einmal ein Schiff gewesen sein musste. Klar, dass Merca dort war. Ich setzte mich ihm gegenüber und hielt ihm die Dose hin. Er öffnete sie mit seinem Messer, und mit demselben Messer aßen wir dann auch. Er reichte mir die Rumpulle und fing mit seiner Entschuldigungsrede an. Ich fand Entschuldigungen immer schon langweilig und legte das Messer auf seine Lippen, damit er den Mund hielt.

«Warum hast du mich eingeladen mitzukommen?»

Er schob das Messer weg und lachte.

«Warum bist du mitgekommen?»

«Warum nennen sie dich Merca?»

«Warum hast du so schöne Augen?»

Das mit den schönen Augen kannte ich schon, ich lachte und nahm noch einen Schluck. Er sagte, Dios habe ihn gebeten, auf mich aufzupassen. Dios wäre sein Freund und einer der wenigen Menschen, die er respektiere, und deswegen respektiere er mich auch.

«Alle sagen, ich sei ein Windhund, und es stimmt, ich bin ein ständig betrunkener Windhund und Schürzenjäger, der auf Drogen steht, aber ...»

Ich unterbrach ihn, indem ich das Messer in den Schlamm steckte, von dem wir umgeben waren, und ihn fragte, was, zum Teufel, Dios in dieser Nacht, an diesem Ort zwischen ihm und mir zu suchen hatte. Ich muss ihn ziemlich böse angesehen haben, denn er lachte und wischte sich mit einer Hand die Schlammspritzer ab.

«Jetzt siehst du aus wie eine Katze, ja, du bist eine Katze ... Er hat hier nichts zu suchen, er hat mich nur gebeten, auf dich aufzupassen ...»

Ich wollte ihm sagen, dass ich auf mich selber aufpassen konnte, aber das erschien mir sehr plump, also sagte ich gar nichts. Ich war wirklich ziemlich böse, und um mich abzureagieren, spielte ich mit dem Schlamm auf der Messerklinge. Ich tauchte meinen Finger in den Schlamm und verteilte ihn sanft, und er sah mir dabei zu. Als die Klinge ziemlich schlammig war, strich ich damit vorsichtig über seine beiden Wangen. Er machte keine Bewegung, aber ich wollte ihn nicht schneiden, ich wollte nur sein Messer sauber machen. Merca gefiel mir. Er lachte, nahm mir das Messer aus der Hand, machte es sauber und steckte es wieder in die Scheide, dann kam er ein wenig näher. Ich berührte mit den Fingern seine Wangen und verstrich den Schlamm bis zum Hals. Merca gefiel mir wirklich. Nur hatte ich diese verfluchte Angewohnheit, zu spielen wie die Katzen. Ich nahm ein wenig Schlamm und malte einen Mund über seinen Mund, zwei Augenbrauen über seine Augenbrauen und eine Nase über seine Nase. Ihm gefiel das Spiel, aber mich piesackten die Mücken, und so beendete ich die Zeichnung, indem ich mit dem Schlamm Abdrücke von vier Fingern auf jede Wange drückte, dann stand ich auf.

«Du, dem es so wichtig ist, sich um andere zu kümmern, schau doch mal, wer sich jetzt um dich kümmert mit dem ganzen Mist im Gesicht.»

Ich lief schnell weg, wohl wissend, dass er nicht gleich reagieren würde. Und tatsächlich kam er so spät in das Haus zurück, dass er uns drei betrunken, in dasselbe Moskitonetz gewickelt und im Schein der Kerze singend, vorfand. Er trat wortlos ein, nahm sich, was von dem Gras noch zu retten war, und ging zum Schlafen in den Wachturm.

Wir verbrachten zwei Tage an der Playa Larga, wir badeten im Meer, sonnten uns und betranken uns jeden Abend, um die Mücken ertragen zu können. Ich weiß, dass er nicht wegen mir so ein ernstes Gesicht machte, sondern wegen dem kaputten Gras, darum machte ich mir nicht allzu viele Gedanken. Merca gefiel mir. Bei der Schifffahrt zurück nach Havanna war er aufgeschlossener, er redete fast die ganze Zeit. Ich fühlte mich sehr gut nach diesen sechs Tagen Auszeit. Als wir uns vor der Haustür verabschiedeten, sagte ich zu ihm, ich würde bei Gelegenheit bei ihm vorbeikommen, um die Katze zu holen. Er lächelte.

«Du weißt genau, dass ich nie eine Katze hatte.»

Wir sahen uns an, und dann umarmte er mich plötzlich und gab mir mitten auf der Straße einen Kuss. Ich war ein wenig überrascht, aber dann gab ich nach, weil es schön war. Merca gefiel mir einfach zu gut.

«Komm bei mir vorbei, wann immer du willst ...»

Er ging, und ich kehrte nach Hause zurück, wo Mama sich riesig freute, mich wieder zu sehen, und sich über die vielen Mückenstiche wunderte; sie ging mit mir ins Zimmer, damit ich ihr von meiner Reise und sie mir von den Neuigkeiten der Woche erzählen konnte, von wegen Sowjetunion und Gorbatschow, aber das war mir alles egal, völlig egal. Frida ging es gut, und zu Hause hatte es keine neue Katastrophe gegeben, außer dass die Tante aus Argentinien angerufen hatte. Das Telefonat selbst war natürlich keine Katastrophe, und eigentlich war ja auch gar nichts passiert. Mama berichtete, die Tante hätte einen deutschstämmigen Argentinier kennen gelernt und sie wären beinahe gemeinsam nach Berlin gegangen, weil sie die Stadt ohne Mauer erkunden wollten. Aber weil die Lage dort so undurchschaubar war, hatte die Tante davon Abstand genommen, und der Mann war allein gefahren. Für Mama war es ein Glück, dass ihre Schwester nicht hingefahren war, nur dass mir das in diesem Augenblick völlig egal war. Ich fühlte mich frei, und das war gut.

An diesem Abend schrieb ich eine Geschichte, die ich mit dem nächsten Brief an Cuatro schicken wollte. In der Woche darauf ging ich zu ihm nach Hause und fand seine Mutter in heller Aufregung vor. Cuatro ging es nicht gut. In der Universität hatte sich das Klima allmählich verändert, und mein Freund hegte den begründeten Verdacht, dass es mit dem Studium bald aus war, wenn die Dinge so weitergingen. Ich hielt es für besser, ihm meine Geschichten nicht zu schicken und sie aufzubewahren, bis er in den Ferien hierher käme, oder sie ihm nie zu zeigen, was weiß ich. Ich schrieb ihm eine kurze Nachricht, die seine Mutter in ihren Brief steckte, und nichts weiter. Von Merca erzählte ich nichts, was sollte sich Cuatro auch für einen Typ interessieren, den er nicht kannte und der all das tat, was er immer kritisiert hatte? Nein, wie bei Dios war es besser, ihm nicht gleich alles brühwarm zu berichten. Man erzählt Tatsachen und nicht, was vielleicht sein wird. Bis zu diesem Augenblick war nicht mehr gewesen als ein wenig Schlamm und ein Kuss, nur das, nichts Besonderes, außer dass Merca es mir wirklich angetan hatte.

**Ich muss dir etwas gestehen** «Ich muss dir was gestehen, Kätzchen: Ich hab ein großes Problem mit den Gefühlen ... Als du gegangen warst, bin ich mir mit den Händen über das Gesicht gefahren, ich war ziemlich erregt, ich sagte dir ja, die Gefühle ... und da musste ich mir einen runterholen ... Danach konnte ich mich vor Mücken nicht retten, ich hatte einen Hass auf dich, weil ich mich in diesem alten Boot sah, wie ein Häufchen Elend mit Schlamm und anderem besudelt und mit den verflixten Mücken über mir.»

Ich musste lachen, als ich mir die Szene vorstellte, und ich lachte viel, um meine Nervosität zu verbergen. Ich wusste, was nach dem Geständnis kommen würde. Ich wusste es, weil ich deswegen schon seit zwei Stunden in Mercas unaufgeräumtem, halbdunklem Zimmer saß und mit ihm redete und trank. Er redete immer weiter, er lobte meine Augen und sagte, ich hätte immer einen unzugänglichen Eindruck auf ihn gemacht, ich wäre jemand, den man ansieht und erst mal vorbeiziehen lässt, um auf den Tag X zu warten, während die Zeit vergeht. Und es verging immer mehr Zeit, Merca faselte immer weiter, und mir fiel, nervös, wie ich war, nichts anderes ein, als ihn zu unterbrechen.

«Also, Merca, was ist, machen wir es nun?»

Er riss die Augen auf und sagte überrascht, ich wäre sehr direkt. Ich versuchte zu lächeln. Wenn ich nervös werde, bin ich wirklich immer sehr direkt. Merca stand auf und sagte, ich solle mich ausziehen und im Bett auf ihn warten, er würde nur mal kurz ins Bad gehen. Es war der reinste Horror, nicht nur, weil es für mich das erste bewusste Mal war oder weil es nicht so romantisch war, wie ich es mir immer vorgestellt hatte. Das schier unüberwindbare Problem war, dass ich meinen Körper immer noch hasste, und ihn so schonungslos darbieten zu müssen war für mich wie eine Strafe oder eine Mutprobe beim Kommunistischen Jugendverband. Ich atmete tief durch, zog meine Hose aus und setzte mich schnell auf das Bett, den Rücken an die Wand gelehnt und die Beine unter dem Hemd hochgezogen. Als er aus dem Bad kam, war er nackt. Er lief unbekümmert durchs Zimmer zum Kassettenrecorder, um eine Musik einzulegen, während ich seinen schlanken, vollkommen nackten Körper betrachtete. In der Mitte bewegte sich das Foucault'sche Pendel, hin und her, so ziellos und anarchisch und wie die Erde zu jener Zeit. Es gefiel mir, seinen Körper anzusehen, für mich war es der erste Männerkörper. Merca war ein bisschen dünn, und das war tröstlich für mich, aber es gibt Männerkörper, die sind einfach perfekt; die Römer können sich bei all den vielen Skulpturen nicht geirrt haben.

«Was ist mit dir los?»

Ich weiß nicht, was ich für ein Gesicht gemacht habe, als er sich umdrehte, ich weiß nur, dass ich sehr nervös war. Er setzte sich vor mich und fing an, meine Füße zu streicheln. Ich umfasste meine Knie und sah ihn mit ernster Miene an.

«Merca, ich muss dir etwas sagen, die Gefühle sind auch mein großes Problem … Ich will dich nicht anlügen, und du musst mir schwören, dass wir nie mehr darüber sprechen» – ich biss mir auf die Lippen und seufzte. «Vielleicht komme ich dir ein wenig seltsam und unzugänglich vor, aber ich habe schon viel hinter mir. Als ich sehr jung war, habe ich mich in einen viel älteren Ägyptologen verliebt, wir hatten eine tolle Romanze; er musste nach Kairo wegen seiner Arbeit und kam bei einem Einsturz ums Leben. Ich war am Boden zerstört, und da lernte ich einen chilenischen Exilanten kennen, der auch viel älter war als ich, ich verliebte mich, und wir waren zusammen, bis er zurück nach Chile ging und dort ermordet wurde. Es ging mir lange Zeit sehr schlecht, bis ich einen anderen Mann kennen lernte, ebenfalls älter, einen Kubaner, er war ein Intellektueller, der viel mitgemacht hat wegen Sachen, die ich dir nicht erzählen kann, am Ende hat er sich die Pulsadern aufgeschnitten, und danach habe ich beschlossen, mich nie mehr zu verlieben. Deswegen bin ich so, ein wenig abweisend, wie du mich kennst; es scheint, als wären ältere Männer nicht mein Karma, deswegen habe ich Angst um unseren Freund Dios, denn er liebt mich, das wissen wir beide, aber ihm gegenüber möchte ich nichts davon erwähnen. Du bist der Jüngere, mit dem ich ins Bett gehe, und ich gestehe, dass es schon lange her ist, dass ich das letzte Mal Sex hatte, du musst verzeihen, wenn ich ein wenig kühl bin, aber es ist wichtig für mich, ich weiß, dass es ein Signal ist; wenn dir das alles albern vorkommt, dann sag es mir und ich gehe, aber gerade dich will ich nicht belügen.»

Ich atmete tief ein und fühlte mich erleichtert. Meine Rede hätte dazu führen können, dass Merca sich selbst auch schon als Leichnam sah und mich vor die Tür setzte, noch bevor ich die Hose wieder anhatte, aber man muss immer ein Risiko eingehen. Er reagierte allerdings ganz anders. Er stand auf und strich mir sanft mit der Hand über das Gesicht.

«Das erste Mädchen, das ich geliebt habe, hat sich umgebracht, weil sie dachte, ich würde fremdgehen, da habe ich angefangen zu trinken und mit allen möglichen Mädchen ins Bett zu steigen, ich werde dein Geheimnis für mich behalten …»

Ich fühlte mich ein wenig schuldig. Wenn Merca die Wahrheit sagte, war ich eine gemeine Lügnerin, und das war nicht fair, aber es war zu spät. Er fing an, mich sanft zu küssen, und ich fühlte mich so gut, denn im Grunde wusste ich, dass es etwas, nein, dass es viele Dinge gab, die ich nie jemandem erzählen würde, weil sie niemanden interessierten. Letzten Endes erschien mir eine Geschichte mit Liebschaften und Toten weit besser als die langweilige Wahrheit. Wenn man mit der Welt, in der man lebt, nicht einverstanden ist, ist es manchmal hilfreich, eine andere Welt zu erfinden, sein Gesicht zu verändern, eine andere Identität anzunehmen, das löscht deine Geschichte nicht aus. Die Menschen werden in dem Moment geboren, in dem wir sie kennen lernen, wen interessiert es, ob die Geschichte davor oder danach erfunden ist? Am Ende leben wir alle auf einer riesigen Bühne voller Masken; man muss sich nur der Maske bewusst sein und nicht eins mit ihr werden, man muss sich langsam, im richtigen Moment entblößen. Es gibt für jede Sache einen geeigneten Zeitpunkt, es ist wichtig, ihn zu finden, bevor die Bühne in die Luft geht.

In dieser Nacht liebten wir uns, und ich fühlte mich überhaupt nicht komisch. Ich fühlte, dass mein Körper mein Körper war, mehr als der Schleier, der mich von den anderen trennte. Ich weiß nicht, ob Merca mitbekommen hat, dass es mein erstes Mal war, aber das war mir egal. Ich hatte so sehr geschwitzt, dass alles andere jetzt zweitrangig war, Teil des Nichts. Kurz vor Morgengrauen, bevor wir einschliefen, umarmte mich Merca, küsste mich auf die Stirn und fragte mich, wie alt ich sei. Ich war zwanzig, und ich schlief mit dem Verdacht ein, dass meine Geschichte wohl für so wenige Jahre zu lang war. Aber das Glaubhafte ist manchmal im Detail absolut unwahrscheinlich, und entweder man glaubt es, oder man glaubt es nicht, basta.

Im Juli rief Cuatros Mutter an, um zu vermelden, unser Wissenschaftler würde im nächsten Monat endgültig zurückkehren. Ich freute mich riesig darauf, ihn endlich wieder zu sehen, und auch Merca wollte unbedingt wissen, wer dieser Freund war, von dem ich so viel sprach. Zu dieser Zeit hatte unsere Beziehung sich bereits ungeplant vertieft, und ich wusste inzwischen, warum sie ihn Merca nannten. Merca hieß das Kokain, das er jederzeit beschaffen konnte, keine Ahnung, wie er das machte. Er kannte die, die welches verkauften, und die, die welches kaufen wollten. Mich interessierte das zwar nicht so sehr, aber ich konnte nichts Schlimmes daran finden. Merca war immer recht aufgekratzt. Wir sahen uns oft, wenn auch nicht jeden Tag, weil jeder von uns zu tun hatte. Ich lernte weiter die Sprache Paul Éluards und ging zu den rituellen Treffen mit Dios, der meine Beziehung zu Merca kritisch beäugte; wenn er betrunken war, fing er an, mich auf Französisch zu beleidigen oder Merca zu provozieren. Aber am Ende unterhielten wir drei uns in seinem Versammlungszimmer immer aufs angeregteste.

Zu Hause lief alles in gewohnten Bahnen. Mama und die Tante wussten, dass ich einen Freund hatte, aber sie fragten nicht allzu viel nach. Nur einmal wollte Mama wissen, wo ich die Nächte verbrachte, wenn ich außer Haus schlief. Ich antwortete, unter einem Dach, und sie fragte nie wieder. Sie dachte sich bestimmt, ihre Tochter sei kein Kind mehr, und beschloss, das zu respektieren. Ich sagte einfach «bis später» oder «bis morgen», und jeder wusste Bescheid. Manchmal scherzte die Tante, sie würde gerne das Phantom der Oper kennen lernen, woraufhin ich sagte, es wäre der Glöckner von Notre Dame, und dann lachte sie. Aber keine von beiden war mir böse. Damals ging es der Tante viel besser, und wenn ich ging, saßen sie im Zimmer und spielten Karten oder führten, ausgehend von den letzten Büchern, die die Tante aus Argentinien geschickt hatte, interessante Diskussionen über esoterische Fragen. Papa schien mein Privatleben nicht besonders zu interessieren, er arbeitete jeden Tag mehr in der Reparaturwerkstatt und kam mal früher, mal später nach Hause. Großmutter ging es nicht besonders, ihre Gesundheit war angegriffen. Sie verbrachte fast den ganzen Tag in ihrem Sessel, schlief oder sah sich brasilianische Telenovelas an. Papa hatte im Zuge seines Friedensprozesses bewirkt, dass sie nicht mehr so viel wegen ihrer Kinder moserte, sie hatte sich, ob aus Erschöpfung oder aus Mutterliebe, keine Ahnung, mit den Fehlern eines jeden abgefunden. Sie sagte, Gott habe das so vorgesehen und sie sei eins von Gottes Schäfchen. Der Onkel kam sie jeden Montag besuchen, er machte ihr die Haare und massierte ihr die Füße. Wenn er ging, wiederholte Großmutter, bevor sie in ihrem Sessel einschlief, immer wieder, er wäre die Tochter, die sie sich immer gewünscht hätte.

Im August kam Cuatro nach Havanna zurück. Er kam spät in der Nacht an, und ich ging am nächsten Tag, direkt nachdem ich aufgewacht war, so um elf, zu ihm. Er kam ins Wohnzimmer und schrie so laut: «Meine Bohnenstange», dass man es bestimmt im ganzen Haus hörte. Seine Mutter fing an zu lachen, weil wir überhaupt nicht aufhören konnten, uns zu umarmen, zu küssen und uns anzusehen. Wir hatten uns wirklich verändert. Ich weiß nicht, ob es an der Kälte in Europa oder an einem physikalischen Experiment lag, aber Cuatro hatte zugenommen, man kann nicht sagen, dass er dick geworden war, obwohl, ein bisschen schon, ich kannte ihn ja nur dünn, mit seinem kurzsichtigen Blick und seinem braven Knabenhaarschnitt. Bei mir erstaunte ihn am meisten mein Kleidungsstil, ich trug einen Minirock und Turnschuhe ohne Strümpfe, keine Hose, wie er es von mir gewohnt war. Ich sagte: «Ich hab dir viel zu erzählen», und wir gingen in sein Zimmer. Cuatro war ein wenig traurig wegen seiner Rückkehr, aber die Lage in Europa hatte sich so verschlechtert, dass die kubanischen Studenten aus Sicherheitsgründen zurückkehren und ihr Studium hier fortsetzen mussten. Er würde nun an der CUJAE einen Studiengang belegen, der sich «Elektronische Geräte und Bauteile» nannte, das war vielleicht nicht gerade sein Traum, aber er war der geborene Wissenschaftler und würde in jedem Fach brillieren.

Wir hatten uns vielleicht eine Stunde unterhalten, da steckte seine Mutter den Kopf herein und meldete einen weiteren Besucher. Sie zog ihren Kopf wieder zurück, und an seiner Stelle erschien eine Hand mit einer Flasche Cognac. Cuatro stand freudestrahlend auf und umarmte den Poeten, der ihn unter freudigen Ausrufen ganz fest an sich drückte, bis sie sich irgendwann voneinander lösten. Der Poet lächelte, hielt ihm die Flasche hin und sagte:

«Etwas verbindet dich mit dem, der von dir fortgeht.»

Gemeinsam sprachen sie weiter:

«Und das ist die Gabe, zurückzukehren.»

«Etwas trennt dich von dem, der bei dir bleibt», führte ich vom Bett aus das Gedicht weiter, und beide sahen mich an.

«Verdammt, Bohnenstange, wie geht's? Ich wusste nicht, dass du hier bist.»

Ich begrüßte den Poeten, und Cuatro war glücklich, weil wir wieder zusammen waren wie in den guten alten Zeiten. Er sagte, er würde Gläser holen, und verschwand Richtung Küche. Ich lächelte den Poeten an, der mich immer noch ansah und nicht wusste, was er tun sollte.

«Ich werde keinen der Poeten zitieren, die dir so gut gefallen, weil ich meine eigenen Worte habe. Schau, es ist viel Zeit vergangen, und ich bin diese Spannungen zwischen uns leid; wenn eine Stadt zerstört wird, muss man eine andere bauen, es ist ein für alle Mal vorbei; außerdem ist Cuatro jetzt zurück, also mach ein anderes Gesicht, gib mir einen Begrüßungskuss, und wenn du willst, werde ich auch ein *Reue II* akzeptieren, aber ich sage dir gleich, ich werde keine Sammlung mittelmäßiger Gedichte unter demselben Titel anlegen, also lass uns endgültig Frieden schließen.»

Der Poet lächelte und küsste mich auf beide Wangen; er sah wirklich glücklich aus, und ich war glücklich, ihn wieder so zu sehen wie früher. Die merkwürdige Begegnung zwischen uns hatte ich sowieso schon seit langem aus meinem Kopf verbannt.

Wir haben uns bis abends unterhalten, Geschichten aus Europa gehört und Fotos angesehen. Dann kamen die Bekenntnisse von uns dreien: Cuatro hatte eine Freundin gefunden, mit der er acht Monate zusammen war, der Rest waren flüchtige Affären. Der Poet hatte, wie immer, irgendwelche Geschichten von zwei oder drei Monaten Dauer, manchmal gleichzeitig. Ich hingegen erzählte von einer interessanten Liebschaft, mehr verriet ich nicht. Dann kam der Teil, der nicht fehlen durfte: Cuatro berichtete, wie schwierig die letzten Monate des Stipendiums gewesen waren und wie instabil die politische Lage war. Damals sprach man bei uns schon von einer drohenden «Spezialperiode», von der keiner sagen konnte, was das eigentlich war. Das Wort «spezial» hatte für mich immer etwas Positives ausgedrückt, aber in diesem Fall war etwas anderes gemeint. Der Poet brachte unseren Freund in einer langen Rede auf den neuesten Stand und prophezeite, dass wir uns noch auf ganz andere Mangelsituationen würden einstellen müssen.

«Ich schwör dir, Kumpel, die Sache sieht schlecht aus, das überzeugt mich alles schon eine ganze Weile nicht mehr, und wenn sie mir auch noch das Essen wegnehmen, was bleibt dann übrig?»

Mir erschien das Bild ziemlich düster, das der Poet da malte, aber Cuatro pflichtete ihm bei, wenn auch nicht ohne eine Portion Optimismus, wie man es von jemandem mit seiner Persönlichkeit und seinem Bildungsstand erwarten konnte.

Im September schrieb Cuatro sich an der CUJAE ein. Dort kannte er fast niemanden. Er beschwerte sich, weil er so früh aufstehen musste, um den Bus zu kriegen, und weil er nicht genug zu essen kriegte, aber ansonsten ging es ihm nicht schlecht, es gab ein paar hübsche Mädchen, und die Vorlesungen waren auf Spanisch, er konnte ihnen mit Sicherheit leichter folgen als auf Tschechisch. Wir sahen uns oft, weil er sich in derselben Sprachenschule wie ich eingeschrieben hatte, um Englisch zu lernen. Das war phantastisch. Wir konnten nach dem Unterricht wieder gemeinsam die vertrauten Straßen entlanggehen. Cuatro wunderte sich, dass die Freundschaft zu Dios sich derart vertieft hatte, und lachte sich halb tot, als er sich an die Geschichte erinnerte, wie ich um drei Uhr morgens betrunken bei ihm zu Hause auftauchte, um Briefe abzuholen. Ich wäre immer noch ein wenig verrückt, sagte er, aber ohne jeden tadelnden Unterton. Ich glaube, dass er Merca auf Anhieb nicht mochte. Wir trafen uns am Eingang der Schule. Merca wartete draußen und sah uns zusammen kommen. Ich stellte sie einander vor, und Merca sagte, bei Gelegenheit würden wir mal bei ihm eine Flasche köpfen, und dann gab er mir einen Kuss auf die Stirn und einen Klaps auf den Po und verschwand. Als wir die Schule verließen, sagte Cuatro nichts, er fragte nur, was mein Freund denn so treiben würde, und daraus schloss ich, dass er ihm nicht besonders gefallen hat. Cuatro war eben so, Dios gefiel ihm auch nicht, aber er war trotzdem mein Freund, und der Poet war genau wie die beiden anderen, nur dass Cuatro ihn eben besser kannte. Als wir an meiner Haustür ankamen, blieben wir wie zwei Kinder stehen, um uns zu verabschieden.

«Ich muss dir etwas sagen, Bohnenstange, das Schönste in Europa war, wenn ich deine Briefe bekam, ohne Datum, ohne Abschiedsgruß, nur Geschichten, und genau deswegen haben sie mir so gefallen. Du solltest schreiben, vielleicht ist das dein Weg. Wenn du nochmal eine Geschichte schreibst, kannst du sie mir ja mit der Post nach Hause schicken.»

Ich lächelte, weil ich wusste, dass meine Geschichten niemanden interessierten, weil sie nicht von Angola handelten oder die Regierung kritisierten oder irgendein brandaktuelles Thema aufgriffen. Cuatro interessierte sich dafür, weil er mein Freund war, aber jetzt war er wieder hier, und es machte keinen Sinn, sie ihm zu schicken, zumindest nicht für mich. Ich gab ihm einen Kuss und ging ins Haus. Meine Geschichten mussten ein paar Takte lang aussetzen.

**Ein leerer Platz** Am Tag, an dem die Einstellung des *Sputnik* verkündet wurde, kam Cuatro aufgebracht zu mir. Ich lernte Französisch in meinem Zimmer, Frida lag zwischen meinen Beinen. Es klopfte an der Tür, und als ich aufschaute, kam Cuatro schimpfend herein. Der *Sputnik* war immer seine Lieblingszeitschrift gewesen, aus ihr hatte er alles erfahren, was ihn in seiner Kindheit interessiert hatte, und jetzt wurde er Zeuge von etwas, das es noch nie zuvor gegeben hatte. Für ihn war das Verbot eine Missachtung der Pressefreiheit und der Freiheit des Einzelnen, selbst zu bestimmen, mit welchem Mist er seinen Kopf voll stopfen will. Ich versuchte ihn mit der mir eigenen Einsilbigkeit zu beruhigen, aber Cuatro ging in die Luft.

«Ist dir das denn alles völlig egal, Bohnenstange? Die Welt verändert sich, merkst du das nicht? Europa wird von Wahlen, Preisanstiegen und Streiks erschüttert, sie revidieren die Geschichte, werten alles um, hier fehlt es allmählich an allem, und du liegst da, lernst ein bisschen Französisch und besäufst dich mit diesem Hippie, als wäre nichts geschehen.»

«Und was soll ich deiner Meinung nach tun? Ich mag die französische Sprache und den Hippie, also lerne ich Französisch und gehe mit dem Hippie. Wenn dich das mit dem *Sputnik* so stört, dann organisier doch einen Protestmarsch wie anno 68 in Paris und lass mich lernen, ich habe Prüfung.»

Ich weiß, dass ihm meine Antwort nicht gefiel, denn er zog wortlos ab. Ich habe ihn später angerufen, und alles war wieder in Ordnung. Was mich damals ungemein störte, war, dass jeder etwas zu sagen hatte, sie sagten die Zukunft voraus, und dann setzten sie sich hin und warteten wie Fridas Junge auf ihr Fressen. Eine lange Kette von Abhängigkeiten in perfekter Harmonie oder meine «Theorie der Ordnung der Arten» Alles hatte seine Ordnung, wie in der großen Wohnung, aber wenn etwas schief lief, musste sofort ein Schuldiger gefunden werden. Das ist zwar keine Lösung, aber es vermittelt einem ein angenehmes Gefühl von Unschuld.

In diesen ersten Monaten war Mama voll und ganz damit beschäftigt, ihre Identität wieder zu finden. Nach langen Jahren der Funkstille hatte ihr Vater am Telefon mit ihr gesprochen, und Mama war ganz aufgeregt. Mein argentinischer Großvater war nicht sehr gesprächig, Mama blieb nur fünfzehn Minuten am Telefon, aber es war immerhin genug Zeit, um den lang ersehnten positiven Bescheid zu bekommen. Als sie aufgelegt hatte, umarmte sie mich mit Tränen in den Augen und sagte, ihr Vater wolle sie sehen, er hätte sie eingeladen, die Ferien zusammen mit der ganzen Familie in Buenos Aires zu verbringen, das sich bestimmt völlig verändert hatte. Die Nachricht freute die Tante und mich sehr. Großmutter sprach zu jener Zeit kaum noch, und Papa erfuhr es zwei Tage später, als er nach Hause kam, ich vermute, er hat in der Zwischenzeit sämtliche Fernseher des Landes repariert.

Papa hatte sich vor kurzem ein Fahrrad gekauft, man hatte es ihm auf der Arbeitsstelle angeboten. Das Auto stand auf der Straße, weil es kein Benzin mehr gab. Anfangs war er ganz zufrieden, weil das Fahrradfahren eine gute Übung war, vor allem für jemanden, der sein ganzes Leben lang sehr sportlich war. Aber als er die erste Hose enger machen lassen musste, wurde er langsam ärgerlich, vor allem, weil die Hitze in der Stadt nicht gerade eine angenehme Begleiterin war, wenn man in die Pedale treten musste.

Im März hatte Mama alle Papiere zusammen. Am Ende des

Monats brachten wir sie zum Flughafen. Sie war sehr nervös und zugleich gespannt, und sie gab mir ununterbrochen Ratschläge, ich solle essen, für Großmutter kochen, weil Papa bestimmt wieder irgendwelche Affären haben würde und sich zu Hause nicht blicken ließe, ich solle mich um die Tante kümmern, gut auf mich aufpassen und so weiter, was Mütter eben sagen. Herzliche Grüße und viel Glück, Mama. Ich war froh, weil sie so glücklich aussah.

Als wir an diesem Morgen vom Flughafen zurückkamen, bat Papa mich darum, mich um das Essen zu kümmern, weil er etwas zu erledigen habe. Es war Sonntag. Ich machte Bohnen und Reis, aber die Großmutter wollte kaum etwas essen. Zum Glück war der Tante alles recht, und wir aßen zusammen und schauten danach den Sonntagsfilm an. Ich wollte nicht ausgehen, aber Merca rief um sieben an, weil wir uns wegen Mamas Reise in den letzten Tagen kaum gesehen hatten. Die Tante sah mich an und fragte, ob ich «bis morgen» ausgehen wolle. Okay. Merca würde in seinem Zimmer auf mich warten. Ich verließ so gegen halb neun das Haus. Großmutter sah sich die Nachrichten an, und die Tante bereitete sich darauf vor, sich mit den neuerdings von ihr so geliebten esoterischen Büchern in ihr Zimmer zurückzuziehen.

An jenem Abend wartete Merca mit ein paar Freunden auf mich, sie hatten sich schon ein paar genehmigt, aber zum Glück waren sie nicht betrunken. Damals vernachlässigte ich Dios gerade ein wenig. Er wollte kaum das Haus verlassen, und wir gingen aus und landeten dann meist in Mercas Zimmer. Dios ging nicht weiter als sechs Blocks zu Fuß. Er werde alt, meinte er, und die Stadt würde allmählich ihren Reiz verlieren, und so blieb er meistens zu Hause, mit seinen alten Gewohnheiten, dem Kaffee, den Zigaretten und einer Flasche mit irgendeinem alkoholischen Gebräu.

Wir blieben an jenem Abend bei Merca, bis der Rum leer war, das war so um zwei. Dann mussten wir neuen besorgen, was um diese Zeit unmöglich war. Das Einzige, was wir bekommen konnten, war hausgebrannter Schnaps von einem Bekannten in einem Hinterhof in Habana Vieja, wo wir dann auch hängen blieben. Ich trank und musste an den Großvater denken. Zu jenem Zeitpunkt hatten Papa und ich schon lange nichts mehr von ihm gehört. Mein Vater war überzeugt, er hätte sich nur für sein Geld interessiert. Ich schwor mir, ihn irgendwann wieder zu besuchen.

Als der Morgen graute, war ich todmüde, dabei hatte ich gar nicht viel getrunken. Ich war müde, weil Mama und ich in den letzten Tagen wenig geschlafen hatten. Merca war total betrunken, aber ich hatte Übung darin, Betrunkene zu führen, also schleppte ich ihn nach Hause. Ich warf mich aufs Bett, ohne mich auszuziehen. Er warf sich neben mich und umarmte mich.

«Mein Kätzchen, ich muss dir etwas Wichtiges sagen … Willst du mich heiraten?»

Ich weiß nicht, was mich mehr amüsierte: die Mimik des Betrunkenen oder die Frage. Ich gab ihm einen Kuss und sagte, er solle jetzt schlafen, es wäre schon sehr spät und ich wäre müde. Er setzte sich auf und sagte, wir wären jetzt fast ein Jahr zusammen, mit der Stadt ginge es bergab und er wolle endlich Ordnung in sein Leben bringen. Dass er Ordnung in sein Leben bringen wollte, fand ich gut, aber nicht um diese Zeit und mit so viel Promille im Blut. Er sagte, nüchtern könne er mich das nicht fragen, weil er Angst habe, dass ich nein sagen würde. Die Angst hat so viele Gesichter. Ich liebte Merca, aber weder nüchtern noch betrunken wollte ich ihn heiraten. Eine Ehe hatte für mich nichts damit zu tun, Ordnung ins Leben bringen zu wollen. Sie war nur eine weitere Überhöhung des Nichts. Ein Goldenes Kalb. Man klammert sich an jemanden, um nicht länger im Ungewissen zu bleiben, was einen auf der anderen Seite erwartet. Ich wollte das nicht. Ich wollte nicht sagen: «Ich habe etwas geleistet, ich habe geheiratet», das klang für mich hohl, und von hohlen Bemerkungen wurde mir schlecht. Aber wie sollte man das einem Betrunkenen erklären, der einen anschaut und auf eine Antwort wartet? Überhaupt nicht, klar, Worte sind nicht die einzige Sprache. Ich lächelte, gab ihm einen Kuss auf die Stirn und legte mich schlafen.

Um zwei Uhr nachmittags schloss ich die Tür hinter mir, ließ Merca schlafen und ging nach Hause. Es war ein Montag, das werde ich nie vergessen. Als ich zu Hause die Tür aufmachte, sah ich als Erstes die Tante auf dem Boden sitzen, den Rücken an die Wand gelehnt und die Beine angezogen. Sie schaute mich mit aufgerissenen Augen und diesem verstörten Gesicht an, das sie manchmal hat. Ich fragte sie, was sie dort mache, und sie begann an ihren Nägeln zu kauen, ihre Lippen zitterten, und sie atmete schwer. Ich kniete mich neben sie und wiederholte meine Frage. Da fing sie nervös an zu stammeln:

«Ich, ich, ich habe nichts gemacht, ich habe ihr ge-gesagt, sie soll ins Be-Bett gehen, aber sie bewegt sich nicht, sie will nicht, sie sitzt da und bewegt sich nicht.»

Ich spürte, wie Kälte in meinen Kopf eindrang und sich in meinem Körper breit machte. Ich stand auf und ging ins Wohnzimmer. Die Tante stand auch auf und folgte mir, unablässig vor sich hin stammelnd. Die Großmutter saß noch genau so in ihrem Sessel, wie ich sie verlassen hatte, der Fernseher war noch an, auf dem Bildschirm nur Schnee. Ich berührte sie an der Schulter und rief sie, aber sie bewegte sich nicht, sie war kalt. Die Tante lief nervös um mich herum und bat mich, sie nicht anzurühren, sie wolle sich nur nicht bewegen, ich solle sie nicht anrühren. Ich fasste Großmutters Handgelenk, sie hatte keinen Puls. Meine Großmutter war tot, und meine Tante tat nichts anderes, als vor sich hin zu stammeln. Mir zitterten die Hände, ich ging zum Telefon und suchte im Telefonbuch die Nummer der Werkstatt heraus, in der Papa arbeitete. Meine Tante kam ängstlich angelaufen und drückte die Gabel runter, sie sagte, ich solle die Polizei nicht rufen, es wäre besser, wenn wir sie da sitzen ließen und uns im Zimmer versteckten. Ich versuchte sie zu beruhigen und wählte erneut. Auf der anderen Seite antwortete eine Stimme, mein Vater hätte diese Woche Urlaub. Wut überkam mich, und ich wusste nicht, was ich tun sollte mit der Tante, die sich an mich klammerte und auf mich einredete, und der steif werdenden Großmutter im Sessel. Ich wählte schnell die Nummer von Cuatro, keiner da. Merca hatte kein Telefon. Die Nummer des Poeten, keiner da. Dios. Dios nahm mit verschlafener Stimme ab, ich war total nervös, ich weiß nicht, was ich ihm gesagt habe, aber er antwortete, er würde eine Ambulanz rufen und zu mir kommen. Ich legte auf. Die Tante fragte weiter, ob ich die Polizei angerufen hätte, ich versuchte sie zu beruhigen, und da klingelte es auch schon an der Tür. Sie setzte sich in eine Ecke, weinte und beteuerte, ihre Mutter hätte sich einfach nicht bewegen wollen, als sie am Abend vorher den Fernseher ausschalten wollte, sie wäre einfach sitzen geblieben. Als ich die Tür öffnete, lächelte mich der Onkel an und überreichte mir eine Blume. Ich stammelte: «Onkel, die Großmutter»; er stieß mich beiseite und fragte, was mit seiner Mutter sei. Als er sie im Sessel sitzen sah und versuchte, sie zu rufen und zu umarmen und zu bewegen, und feststellen musste, dass das nicht mehr ging, stieß er einen Schrei aus, warf sich ihr zu Füßen und fing hemmungslos zu weinen an. Er bat Gott um Hilfe und fragte, wer das seiner Mutter angetan habe. Die Tante stand völlig verstört auf und schwor, sie hätte sie so gefunden, sie hätte sich einfach nicht bewegen wollen, während der Onkel schrie und ich mich auf das Sofa setzte und den Gedanken begrub, der Onkel könne mir eher als die Tante sagen, was in solchen Fällen zu tun ist. Ich stützte den Kopf in die Hände und sah mir das Spektakel an, während mein Vater mit wer weiß wem auf Tour war.

Ich kümmerte mich um alles, und Dios half mir dabei. Er gab die Anweisungen und brachte die Tante ins Krankenhaus, wo man sie in die Psychiatrie steckte. Der Onkel tat die ganze Zeit nichts anderes als weinen, seine Freunde, die später hinzukamen, kümmerten sich um ihn. Dios rief Cuatro vom Beerdigungsinstitut aus an, und der kam mit dem Poeten. Alle meine Freunde wollten bei mir sein, das heißt, bis auf Merca, der von alldem nichts wusste, weil er kein Telefon hatte, und Papa, der immer noch in Urlaub war.

Großmutter war ein paar Stunden später, nachdem ich an jenem Sonntag das Haus verlassen hatte, an einem Herzinfarkt gestorben. Auf dem Friedhof tauchte auch Merca auf. Dios, der ja eigentlich kaum noch ausging, hatte die Mühe auf sich genommen, zu Fuß bei ihm vorbeizugehen, um ihn zu benachrichtigen. Er umarmte mich, aber ich stieß ihn weg. Ich hatte nichts gegen ihn, aber ich wollte alleine sein. Als alles vorüber war, kam der Onkel mit geschwollenen Augen auf mich zu und fragte nach dem verlorenen Sohn, damit war natürlich mein Vater gemeint. Ich sagte, er solle sich zum Teufel scheren, und drehte mich weg. Meine Freunde wollten nicht, dass ich nach Hause ging, aber ich musste dorthin, falls Mama anrief. Merca wollte unbedingt bei mir bleiben. Ich wollte das nicht. Ich gab ihm einen Kuss auf die Stirn und bat ihn, mich alleine zu lassen.

Zu Hause herrschte ein verführerisches Schweigen. Ich setzte mich in die Ecke neben dem Sofa und fing an, langsam mit dem Kopf gegen die Wand zu schlagen, wie ich es als Kind getan hatte. Das rief immer angenehme Gefühle in mir hervor. Dann fing ich an zu weinen. Wegen dem ganzen Aufruhr und dem Papierkram hatte ich keine Zeit dazu gehabt, und in jenem Moment wusste ich gar nicht so genau, warum ich eigentlich weinte, aber es tat mir gut. Mama rief abends an, voller Sorge, weil bei ihren vorhergehenden Versuchen niemand drangegangen war. Ich übermittelte ihr die traurige Nachricht, wollte aber nicht ins Detail gehen. Sie war bewegt, respektierte aber mein Schweigen, und auf mein Bitten hin sprach sie von angenehmen Dingen.

Papa kam am Mittwochabend zurück. Er wusste schon, was passiert war, keine Ahnung, wie er es erfahren hat. Er schloss die Haustür auf und sah mich lesend auf dem Sofa liegen. Er setzte sich neben mich, sein Gesicht verriet seine innere Unruhe. Ich hielt ihm zwei Zettel hin, auf dem einen war die Lage des Grabes auf dem Friedhof vermerkt und auf dem anderen die Zimmernummer der Tante im Krankenhaus. Er müsse sich um seine Familie kümmern, denn ich würde bis zu Mamas Rückkehr das Haus verlassen. Ich nahm das Buch wieder in die Hand und las weiter. Er versuchte noch etwas zu sagen, aber ich bat ihn, mich nicht zu stören, ich würde gerade etwas sehr Interessantes lesen.

Zwei Tage später zog ich mit Frida in Mercas Zimmer. Mama würde drei Monate in ihrem Heimatland bleiben, und ich hatte keine Lust auf die große Wohnung mit all ihren Erinnerungen. An einem der Freitage, an denen ich vorbeikam, um auf den Anruf aus Argentinien zu warten, sagte Papa, der Onkel würde am Sonntag kommen, weil er mit der Familie sprechen wolle. Am Sonntag trafen wir uns zu dritt. Der Onkel hatte einen Streit mit Papa gehabt, bei dem ich zum Glück nicht dabei war. Er sagte uns, er würde das Land verlassen. Vor langer Zeit hätte er Kontakt zu seinem älteren Bruder in Miami aufgenommen, und dieser würde ihm helfen, aus Kuba herauszukommen. Er hätte vor drei Monaten eine Frau aus der Dominikanischen Republik geheiratet, und das Einzige, was ihn zurückgehalten hätte, wäre seine Mutter gewesen, aber ein toter Hund beißt nicht mehr. Er hätte nichts mehr zu suchen in diesem Land, wo man immer nur arbeitete und wo die «Spezialperiode» zu einer immer größeren Bedrohung geworden wäre, mal abgesehen davon, dass seine Prinzipien als offen Homosexueller ihn daran hinderten, noch länger in einer Gesellschaft zu bleiben, in der die Homosexualität einem fast alle Türen versperrte. Der Onkel sagte, er wolle unbedingt nach Miami reisen und das würde er auch tun. Ich wünschte ihm viel Glück, und Papa sagte nichts.

Auch als er ging, sagte er nichts. Ich denke, der Tod seiner Mutter setzte ihm zu, er sah aufgewühlt aus, aber darüber wollte ich nicht sprechen. Ich stand auf, um zu gehen, und da fragte er mich, ob es mir gut ginge. Ich sagte ja. Er fragte, ob ich ihn hassen würde, und ich lächelte. Nein, ich hasste ihn nicht. Zu jener Zeit war Hass für mich eines der nutzlosesten Gefühle, die ich kannte. Er führt zu nichts, er verwandelt dich in ein düsteres Geschöpf, und der ganze Groll lässt dich das Licht nicht mehr sehen. Und ich wollte das Licht sehen, deswegen konnte ich niemanden mehr hassen. Ich hatte eher Mitleid mit ihm, aber wie soll man das einem anderen sagen? Es ist nicht damit getan, dass man es ihm einfach ins Gesicht sagt. Schweigen war ein Zustand, den ich nur allzu gut kannte.

«Weißt du, was dein Problem ist? Du hast kein Gleichgewicht hergestellt zwischen dem, was du für korrekt hältst, und dem, was du wirklich willst, das nennt man Selbsthemmung. Wenn du dich eines Tages entschließt, ehrlich zu dir selbst zu sein, wirst du anfangen, ohne Gewissensbisse und ohne die Angst zu leben, dass jemand dich hassen könnte, aber du musst erst aufhören, dich selbst zu hassen, du musst bei dir selbst anfangen.»

Ich gab ihm einen Kuss und ging zur Tür. Hinter mir hörte ich eine Stimme sagen, es gäbe da eine Frau, die Beziehung wäre ihm wichtig und er wolle versuchen, sein Leben neu zu ordnen. Die Leute versuchen immer ihr Leben neu zu ordnen, aber meist erst, wenn ihnen jemand neues begegnet. Keiner versucht sich allein zu organisieren, und das war für mich das Wichtigste. Wenn man ein inneres Gleichgewicht hat, kann man an alles Übrige denken, aber man muss bei sich anfangen. Ich drehte mich um, lächelte meinen Vater an und wünschte ihm viel Glück.

**Geordnete Karten** Die Zeit bei Merca war schön. Er ließ mich in Ruhe, und ich merkte, dass er mich in den ersten Tagen ununterbrochen abzulenken versuchte, damit ich nicht mehr an die Geschichte mit der Großmutter denken musste. Merca konnte manchmal der zärtlichste Mensch der Welt sein. Ich verbrachte fast den ganzen Tag auf dem Bett, spielte mit Frida und dachte nach. Ich hatte weder Lust zu reden noch zu lesen, ich vernachlässigte sogar mein Französisch. Die große Wohnung war für mich ein Schachbrett ohne Dame, ein anarchisches Spiel wahnsinniger Figuren. Die Großmutter tot, die Tante in der Psychiatrie, Mama in Argentinien, der Onkel mitten in den Ausreisevorbereitungen, ich in einer fremden Wohnung und Papa ganz auf sich allein gestellt. Etwas sagte mir, dass der nächste Zug der Beginn einer schrittweisen Auflösung sein würde, ähnlich wie draußen.

Draußen vor der Wohnungstür bekam die Stadt mit der Zeit ein anderes Gesicht. Die Comecon-Läden wurden geschlossen, es gab kein Benzin, die Stromausfälle wurden langsam zum Nationalsport und lauter solche Dinge, die mir im Gegensatz zu den anderen immer noch völlig egal waren. Cuatro und der Poet waren unerträglich, sie kamen mich besuchen und sprachen die ganze Zeit über dieselben Themen: die «Nulllösung»; dass dieser oder jener Musiker nach einer Tournee im Ausland geblieben war und so weiter, bis einer von beiden wahrnahm, dass ich zu allem schwieg, und sie von etwas anderem anfingen. Ich wollte über nichts reden, nur nachdenken und versuchen, mit Merca alldem zu entfliehen, er hatte so seine Methoden, verschiedene Welten zu erfinden. Und dann flohen wir gemeinsam. Manchmal legte ich mich nackt auf das Bett, er streute Koks zwischen meine Brüste und sog das Zeug ein, während er mich streichelte. Dann sog ich meine Ration von einer Glasscheibe ein, und er streichelte mich weiter, bis ich zu einem Ort voller Licht kam, wo nichts existierte. Das Nichts ist etwas Konkretes, das manchmal notwendig sein kann und eine Zuflucht vor dem wahren Nichts gewährt, das uns umgibt.

Dios gefiel das überhaupt nicht. Ich besuchte ihn wieder öfter, und wir tranken etwas zusammen, sogar das Zeug, das er als «für Minderjährige nicht geeignet» bezeichnete. Er war zwar nicht völlig gegen meine Beziehung mit Merca, aber seiner Meinung nach war er nichts für mich. Er regte sich darüber auf, dass ich zu dünn war und in zerknitterten Klamotten herumlief. Und er regte sich darüber auf, dass ich mir nicht die Beine rasierte und an den Nägeln kaute. Ich lachte, weil Dios selbst absolut heruntergekommen war, aber er sagte immer: «Mach, was ich dir sage, nicht was ich tue», wie alle, während er weitertrank und die Risse in den Wänden seiner Wohnung immer größer wurden. Einmal, als wir gerade zu dritt im Versammlungszimmer standen und eine Platte von Baglietto hörten, kam auf einmal ein Tango, und ich musste lachen. Dios und Merca schauten mich überrascht an, und ich lachte weiter, weil ich an Mama mit ihrem alten Plattenspieler und an ihr schwermütiges Gesicht denken musste. Ich hatte das Gefühl, etwas in mir war ihr sehr ähnlich, und das wollte ich nicht. Ich wusste zwar genau, was ich nicht wollte, aber immer noch nicht, was ich wollte, und darüber musste ich lachen. Merca fragte mich, ob ich alleine gekifft hatte, und Dios nahm mir wortlos mein Glas weg. Ich lachte immer weiter. Es war ein merkwürdiger Augenblick, denn ganz plötzlich wurde ich ernst.

«Ich liebe euch sehr, wisst ihr das?»

Dios stellte mir das Glas wieder hin, und Merca suchte eine Zigarettenhülse, um sich eine zu drehen. Ich war ganz ruhig. Was mir an meinen Freunden am besten gefiel, war, dass sie nicht zu lügen oder sich zu rechtfertigen versuchten. Dios war Alkoholiker, und Merca nahm Drogen, weil sie es so wollten. Ich fragte mich, ob die Ursache, die man findet, um eine Folge zu rechtfertigen, immer die richtige ist oder vielleicht nur eine Maske. Es gibt immer Ursachen. Eine Ursache geht einer anderen voraus, die der nächsten vorausgeht und so weiter, das Spiel der aneinander gereihten Karten. Ich beschloss, auf alles zu pfeifen. Ich nahm den Tod der Großmutter als gegeben hin und die «Nulllösung» als etwas, das sich auch irgendwann geben würde. So lange musste ich weitermachen und die Welt im Gleichgewicht halten, die in meiner Reichweite war, meine Welt.

Mama kam Ende Juni zurück, und ich zog wieder zu Hause ein. Sie sah ganz anders aus, sie hatte zugenommen, trug das Haar gelockt und betonte die Worte wie eine echte Argentinierin. Drei Monate hatten ihr einen Glanz verliehen, den ich lange nicht an ihr gesehen hatte, und das fand ich toll. Sie redete fast zwei Wochen lang ununterbrochen von ihrem Land und ihrer Familie. Sie sprach mit mir, mit Papa, mit der Tante im Krankenhaus, mit den Leuten auf der Straße, mit Frida, es war unglaublich. Ich brauchte nur eine halbe Stunde, um zu erzählen, was inzwischen passiert war, aber Mama war ganz aufgeregt, sie sagte, mein Vater sei schon immer ein Taugenichts gewesen und sie hoffe, dass es dem Onkel gut gehe. Wir würden die Tante wieder nach Hause holen, wenn sie wieder gesund war, und uns um uns selbst kümmern. Mama hatte viele Pläne, sie hatte sogar Kontakt zu Leuten vom Theater aufgenommen, Freunden ihrer Schwester. Sie wollte Artikel für argentinische Zeitschriften schreiben, und weil sie Ausländerin war und mit den Dollars, die ihr der Großvater geschenkt hatte, so oft in die Hotels einkaufen gehen konnte, wie sie wollte, machte ihr die «Spezialperiode» nicht allzu viel aus. Ich glaube, Papa hat ihr Verhalten nicht so gut gefallen. Er weigerte sich, etwas von ihr anzunehmen, weil sie nichts mehr miteinander zu tun hatten und ein Mann kein Almosen von seiner Ex-Frau nimmt.

Der Onkel kam im September, um sich zu verabschieden. Eine Woche später flog er mit seiner Frau nach Santo Domingo. Im selben Monat fingen die Kurse an der Sprachenschule wieder an. Im Chaos der letzten Monate hatte ich den Kurs sausen lassen, also musste ich das Jahr wiederholen. Cuatro lernte weiter Englisch, aber wir hatten zu unterschiedlichen Zeiten Unterricht, sodass wir in der Schule nicht mehr zusammentrafen.

Merca und ich setzten unsere Beziehung fort. Er war mit der Organisation fast aller Konzerte in der Stadt beschäftigt, um später auf den Partys zu koksen, aber ich stand nicht auf Kokain, ich bekam davon Nasenschleimhautentzündung, also blieb ich beim Alkohol. Der Poet und er waren Freunde geworden. Wir trafen uns fast immer dort, wohin Cuatro uns nicht begleiten wollte. Unser Wissenschaftsfreak hatte zu der Zeit eine Freundin, und sie gingen nach den Konzerten lieber nach Hause, um sich die Spielfilme im Fernsehen anzusehen. Wir feierten oft beim Poeten weiter. Merca klopfte ihm auf die Schulter, und dann gingen sie zusammen ins Bad, von wo sie mit roten Augen und wild redend zurückkamen. Es war lustig. Der Poet fing an zu philosophieren, die Sänger reichten die Gitarre untereinander weiter, und wir feierten, während die Stadt draußen gegen die Krise ankämpfte und das sozialistische Lager wie ein Kartenhaus einstürzte.

Die Zukunft währt nicht ewig. Das Wort ist so vergänglich wie die Kalender. 1992 hatten sie die «Spezialperiode» ausgerufen. Mama fluchte auf Argentinisch, weil die achtstündigen Stromausfälle sie daran hinderten, zu Hause zu arbeiten. Sie hatte einen

Vertrag bei einer kleinen Zeitschrift in Argentinien bekommen und schrieb Artikel über das kubanische Theater. Damit verdiente sie etwas Geld. Die Familie schickte zwar regelmäßig Geschenke, aber Mama wollte kein Geld von ihnen annehmen. Sie sagte, sie könne ihren Unterhalt selbst verdienen, sie würde es nicht machen wie die argentinische Tante, und das fand ich gut. Ich lobte sogar ihre faden Bohnen, denn ich selbst half im Haushalt überhaupt nicht. Papa verlor immer weiter an Gewicht und langweilte sich, weil es in seiner Werkstatt keine Ersatzteile für die Reparatur der russischen Fernseher mehr gab. Die Wochenenden, an denen meine Tante nach Hause kam, waren für meine Eltern ein einziges Chaos. Es wollte einfach nicht besser werden, sie hatte ein paar lichte Momente, aber eine Krise folgte der nächsten, und es war besser, wenn sie im Krankenhaus blieb. Wenn sie kam, versuchte Mama in der Woche vorher nervös, etwas zu essen zu finden, das ihr schmecken könnte, aber meiner Tante war nichts gut genug. Sie wollte nichts zu sich nehmen und redete in unvollständigen Sätzen. Ich hatte am meisten Geduld mit ihr. Wir setzten uns in ihr Zimmer, und ich spielte ihr Musikstücke vor. Wir kehrten zu *Tosca*, dem *Troubadour* und anderen Opern zurück, aber mit kleinen Veränderungen. *Tosca* konnte man nur bis zu der Stelle hören, wo die Schüsse kamen und Tosca sagte: «Là, muori! Ecco un artista!» In diesem Moment stellte ich den Plattenspieler ab, weil die Tante bei allen Opern das Ende abänderte, und ich machte ihr eine Freude, indem ich so tat, als wäre ich einverstanden. Spiegelt die Kunst das Leben wieder oder umgekehrt? Wer weiß das schon so genau. Die Tante inmitten ihrer verworrenen Bilderwelt hatte sich für die Happy Ends entschieden, und das fand ich interessant.

Einmal rief der Poet an und bat mich, zu ihm zu kommen, ohne Merca. Er wollte mit Cuatro und mir sprechen. Wir setzten uns auf die Terrasse. Der Poet machte eine Flasche Wein auf, die ihm seine Mutter aus Paris geschickt hatte. Ich fragte nach dem Grund für so viel Geheimnistuerei. Der Poet nahm einen Schluck und sagte, er würde das Land verlassen. Ich lehnte mich im Sessel zurück und lächelte, ohne ein Wort zu sagen, aber Cuatro hakte nach.

«Leute, das hier gebe ich mir nicht länger, meine Ma hat einen Vertrag an einer Uni in den USA, und ihr wisst, dass sie ihr ganzes Leben viel gearbeitet und anständig gelebt hat. Glaubst du, dass sie hierher kommt, wo dauernd das Licht ausgeht und sie keine Arbeit hat? Nein, meine Mutter kommt nicht zurück, und ich will auch nicht bleiben, also werden ihre französischen Kollegen mir eine Einladung schreiben. Ich werde nach Paris fliegen und von dort aus über verschiedene Orte nach Miami reisen. Morgen hole ich mir die Erlaubnis von der Universität. Damit ihr Bescheid wisst.»

Ich nahm einen Schluck und zündete mir eine Zigarette an. Cuatro war von der Idee überhaupt nicht angetan. Sie waren am Ende des vierten Jahres, und Cuatro fand, dass es viel besser sei, noch ein bisschen zu warten, denn wenn er schon gehen wollte, dann wenigstens mit einem Abschluss in Kunstgeschichte in der Tasche und nicht als absoluter Nobody.

«Junge, was ist da draußen ein Diplom der Universität von Havanna wert? Und wenn das hier noch schlimmer wird? Nein, Kumpel, ich mach mich vom Acker, und auf dem Weg wird mir schon irgendetwas einfallen.»

«Du musst mir aus Paris unbedingt ein Foto vom Grab von Paul Éluard schicken, es ist für einen Freund, und ein Foto der Skulptur von Jeanne d'Arc, ich finde sie toll.»

Das war alles, was ich dazu sagte. Cuatro stand auf und schlug mit der Faust auf den Tisch. Er sagte, der Poet wäre ein grüner Junge und hätte nicht mehr alle Tassen im Schrank, in den Vereinigten Staaten würde er höchstens drogensüchtig oder alkoholabhängig, aber das wäre ja das Leben, das ihm gefiele. Cuatro machte einen ziemlich wütenden Eindruck, er sagte, die Lage im Land wäre nur vorübergehend so, das könne ja nicht ewig so weitergehen, also sollte man doch die Zeit nutzen, um zu lernen, denn das wäre das Beste und Billigste, was man in diesem Land tun könnte. Der Poet konterte, in den Vereinigten Staaten könne er auch weiterstudieren, seine Mutter hätte eine gute Stelle und sie müssten keinen Hunger leiden. Und mit einem Lächeln fügte er hinzu, die Drogen wären dort auch besser. Ich fand das witzig, aber Cuatro sah mich ernst an und meinte, eines Tages würde ich dasselbe machen, weil wir genau gleich wären, wir würden unsere Zeit verschwenden, anstatt zu Persönlichkeiten heranzureifen. Das ärgerte mich ein wenig. Ich stand auf und sagte, ich würde mich entwickeln, wie es mir passe, die Welt sei voll von Persönlichkeiten; was sie unterscheide, sei die Frage, ob es Idioten seien oder nicht, und weil ich in seiner Sprache zu ihm sprechen wollte, griff ich auf die Wahrscheinlichkeitstheorie zurück, nach der die Wahrscheinlichkeit das Maß für das Eintreffen oder Nichteintreffen eines Resultates in einem Experiment ist. Ich sagte, wenn man davon ausginge, dass ein Idiot niemals an die Universität käme, müsste man zu der Schlussfolgerung kommen, dass es wahrscheinlicher wäre, Studenten zu treffen, die zu Idioten geworden waren, und er liefe Gefahr, dazuzugehören. Ich setzte mich wieder und trank noch einen Schluck. Das mit der Wahrscheinlichkeitstheorie hatte ich in einem Buch gelesen, als ich einmal auf Cuatro in seinem Zimmer wartete, und diese akademische Definition hatte sich mir eingeprägt. Mein Kommentar brachte den Poeten zum Lachen. Cuatro hatte sich abgeregt und setzte sich mit einer Grimasse.

«Ich wollte doch nur sagen, dass es da draußen nicht so einfach ist, wie du dir das ausmalst, Kumpel, da draußen ist der Dschungel, und man hat uns zu Katzen erzogen, nicht zu Tigern, wir sind wie Vogeljunge mit offenem Schnabel, wir mussten uns das Stroh für das Nest ja nie selbst suchen, wir können also höchstens ein wenig die Krallen schärfen, niemand weiß, was morgen ist, aber was auch passiert, ich möchte darauf vorbereitet sein» – Cuatro sah mich lächelnd an –, «selbst wenn ich zum Heer der Universitätsidioten gehöre.»

Der Poet ging im Juni. Die letzten Tage verbrachten wir wie üblich mit Saufgelagen und Musik. Ich brachte ihn allein zum Flughafen, weil Cuatro mitten in den Abschlussexamen steckte. Der Poet machte einen aufgeregten Eindruck. Er sagte, es würde ihm ein wenig wehtun, für immer zu gehen, aber es wäre besser so. Er wolle lieber einen neuen Anfang wagen, als noch länger auf verlorenem Posten zu kämpfen.

«Ich weiß nicht, wann wir uns wieder sehen, Bohnenstange, und du sollst wissen, dass ich mich in dich verliebt habe, ich weiß, dass ich für dich immer ein witziger Kumpel war, aber es ist nun mal so; was zwischen uns vorgefallen ist ...»

Ich legte einen Finger auf seine Lippen und lächelte.

«Ich habe dir gesagt, ich will kein *Reue II* hören.»

Er lächelte.

«Schreib mir, Bohnenstange, ich werde dir auch schreiben und dir die Fotos schicken, ich schwör dir für dich würde ich alles tun. Wenn du von hier weg willst, sag es mir, und ich hol dich hier raus, meine Mutter hat viele Freunde, also wenn das hier allzu schlimm wird, dann sagst du es mir, und ich hol dich raus.»

Ich dankte ihm, und er umarmte mich zärtlich. Ich weiß nicht, warum ich ihn immer «Poet» genannt habe: Seine Gedichte waren eine Farce, korrekt geschriebene, aneinander gereihte Wörter, nichts weiter. Als er mir von der anderen Seite der Absperrung noch einmal zuwinkte, merkte ich, dass ich ihn sehr gern hatte, ja, nach allem hatte sich der Poet als guter Freund erwiesen.

**Gib dich nicht einfach zufrieden** Im August fuhr Mama wieder nach Argentinien. Sie freute sich darauf, in diesem Moment besonders, weil es wirklich ein schwieriges Jahr war, und ein Besuch im Ausland ihr helfen würde, sich von dem täglichen Einheitsfraß und dem Stromausfall zu erholen.

Im Juli beschloss ich, eine Reise zu machen. Schon lange wollte Merca an den Río Toa in Oriente, und da es mit der «Spezialperiode» noch schlimmer werden konnte, dachten wir, jetzt oder nie. Mit einiger Mühe gelang es mir, Cuatro zu überreden, mit uns zu kommen, seine Freundin sollte auch mit. Mama gefiel die Idee nicht besonders, weil sie ja im August wegfahren wollte, aber ich versprach, vorher zurückzukommen, und um sie aufzuheitern, schlug ich vor, wir sollten einmal zusammen ausgehen; so lernte Mama Merca kennen.

Wir brachen an einem Donnerstag auf. Die Reise über die Insel glich einer Wallfahrt, die aber auch ihre unterhaltsamen Seiten hatte, eine Art tropischer Surrealismus. Wir stellten uns an die Straße und warteten auf einen Lastwagen, der uns mitnehmen würde. Unsere Route war: Havanna, Sancti Spíritus, Ciego de Ávila, Camagüey, Tunas, Holguin, Mayari, Moa. Wir haben vier Tage nicht geduscht, auf der Straße geschlafen und gegessen, was gerade zur Hand war, lauter solche Dinge. Cuatro war ein wenig schlecht gelaunt, weil er und seine Freundin es nicht abkonnten, so stinkend herumlaufen zu müssen, aber für Merca und mich lief alles bestens. Der letzte Lastwagen brachte uns von Moa zum Paso del Toa, von dort aus mussten wir zu Fuß flussaufwärts gehen, und dann wollten wir auf einem Bambusfloß wieder herunterfahren. Es war wirklich aufregend.

Wir brauchten zwei Tage für den Fußmarsch. Nachts zelteten wir am Flussufer und aßen die Süßkartoffeln, die uns ein Bauer geschenkt hatte, oder die Spaghetti, die Merca von dem Geld gekauft hatte, das er mit Marihuana verdient hatte. Hier war die Situation noch schlimmer als in der Hauptstadt, die Leute kochten mit Öl, das sie selbst aus Kokosnüssen gewannen, und alle sahen uns merkwürdig an, wenn wir nach etwas zu essen fragten, aber weil wir in Urlaubsstimmung waren, war uns alles egal. Am meisten nervte uns, dass es am frühen Morgen immer regnete. Wir legten uns hin, aber um eine bestimmte Uhrzeit wurden wir vom Himmel geweckt. Merca holte den Rum heraus, und wir verbrachten den Rest der Nacht unter einem Segeltuch, wir tranken, sangen und dachten an den Poeten, der sich in Paris bestimmt gerade mit Wein betrank.

Eine Sache, die uns auffiel, waren die Leute. Die Leute vom Land sind nicht wie die in der Stadt, aber unabhängig davon hatte sich etwas verändert. Einmal kam ein Junge auf uns zu, weil er uns für Ausländer hielt, und sagte, er würde ein Huhn gegen eine Tube Zahnpasta und zwei Pullover tauschen. Cuatro beschimpfte ihn, aber Merca ging mit ihm und kam eine Stunde später mit dem Huhn zurück. Keiner sagte etwas, und ich wollte nicht fragen. Merca hatte ganz rote Augen.

Die Reise ging erst richtig los, als wir oben angekommen waren. Dort bauten wir nach Anleitung eines Bauern ein Bambusfloß, und dann fuhren wir los. Wir mussten uns abwechseln, zwei saßen mit den Rucksäcken in der Mitte des Floßes, die anderen beiden saßen vorne und hinten und steuerten das Floß mit einem langen Stab. Der Fluss war toll, an manchen Stellen war er ganz ruhig, und an anderen gab es reißende Strömungen, wo man ganz schön manövrieren musste, um nicht gegen die

Klippen zu stoßen oder ins Wasser zu fallen. Merca war ganz aufgeregt, er sagte, er habe eine Seefahrerseele, und bevor wir losfuhren, trank er noch einen Schluck und drehte eine Zigarette, an der wir abwechselnd zogen.

Am besten gefielen mir die Gefahrensituationen. Man musste navigieren und höllisch aufpassen, um nicht in Wirbel zu geraten, während am Ufer die Holzhäuschen mit ihren Lehmböden, barfüßigen Kindern und der geflickten Wäsche an der Leine vorbeizogen. Cuatro sagte, das wäre ein Bild des Elends und die Leute täten ihm Leid. Ich fand, es war eine interessante Erfahrung; während in Havanna die Leute illegal Dollars tauschten, lebten die Menschen hier in einer anderen Dimension, für sie bestand die Welt aus etwas anderem, vielleicht einer gekochten Kartoffel und etwas Rum, und dann konnte das Fest losgehen. Es gibt Leute, die sind mit wenig zufrieden.

«Sie sind damit zufrieden, weil ihnen nichts anderes übrig bleibt.»

Der Kommentar kam von Cuatros Freundin, aber ich war anderer Meinung. Mir erschien das zu einfach. Ich fuhr hinten auf dem Floß und hatte den Stab in der Hand. Ich sagte, wenn ich nicht mehr weiterfahren wollte, müsste ich bloß in den Fluss springen. Ich müsste mich nicht von der Strömung treiben lassen. Cuatro, der bei den Rucksäcken saß, fand das sehr egoistisch. Und Merca, der das Floß vorne steuerte, meinte, es käme äußerst ungelegen, wir führen nämlich auf eine Stromschnelle zu. Wir hoben unsere Stäbe an, und die Strömung drückte uns genau gegen einen riesigen Felsvorsprung. Cuatros Freundin schrie auf. Cuatro rief nach ihr. Merca flog im hohen Bogen ins Wasser. Als ich die Augen öffnete, hatte die Welt sich gedreht. Das Floß war oben und wir darunter. Weil die Strömung sehr stark war, klammerte ich mich an die Stämme. Zum Glück waren die Rucksäcke gut festgebunden. Als ich den Kopf endlich wieder über Wasser hatte, war Cuatro schon oben und zog mich hinauf. Merca streckte irgendwo weit weg, wo das Wasser ihn hingespült hatte, einen Arm in die Höhe. Das Floß hing immer noch an dem Felsen, und von Cuatros Freundin war nichts zu sehen. Es verging eine Schrecksekunde, bis ihre Hand an einer Ecke des Floßes auftauchte. Cuatro legte sich hin, um sie hochzuziehen. Ihre Augen waren weit aufgerissen, und sie hatte eine Unmenge Wasser geschluckt. Nach ein paar Versuchen gelang es uns, das Floß freizubekommen, und wir ließen uns in ruhigeres Wasser treiben, wo auch Merca wieder zu uns stieß. Ich ärgerte mich über Cuatros Freundin, weil sie nichts anderes tat, als schockiert zu weinen und sich von Cuatro trösten zu lassen, während das Floß immer noch auf dem Rücken lag und die Rucksäcke im Wasser hingen. In schwierigen Momenten muss man die Ruhe bewahren. Angst bringt uns nur dazu, alles noch schlimmer zu machen. Cuatro regte sich auf, Merca und ich wären unsensibel, wir würden uns nur um die Rucksäcke sorgen, während seine Freundin weinte und zum hundertsten Mal erzählte, sie hätte so viel Wasser geschluckt und sie hätte nicht auftauchen können, weil sie sich den Kopf angeschlagen hätte. Ganz ruhig fuhren wir ans Ufer heran und ließen sie absteigen. Merca und ich sprangen auf dem Floß herum, bis es wieder seine ursprüngliche Position hatte. Dann gingen wir zu den anderen beiden, wo wir uns ein weiteres Mal die Geschichte mit dem angeschlagenen Kopf anhören mussten. Ich machte einen Scherz, um sie zum Lachen zu bringen, aber sie war zu sensibel. Merca ging nervös am Ufer entlang und jammerte, die Rucksäcke wären total nass. Nach einer Weile setzten wir die Fahrt fort. Merca und ich an den beiden Enden, und die anderen beiden, die immer noch wütend auf mich waren, hielten sich gegenseitig fest, damit sie sich sicherer fühlten. Als es dunkel wurde, beschlossen wir, anzulegen und unser Lager aufzuschlagen. Cuatros Freundin redete kaum mit mir. Wir nahmen unsere Rucksäcke, und als wir uns auf den Weg machten, kam Cuatro auf mich zu:

«Verdammt, Bohnenstange, du bist zu weit gegangen, wir haben einen furchtbaren Schreck bekommen, und dir ist das anscheinend völlig egal. Sie hat sich den Kopf wirklich übel angeschlagen und will zurück nach Havanna.»

Ich sah meinen Freund an und antwortete, ich würde sie lieber die ganze Nacht nur wegen ihres Kopfes jammern hören als zusätzlich noch wegen verlorener Rucksäcke. Darauf sagte er nichts. Wir kamen an einen Platz, der von Bäumen umstanden war, und beschlossen, uns da niederzulassen. Wir setzten uns erst mal hin, um die Schäden an unseren Rucksäcken zu begutachten, es war nichts zu machen, alles nass. Plötzlich sprang Merca auf und warf den Rucksack laut schimpfend und fluchend weg. Die anderen wussten nicht, was los war, aber ich schon. Cuatro fragte ihn, und Merca brüllte wütend, das wäre alles eine Scheiße, das ganze Kokain wäre nass und ohne könnte er nicht weiterfahren. Cuatros Freundin war das völlig unbegreiflich, sie sorgte sich um ihren angeschlagenen Kopf, und Merca dachte nur an seine Scheißdrogen. Dass jemand Scheißdrogen zu seinem Kokain sagte, konnte Merca natürlich nicht einfach so hinnehmen, und so setzte er seine Schimpfkanonade fort. Cuatro verteidigte seine Freundin und meinte, das Wichtigste wäre, trockene Kleidung zum Schlafen zu finden. Aber das war Merca schnurzpiepegal. Plötzlich entstand ein Streit, bei dem man nur vier Wörter hörte: Kokain, trockene Kleidung und Kopf. Ich schaute einen Moment lang zu, und dann ging ich weg, weil ich in meinem Rucksack sowieso nichts Trockenes finden würde. Hinter mir hörte ich Mercas Stimme, der sie alle zum Teufel wünschte, und dann die von Cuatro, der «Scheißjunkie» schrie, während seine Freundin weinte.

Als der nächtliche Regen wieder anfing, kehrte ich ins Lager zurück. Cuatro und das Mädchen kauerten unter einem nassen Betttuch. Ich setzte mich zu ihnen, holte den Rum aus dem Rucksack, und wir tranken gemeinsam. Merca kam kurze Zeit später, völlig durchnässt, reichte Cuatro die Hand und bat ihn um Entschuldigung. Cuatro hielt ihm die Flasche hin. In der Nacht gab es Wolkenbrüche und Sturm. Am Morgen merkten wir, dass das Wasser im Fluss angestiegen war und dass die Strömung das Floß mitgerissen hatte. Ich denke, die anderen hatten sowieso keine Lust mehr weiterzufahren, also ergaben wir uns in unser Schicksal und gingen zu Fuß weiter. Wir verbrachten den Tag auf dem Boden in einem verlassenen Haus, uns war heiß, und wir waren müde und hungrig, denn die Spaghettis mussten wir wegwerfen. Wir aßen Süßkartoffeln und Kokosnüsse.

Am nächsten Morgen fuhr der einzige Lastwagen, der vorbeikam, nach Baracoa. Wir stiegen mit dem Gedanken auf, dort eine Kleinigkeit zu essen und dann die Heimreise anzutreten. Die anderen wollten unbedingt zurück. In einem Café sagte man uns, im Beerdigungsinstitut läge ein Toter aus Moa und möglicherweise gäbe es einen Bus für die Teilnehmer des Leichenzuges. Wir gingen zu dem Beerdigungsinstitut, um den Toten zu beweinen und dann schnell in den Bus einzusteigen. Zum Glück blieb uns das Weinen erspart. Wir blieben eine Weile und bekamen unsere Plätze. Mir fiel der Spruch unseres Dichters und Freiheitskämpfers José Martí ein: «Sogar wenn wir tot sind, sind wir nützlich.»

Wir kamen nach zwei Tagen Fahrt in verschiedenen Lastwagen, nach Hitze und großem Hunger zu Hause an. Ich fand die Reise trotz der Zwischenfälle interessant, vor allem weil es streckenweise gefährlich gewesen war. Es hat zweifellos seinen Reiz, Risiken einzugehen, und in Krisensituationen wird man sich über so manches klar. An diesem Abend sagte ich zu Merca, ich würde sofort nach Hause gehen. Er nahm es gelassen, gab mir einen Kuss und verschwand dann ganz schnell, weil er es kaum erwarten konnte, sich die nächste Dosis reinzuziehen.

Die Tage vor Mamas Abreise blieb ich zu Hause und half ihr bei allem. Wir wohnten immer noch in demselben Zimmer, weil Papa nach dem Tod der Großmutter wollte, dass im Zimmer seiner Mutter alles so blieb, wie es war. Es war ein Altar, und ich wollte mir mein Reich nicht auf fremdem Territorium einrichten. Das Zimmer blieb verschlossen. Mit dem Zimmer der Tante war es genauso, wir machten es sauber, bevor sie zu Besuch kam, und die übrige Zeit blieb es verschlossen.

Mama reiste Anfang August ab, und ich war sicher, dass ich die große Wohnung ganz allein für mich haben würde, weil Papa woanders Ordnung in sein Leben brachte. Ich hatte keine große Lust auszugehen. Merca wollte in der Wohnung eine Riesenfete machen, aber ich sagte nein. Die große Wohnung war Sperrgebiet, es war mein Raum, und wenn sie dunkel war, trugen die fahlen Wände so viele Worte, die den anderen fremd waren, dass ich das Eindringen fremder Welten nicht dulden konnte.

Im September fing Cuatro sein letztes Jahr an. Es begann mit einer militärischen Ausbildung. Seiner Meinung nach war das die reine Zeitverschwendung, denn sie bestand darin, jeden Tag in Uniform zu einer Einheit zu gehen, wo man in Strategie und militärischem Fachwissen unterwiesen wurde. Man musste zwei Monate lang Wache schieben und sich auf die Verteidigung des Landes vorbereiten. Für Cuatro war es der helle Wahn, weil er um fünf Uhr aufstehen musste und fast den ganzen Tag damit zubrachte, Karten zu spielen und sich echte Strategien auszudenken, wie er an den Tagen, an denen er Wache hatte, an den Strand entfliehen konnte. Seine Beziehung lief damals nicht mehr gut. Ich habe nichts gesagt, aber ich konnte seine Freundin nicht besonders leiden, und eine Trennung schien mir das Beste für ihn. Manchmal kam er auf dem Rückweg bei mir vorbei, und ich fand es lustig, ihn in Uniform zu sehen. Er beklagte sich, weil er endlich mit der Diplomarbeit anfangen wollte und den ganzen Tag damit verbringen musste, Krieg zu spielen.

Für Merca war Cuatro ein konservativer Bücherwurm und ziemlicher Armleuchter, und wenn sie bei mir zusammentrafen, fühlte sich keiner von beiden besonders wohl. Ich liebte sie beide, weil sie so grundverschieden waren. Menschen kann man akzeptieren oder nicht akzeptieren, aber man sollte nie versuchen, sie zu verändern. Einmal kam Merca zu mir, ich saß mit Cuatro zusammen, der gerade mit seiner Freundin Schluss gemacht hatte und ein wenig durcheinander war. Merca war schon ein wenig betrunken, stellte eine Flasche Rum auf den Tisch und fing zu reden an. Cuatro unterbrach seinen Redefluss und sagte, er würde gehen, wir könnten später weiterreden, woraufMerca meinte, wegen ihm müsse Cuatro nicht gehen, er könne mit seiner Freundin besprechen, was er wolle, er, Merca, werde so lange fernsehen. Er warf sich auf das Sofa, zog seine Schuhe aus, stellte die Nachrichten an, holte eine Zigarettenhülse und das Marihuana heraus und drehte sich eine. Cuatro zeigte mir deutlich, was er davon hielt, und sagte, er würde jetzt gehen. Ich begleitete ihn zur Tür, machte sie hinter ihm zu, lehnte mich an die Wand und sah Merca an.

«Sag mal, steht der Typ auf dich, oder warum zum Teufel hängt er jedes Mal, wenn ich komme, hier rum und tuschelt wie ein altes Weib?»

Merca war betrunken. Ich schaute ihn an und sagte ganz ruhig, es wäre mein Freund und meine Wohnung. Betrunken, wie er war, antwortete er, und ich wäre seine Frau. Das gefiel mir überhaupt nicht. Ich stellte den Fernseher ab, nahm ihm die Zigarette aus der Hand, drückte sie aus, steckte sie in sein Hemd und sagte ihm, er solle gefälligst seine Schuhe anziehen und verschwinden. Er sah mich erstaunt an und meinte, wenn ich ihn jetzt hinauswürfe, würde ich ihn nie mehr sehen. Ich nahm seine Schuhe und hielt sie ihm hin. Er schaute mich wieder seltsam an, nahm die Schuhe und stolperte im Gehen über den Sessel. Er war wohl wirklich total betrunken. Ich nahm mir die Flasche, die er auf dem Tisch hatte stehen lassen, und verbrachte den Rest des Abends mit Lesen, Frida wie immer an meiner Seite. Ich ertrug die Sauferei der anderen. Ich ertrug alles Mögliche bei anderen, also war es in Ordnung, dass auch mich mal jemand so nahm, wie ich war. Jeder richtet sich nach dem, was er liebt, nach anderen Menschen, der Familie, dem Land. Wenn etwas nicht mehr richtig funktioniert, ändere es, und wenn du das nicht willst, erfinde dir eine andere Realität, aber gib dich nicht einfach damit zufrieden; das habe ich Frida vor dem Schlafengehen gesagt.

Mama kam im November zurück. Wie immer brachte sie Musik und Koffer voller Dinge mit, die hier schwer zu kriegen waren. Papa blieb in den ersten Nächten zu Hause und wehrte sich diesmal nicht gegen die Geschenke und das Geld, das seine Ex-Frau ihm in meinem Auftrag für neue Autoreifen mitgebracht hatte. Nachdem sie mir von der Reise erzählt hatte, sagte meine Mutter eines Abends, wir müssten uns unterhalten.

«Hör zu, Kleines, wir müssen etwas sehr Ernstes besprechen.»

Mit argentinischem Akzent sagte sie, die Situation in Kuba sei sehr schlecht und alles deute darauf hin, dass es im nächsten Jahr noch schlimmer werde. Sie habe die Beziehungen zu ihrer Familie wiederhergestellt, ihre Eltern seien alt und ihre Schwester ein verrücktes Huhn, das sich ständig verliebe und nicht arbeiten wolle. Sie habe ihr Leben der Familie geweiht, und der einzige Lichtblick in all den Jahren sei ich gewesen. Aber inzwischen sei viel Zeit vergangen, die Großmutter sei tot und die Tante im Krankenhaus. Das Einzige, was ihr etwas bedeute, seien sie und ich, und sie sei nicht bereit, arbeitslos in dieser Stadt herumzusitzen, die langsam in sich zusammenfiel. Ihre Reise sei sehr wichtig gewesen, und sie sei entschlossen, in ihr Land zurückzukehren. Dort könne sie ein neues Leben beginnen, arbeiten und sich darum kümmern, dass die Geschäfte des Vaters nicht durch die verrückten Aktionen ihrer Schwester den Bach runtergingen. Mama wollte, dass wir, sie und ich, gemeinsam emigrierten und ein neues Leben, eine neue Geschichte anfingen. Ich muss gestehen, ich bin erst mal auf die Toilette gegangen, weil ich von dem vielen Mate, den wir getrunken hatten, dringend musste. Dann redeten wir weiter. Sie wollte nicht sofort gehen, aber es war beschlossene Sache. Mir schien Argentinien ein reizvolles Land zu sein, es gab dort jede Menge Schriftsteller und tolle Musik. Es war bestimmt auch interessant, die Familie kennen zu lernen. Aber ein Abend war viel zu kurz für einen solch wichtigen Entschluss, und ich war dreiundzwanzig, da konnte niemand mehr für mich entscheiden. Das habe ich auch Mama gesagt, und wir kamen überein, ein wenig zu warten. Manchmal hilft einem die Zeit, Klarheit zu gewinnen, aber natürlich kann auch das Gegenteil der Fall sein. Die Uhr lief.

**Wann werde ich dich wieder sehen** Draußen war es sehr heiß, die öffentlichen Verkehrsmittel fuhren nicht, die Leute klagten, die Straßen waren voll mit Hunden, die von den Leuten ausgesetzt worden waren, weil sie nichts mehr zu essen hatten, in den Kinos gab es ein reduziertes Programm, kurz: Das Stadtleben war alles andere als anziehend, und weil ich die Sprachenschule abgeschlossen hatte, gab es nichts mehr, was mich gezwungen hätte, das Haus zu verlassen. Ich beschloss, mich zu Hause einzuigeln. Wie die Tiere, die den Winterschlaf in Höhlen verbringen wollte ich so lange drinnen bleiben, bis draußen die «Spezialperiode» vorbei war.

Mama ging in die Stadt und kaufte in den Hotels ein, wobei sie versuchte, so viel wie möglich von dem noch verbleibenden Geld zu sparen. Papa kaufte doch keine Autoreifen, er sagte, es wäre besser, das Geld für einen neuen Fernseher zu verwenden, denn der zu Hause lag in den letzten Zügen. Mama hatte nichts dagegen und kaufte einen Fernseher. Ich blieb zu Hause und lernte. Trotz der dicken Staubschichten ging ich gerne in das Zimmer der Tante, man konnte dort immer interessante Dinge finden. Mama schrieb derweil im Esszimmer ihre Artikel für die Zeitschrift und erledigte die Formalitäten für ihre Emigration.

Cuatro kam mich jeden Freitag besuchen. Er schrieb an seiner Diplomarbeit und arbeitete fast vierundzwanzig Stunden. Samstags ruhte er sich ein wenig aus, und dann sahen wir uns. Mit Merca telefonierte ich ab und zu. Nach jenem Abend, an dem er aus der Wohnung getorkelt war, hatte er angerufen, um sich zu entschuldigen. Ich hatte seine Entschuldigung angenommen, ihn aber um eine Auszeit gebeten, wir hätten viel Zeit miteinander verbracht und ich bräuchte eine Pause, um auch mal zu Hause zu sein. Er verstand das nicht so richtig, akzeptierte es aber schließlich. In Wirklichkeit hatte ich dieses Leben satt. Es war jeden Abend dasselbe, trinken, feiern, schlecht über das Land reden, klagen, wie teuer das Kokain geworden ist, und dann betrunken miteinander schlafen. Merca sagte, die Situation wäre so schlecht, dass es besser wäre, den Tag zugedröhnt zu verbringen, dann wäre einem alles egal, nur dass für mich dieser Vorschlag nicht mehr in Betracht kam, also beschloss ich, etwas zu ändern.

Der Poet war damals in Guadalupe. Er hatte mir aus Paris geschrieben und mir die Fotos von Paul Éluard und Jeanne d'Arc geschickt, dazu Fotos von sich mit einer neuen Tätowierung auf dem Arm. Er schrieb, Paris wäre voll mit Leuten, die sich einsam fühlten. Paris wäre nicht wie in den Romanen, sondern eine Stadt, in der er sich betrank und am liebsten in die Seine gestürzt hätte, weil die Sehnsucht nach Kuba seine Seele zerfraß. Ich fragte mich amüsiert, unter was für einer Sehnsucht wir in Kuba wohl litten. Auch wenn es sich nicht um Rotwein oder einen besonderen Tropfen handelt, ist der Alkohol eine Flucht. An dem Tag, an dem die Fotos kamen, ging ich direkt zu Dios. Er hängte Pauls Foto auf, und wir unterhielten uns den ganzen Abend. Dios war viel zu dünn oder einfach alt geworden, ich weiß nicht. Die Wohnung war noch schmutziger als sonst. Licht gab es nur im Versammlungszimmer, und in seinem Zimmer brannte noch ein kleines Lämpchen. Der Kassettenrecorder funktionierte nur noch ab und zu, und der Kühlschrank war völlig leer. Ich hatte ein wenig zu essen dabei, weil ich mir schon dachte, dass es aufgrund der «Spezialperiode» noch schlechter um seine Ernährung bestellt war. Mama hatte außerdem ein Päckchen Kaffee für ihn gekauft, weil er den alten Kaffeesatz wieder aufbrühte und das Gebräu trank, als wäre es ein Geschenk der Götter. Ich habe nie herausbekommen, woher er das wenige Geld hatte, das er in den selbst gebrannten Alkohol investierte, den er den ganzen Tag trank, und in den Tabak, den er ganz fein schnitt, um sich Zigaretten zu drehen. Nach diesem Abend besuchte ich ihn längere Zeit nicht. Manchmal rief er im Morgengrauen an, und dann telefonierten wir lange, aber ich wollte das Haus nicht verlassen, weil die Stadt dunkel und schmutzig war, die Wände langsam abblätterten und die Leute sich auf den chinesischen Fahrrädern schwitzend quälten. Es gab keine Konzerte und keine Orte mehr, wo man hätte hingehen können. Fast alles war geschlossen, und die Wände hingen voll mit Plakaten, auf denen «durchhalten, kämpfen, siegen» stand. Ich hielt durch und kämpfte und siegte in der großen Wohnung, wo die Wände einen Anstrich nötig hatten und die Küchenschaben durch die Rohrleitungen nach oben kamen.

Nach vielen Gesprächen mit Mama und der Familie in Argentinien hatten wir uns darauf geeinigt, dass Mama erst mal alleine fuhr. Ich wollte einfach nicht gehen, warum, wusste ich nicht, und ich bat Mama um weitere Bedenkzeit. Ich wollte aber keinesfalls, dass sie wegen mir ihre Zeit verschwendete. Sie musste neu anfangen, ohne auf mich zu warten. Am Anfang lamentierte sie herum, sie würde das Land nicht verlassen und mich hier mitten im Stromausfall allein in der Wohnung zurücklassen, mit der Tante in der Psychiatrie und mit Papa, der sein Leben neu organisierte, wie er es nannte. Mama goss heißes Wasser auf ihren Mate und sagte, ich müsse ihr gehorchen, wir würden zusammen gehen, weil die Zukunft in diesem Land zu ungewiss war, und wenn ich bliebe, würde mich das Nichts erwarten. Was die rebellische Argentinierin in den sechziger Jahren so fasziniert hatte, störte sie jetzt. Papa war nicht sonderlich begeistert von der Idee, dass ich weggehen würde, aber er wollte keine Partei ergreifen. Er machte erst den Mund auf, als Mama sagte, alles wäre eine Lüge gewesen, man hätte ihnen eine neue Welt vorgegaukelt, und diese neue Welt wäre eine Farce und zwar eine ganz finstere.

«Du hast deinen Dienstrang verloren, und für was? Wir haben unsere Jugend verschenkt, und für was? In diesem Land gibt es zu viele Idioten, die Macht haben, und ich habe nicht vor, ihnen noch ein Jahr meines Lebens zu schenken.»

Da stand Papa verärgert auf, und es kam zum Streit. Es war lustig, weil Papa so ausgemergelt aussah und Mama dank irgendwelcher Produkte, die sie in Argentinien gekauft hatte, wunderschönes glänzendes Haar hatte. Ich sagte, wie immer, nichts, trank meinen Mate und fing an, etwas zu singen, ganz leise, um nicht zu stören.

Nach ein paar Wochen konnte Mama meine Argumente verstehen, und Papa lächelte stolz. Aber ich tat es weder für ihn noch für irgendwen sonst. Ich wollte einfach nicht gehen. Ich wollte Argentinien kennen lernen, später vielleicht, aber für immer wegzugehen und mich in eine neue Familienordnung einfinden zu müssen, die ich nicht kannte und daher auch nicht kontrollieren konnte, reizte mich nicht sonderlich. Für Mama war alles einfach, aber mein Großvater kannte mich nicht. Sie war seine Tochter, aber ich, wer war ich schon? Ein Mund mehr, den man durchfüttern musste, der arme Teil der Familie, den man aufgenommen hatte, wofür man ewige Dankbarkeit erwartete. Das passte mir nicht, auch wenn ich das meiner Mutter nicht sagte. Sie war am Ende auch der Ansicht, dass es für mich vernünftiger war, zu kommen, wenn sie ihr Leben bereits organisiert hatte. So sind wir dann auch verblieben.

Einmal kam Merca, zum Glück war er mal nüchtern. Wir unterhielten uns, er erzählte mir von seinem Leben, dasselbe wie immer, Partys und Zufallsbekanntschaften. Er vermisste mich, mit mir war es zwar ein Desaster, aber allein war es noch schlimmer. Ich brühte einen Mate auf und zeigte ihm die Bilder vom Poeten in Guadalupe. Wenig später sagte er, er habe Dios zum Arzt begleitet, es ginge ihm nicht gut, er wäre sehr allein. Ich fragte nach, aber er sagte, es wäre nichts Schlimmes, Wehwehchen eines alten Mannes, aber ich sollte ihn besuchen, weil ich einer der wichtigsten Menschen in seinem Leben wäre. Merca war immer ein guter Freund gewesen. Als ich ihn kennen lernte, kam es mir vor, als wäre er einer von den vielen, die zu Dios in das Versammlungszimmer kamen, um sich zu betrinken, aber die beiden mochten sich wirklich sehr. Noch am selben Abend rief ich Dios an, und er wirkte ziemlich aufgekratzt. Er hatte ein Päckchen von einem Freund bekommen, der über El Mariel ausgewandert war, mit einer Flasche Whisky und Musik aus den Siebzigern. Dios war sehr zufrieden und hatte einen «eingeschüchterten Gaumen», wie er sich ausdrückte.

Mama legte ihr Abreisedatum auf Juli. Je näher das Datum rückte, desto nervöser wurden wir. Vor dem Einschlafen umarmte sie mich immer, und ich bat sie, mir die Lieder meiner Kindheit vorzusingen. Sie sang *Gewehr gegen Gewehr* oder *Die Ära …*, aber ich konnte nicht einschlafen, ich lag wach und dachte nach.

Dios rief immer häufiger nachts an. Manchmal nahm Mama ab, und dann sagte er keinen Ton. Wir wussten beide, wer dran war, und sie reichte mir den Hörer. An manchen Nachmittagen, wenn seine Stimme seltsam klang oder er Gesellschaft haben wollte, ging ich ihn besuchen. Er spielte mir die Musik der siebziger Jahre vor, und wir unterhielten uns wie gewöhnlich. Er wusste, dass ich wegen Mamas Abreise traurig war, aber er sagte nichts. Einmal stand er auf und suchte etwas zwischen alten Papieren. Es war ein Foto meiner Mutter, ganz kaputt und hinten geklebt. Auf dem Bild war meine Mutter ungefähr fünfzehn

Jahre jünger, sie saß mit einem Glas Rum im Versammlungszimmer und trug ein Hemd, an das ich mich noch erinnern konnte, sie war barfuß, ohne Hose. Das Foto gefiel mir.

«Deine Mutter ist eine großartige Frau.»

Das wusste ich schon. Ich lächelte und gab ihm das Foto zurück. Dios bat mich, es ihr als Erinnerung zu geben, aber ich weigerte mich. Wenn er ihr das Foto geben wollte, musste er es schon selber tun. Das ging mich nichts an, Mama hatte mir nie davon erzählt, und ich hatte kein Recht dazu. Es gibt keinen Grund, das Schweigen der anderen zu verletzen. Dios nickte und packte das Bild wieder weg. Ich ließ meinen Blick über eine der Wände gleiten, sie war voll mit Fotos von Frauen, es war sogar eins von mir dabei, und ich fragte ihn, warum er nicht das Foto meiner Mutter dort aufgehängt hatte. Er lachte und sagte, es hätte dort gehangen, bis sie einmal bei ihm geklingelt und hinter der Tür einen betrunkenen Mann und eine nackte Frau in seinem Bett vorgefunden habe. Ich stellte mir vor, wie Mama das Foto von der Wand riss und es vor seinen Augen zerfetzte, und ich freute mich ungemein. Dios wäre kein guter Stiefvater gewesen, es war sein Karma, mein Freund zu sein.

Nach diesem Abend sprachen wir nicht mehr über meine Mutter. Bis zu ihrer Abreise war es nur noch einen Monat hin, und ich wollte nicht ausgehen. Eines Nachts rief Dios sturzbetrunken an, um mich zu beschimpfen, weil ich ihn nicht mehr besucht hatte. Verärgert legte ich auf. Mama war auch verärgert, weil man nicht einfach um drei Uhr morgens bei den Leuten anrufen kann, aber Dios war mein Freund. Ich habe ihn am nächsten Tag angerufen, und es ging ihm schon besser.

Cuatro verteidigte seine Arbeit Anfang Juli. Mama und ich gingen in die CUJAE, um dabei zu sein; wir verstanden nichts von der Materie, aber er machte einen sehr guten Eindruck, wie er all diese schrecklichen Schaltkreise erläuterte. Seine Eltern waren stolz, dass ihr Sohn die beste Note bekommen hatte, und er lachte zufrieden und zeigte den Ingenieurstempel in seinem Ausweis herum. Wir fuhren mit dem Bus zu ihm nach Hause und stießen mit Rübenwein an, den seine Mutter selbst gemacht hatte. Einen Augenblick lang wollte ich Mama vorschlagen, bei Dios vorbeizugehen, aber dann sagte ich doch nichts. Sie wusste, dass er genau gegenüber wohnte, und wenn sie nichts sagte, dann wollte sie sich vielleicht nicht von ihm verabschieden.

Mama flog am 20. Juli. In der Woche davor gingen wir ins Krankenhaus, wo sie sich von der Tante verabschiedete. Sie wollte ihr nicht sagen, dass sie für immer ging, aber die Tante spürte es, das weiß ich.

Einen Tag vor ihrem Abflug unterhielt sie sich lange mit Papa im hinteren Zimmer. Die Nacht über machten wir kein Auge zu. Sie war nervös, und ich redete die ganze Zeit irgendwelches unzusammenhängende Zeug. Ich bat sie, auf dem Flughafen nicht zu weinen. Mama weinte in einer Tour und bat mich, nicht zu lange mit meiner Entscheidung zu warten. Sie ließ mir ihre Tangoplatten da. Ich schenkte ihr einige Gedichte, die ich vor langer Zeit geschrieben hatte. Natürlich fing sie auch auf dem Flughafen an zu weinen.

«Das Leben ist wie ein Tango, Mama, aber nicht alle Tangos sind traurig. Dein Make-up wird noch verlaufen.»

Sie musste lachen und trocknete ihre Tränen. Sie umarmte Papa ganz fest und sagte, wenn er nicht auf mich aufpassen würde, würde sie ihm die Eier abreißen. Dann umarmte sie mich noch einmal und ging, ohne zurückzublicken. Ich sah, wie sie sich entfernte und ganz am Ende doch noch einmal umdrehte, um mir einen Kuss zuzuwerfen, ich flüsterte: «Viel Glück», und dann gingen wir.

Zu Hause fühlte ich mich unwohl. Papa setzte sich vor den

Fernseher, und ich lief herum, bis ich mich entschied, Dios anzurufen. Ich fühlte mich schlecht. Auf der anderen Seite hörte ich Mercas Stimme, er sagte: «Einen Moment», sprach mit jemandem, der ziemlich lallte, kehrte dann an den Apparat zurück und sagte: «Hallo.» Ich dachte, sie wären wieder mal dabei, sich zu betrinken, und legte auf. Ich legte mich in das Zimmer der Tante, um zu lesen, konnte mich aber nicht konzentrieren. Da klopfte Papa an die Tür und sagte, Cuatro wäre am Telefon.

«Na, wie geht's dir, Bohnenstange? Ist sie schon weg?»

Ich schluckte und sagte: «Schlecht.» Er sagte, er würde zu mir kommen, und ich legte auf. Ich setzte mich vor den Fernseher, und das Telefon klingelte wieder. Ich bat Papa, dranzugehen, und, wenn es nicht Cuatro war, zu sagen, dass ich nicht da sei. Es war Merca, der fragte, ob ich noch am Flughafen sei, ich sollte bitte bei Dios anrufen, sobald ich nach Hause käme. Sie wollten wissen, wie ich mich fühlte. Kurz drauf kam Cuatro. Ich brühte etwas von dem Mate auf, den Mama dagelassen hatte, und dann gingen wir in mein Zimmer, um uns zu unterhalten. Da fühlte ich mich schon besser.

**Selbst wenn der Platzregen aufhört** Nachdem Mama gegangen war, hatten Papa und ich ein interessantes Gespräch, in dem er mir von seinem neuen Leben erzählte. Seine Neue lebte in Santo Suárez. Sie war Ärztin, viel jünger als er und hatte einen kleinen Sohn, Papa sagte, sie wäre die Frau seines Lebens. Das fand ich gut. Das fremde Glück ist etwas, das ich immer bewundert habe, also fand ich es toll, dass meine Eltern ihren Weg gefunden hatten. Ich bat ihn, sie doch einmal mit nach Hause zu bringen, und er lächelte glücklich.

Im August nahm er Urlaub, um nach Pinar del Río zu fahren. Dort lebte die Familie der neuen Frau. Papa fuhr mit der Idee dorthin, ein paar Sachen zu verkaufen und etwas Geld nebenbei zu verdienen, er wollte sich ein bisschen von der Fahrradstrampelei erholen und den Rest der Verwandtschaft kennen lernen.

Ich blieb allein in der großen Wohnung. Als Mama anrief, sagte ich ihr, dass ich den ganzen August außer Haus wäre und dass sie erst im September wieder anrufen sollte. Die Welt draußen fiel immer mehr in sich zusammen, und ich beschloss, einfach drinnen zu bleiben. Ich würde die «Spezialperiode» umgeben von alten Wänden hinter mich bringen. Wie ein Schiffbrüchiger, der von der Zivilisation und den Regierungswechseln nichts mitbekommt. Ich wollte ein Eremit sein. Cuatro hatte nicht Unrecht mit seiner Bemerkung, dass man, wenn man gerade nichts Interessantes zu tun hat, sich schon mal auf Kommendes vorbereiten sollte. Ich vertrödelte meine Zeit nicht, ich interessierte mich für alles und nichts. Für mich war es wichtig, den Dingen Aufmerksamkeit zu schenken, die einem wirklich etwas bringen, statt sich im Überflüssigen zu verlieren, ich wollte mich nicht an Nichtigkeiten aufreiben, mich nicht von ihnen erdrücken lassen.

Es war einfach, sich zu verstecken. Ich ging nicht ans Telefon und nicht an die Tür. Ich wollte keinen Lärm machen, obwohl zu jener Zeit Lärm eher selten war; wir hatten oft stundenlang keinen Strom, und folglich konnte man auch keine Musik hören. In der Küche deponierte ich Unmengen Reis; dazu trank ich Mate.

Ich fing an zu studieren. Ich verbrachte die Nächte mit Frida, inmitten meiner Bücher, und schrieb seltsame Geschichten, die ich niemandem zeigen wollte. Und ich studierte die Menschen. Das erwies sich als ausgesprochen interessant. Ich blieb an den Fenstern stehen, um zu hören, wie das Gebäude atmete. Es ist unglaublich, man gewöhnt sich so sehr an den Ort, an dem man lebt, die Geräusche werden einem so vertraut, dass man sie am Ende gar nicht mehr wahrnimmt. In dem Gebäude, in dem ich lebte, gab es einen Luftschacht, auf den Fenster hinausgingen, dort stiegen Gerüche auf, verschiedene Musik, die Stimmen der Nachbarn und viele andere Dinge, die ich nie bemerkt hatte. Zu jener Zeit bestand die Symphonie aus dissonanten Akkorden. Wenn das Licht ausgeht, hört man keinen Lärm von draußen, es ist wie in der freien Natur. Die Stadt kam über ihre Stimmen zu mir. Ich hörte Klagen und Flüche. Irgendwo weinte ein Kind, das wegen der Hitze und der Stechmücken nicht schlafen konnte. Jemand rief, man habe ihm sein Fahrrad gestohlen. Ein Ehepaar stritt sich wegen eines Brotes. Und dieser widerwärtige Geruch nach Einheitsessen aus allen Dampfkochtöpfen. Ich stellte mir ihre Gesichter und ihre Träume vor. Ich war in Sicherheit. Alles kam durch das Fenster zu mir, von der anderen Seite. Die Wohnung war eine Festung mit verschlossenen Türen, die Königreiche der anderen: Großmutters Zimmer, das

Zimmer meiner Mutter, das Zimmer der Tante, Papas Zimmer. Ich gehörte zu allem und doch nirgendwohin. Ich war im Äther, und die Klagen der anderen riefen in mir nur Erstaunen über den langsamen Verfall, die Veformung der Prinzipien hervor. Alles kleine Rezeptoren eines fremden Schicksals, wie eine umgekehrte Welle, die von einem Ort ausgeht und deren Radius im Näherkommen immer kleiner wird, bis sie nur noch ein Punkt ist und uns erstickt.

Ich habe den ganzen August so verbracht. Das Telefon klingelte, und manchmal war jemand an der Tür, aber ich tat einfach so, als wäre ich nicht da. Ich wollte mit allem nichts zu tun haben, und es sollten auch keine Nachrichten von draußen an mich herankommen. Die «Spezialperiode» fand außerhalb meiner vier Wände statt. Innerhalb dieser vier Wände war alles anders, es war eine Reich ohne Gesetze, Gründe oder Folgen, ein leerer Raum.

Papa kam Anfang September nach Hause. Er schloss die Tür auf und fand mich auf dem Sofa liegend. Er fragte, ob ich irgendwo gewesen sei, denn er sei seit einer Woche aus Pinar del Río zurück und habe zigmal angerufen, aber niemand habe abgehoben. Ich sagte, ich befände mich in einer anderen Dimension, und stand auf, um in mein Zimmer zu gehen. Papa fragte, ob es mir schlecht ginge, auf meiner weißen Haut würden sich tiefdunkle Augenringe abzeichnen und ich sähe so abgezehrt aus. Ich sagte, es ginge mir ausgezeichnet, besser denn je. Er setzte sich hin und erzählte mir, wie er die alten Uniformen für etwas zu essen eingetauscht und wie viel Geld er mit der Reparatur von elektrischen Geräten verdient hatte. Ich freute mich, ihn zu sehen, aber zugleich war ich auch verärgert, weil seine Rückkehr das Ende meines perfekten Reiches bedeutete. Jedes Wort untergrub meine naive Wahnvorstellung, weit weg von allem zu sein. Als er seinen Bericht beendet hatte, fragte er mich, was ich denn von der Sache mit dem Dollar hielte.

«Der Dollar? Das ist doch die amerikanische Währung, solange niemand das Gegenteil behauptet, oder?»

Er schaute mich überrascht an und fragte, ob ich denn nicht gehört hätte, dass sie den Dollar freigegeben, oder besser, dass sie den Besitz von Dollars legalisiert hätten, da er sowieso schon seit einer Weile frei auf der Straße zirkulieren würde. Diese Nachricht fand ich interessant, vor allem weil Mama in weiser Voraussicht Geld dagelassen hatte. Papa meinte, ich sollte mich mehr für die Veränderungen im Land interessieren, und riss die Fenster auf. Ich schloss die Augen wegen der Helligkeit und rannte in das Zimmer meiner Mutter, um mich dort einzuschließen.

Am nächsten Tag ging er zur Arbeit. Er klopfte an meine Tür und sagte, es würde jemand kommen, um ihm Zigaretten zu bringen. Er würde später anrufen, und ich sollte endlich aufhören zu pennen und an den verdammten Apparat gehen. Dann war er fort. Ich schlief bis mittags. Ich teilte mir mit Frida das Essen, das mein Vater gekocht hatte, machte die Fenster wieder zu, die er morgens geöffnet hatte, und ging wieder in mein Zimmer, um zu lesen. Ungefähr um drei klingelte das verdammte Telefon.

«Kätzchen, ich bin's, wo hast du gesteckt?»

Ich bedauerte, abgehoben zu haben, weil ich überhaupt keine Lust zum Reden hatte, weder mit Merca noch mit sonst irgendwem. Ich sagte, ich wäre in einer anderen Dimension, und weiter nichts.

«Ich habe oft bei dir angerufen und wollte in den letzten beiden Tagen bei dir vorbeischauen, aber es war niemand da.»

Seine Stimme klang sehr ernst, aber ich hatte keine Lust, irgendwelche Erklärungen abzugeben. Ich wollte mir auch nicht seine Klagen anhören, dass das Kokain so schwer zu kriegen wäre, oder Ähnliches.

«Ich muss dir etwas sehr Trauriges sagen, mein Kätzchen … Vor zwei Tagen …»

Als Merca «tot» sagte, als er mit gebrochener Stimme sagte, dass Dios tot war, dass er angerufen hatte und bei mir vorbeigekommen war, um mir zu sagen, dass Dios vor zwei Tagen an einem Infarkt gestorben war, als er zusammenhanglos weiterredete, während er sich die Nase schnäuzte, spürte ich, wie die Welt mich von hinten erdrückte, ich krümmte mich und rollte die Wand entlang, bis ich irgendwann wieder auf dem Boden saß, ich wollte nichts mehr hören.

«Ciao, Merca, ich will nicht weiter mit dir reden.»

Ich legte auf, und die Welt erdrückte mich immer noch. Sie machte aus mir eine beschissene, in der Ecke liegende Tüte. Ich fing zu zittern an und presste die Kiefer fest aufeinander. Ein Schlag gegen die Wand, ein zweiter, ganz langsam. Wenn man mit dem Kopf gegen die Wand schlägt, lässt der Schmerz das Geräusch verschwinden. Frida kam auf mich zu, und ich schrie sie an, sie solle weggehen, weit weg, Tausende von Meilen, und zwar sofort. Sie setzte sich hin und beobachtete, wie ich aufstand und mich im Kreis drehte. Mein Kopf tat weh. Ich lief desorientiert herum. Ich ging in mein Zimmer und blieb vor dem Spiegel stehen. Ein paar blaue Augen schauten mich hasserfüllt an. Im Spiegel sah ich ein Poster hinter mir. In großen Lettern standen dort Worte von Paul, die Dios mir vor langer Zeit geschenkt hatte:

*Deine Augen, die uns unsere grenzenlose Einsamkeit enthüllen, sind nicht mehr die, die sie zu sein glaubten.*

Ich hasste meinen Anblick im Spiegel und fühlte Wut in mir aufsteigen. Ich schlug mit dem Kopf gegen das Glas. Ich konnte mich nicht beruhigen. Ich schlug noch fester gegen das Glas, und etwas Warmes floss aus mir heraus. Ich drehte mich im Kreis und kickte die Schuhe weg, die auf dem Boden standen.

Frida war mir gefolgt und beobachtete mich, in der Ecke kauernd. Ich fragte sie, was es da zu glotzen gebe, aber sie wollte nicht antworten. Ich hasste den Blick aus ihren blauen Augen. Ich sagte ihr, Dios wäre tot, aber sie verstand es nicht. Ich ging auf sie zu und schrie sie an, auch sie würde von Würmern gefressen werden, wie die Großmutter, wie Dios, wie all die anderen. Da erschrak sie und versteckte sich unter dem Bett. Ich war so wütend, aber ich konnte nicht weinen. Ich fuhr mir mit der Hand über das Gesicht, um das Blut abzuwischen, und spürte, dass irgendetwas in mir sich veränderte. Ich schnappte mir den Walkman, legte die Kassette von Pink Floyd ein, drehte die Lautstärke hoch und ging hinaus. Die Sonne brannte fürchterlich, und es waren viele Leute auf dem Fahrrad unterwegs. Ich ging weiter, aber ich fühlte mich unsicher. Ich war umgeben von fremden Gesichtern, die eilig irgendwohin liefen, wohin bloß? Was hofften sie zu finden? Ich ging schneller, und die anderen, die Wartenden an den Haltestellen und die Erdnussverkäufer, erschienen mir lächerlich. Ich spürte, dass alles sich ganz langsam bewegte, und fing an zu laufen. Ich überquerte die Straße und lief ziemlich schnell weiter. Der Schweiß rann in Strömen an mir herunter, aber ich musste laufen, irgendwohin kommen, wie alle anderen, bloß hinkommen, deswegen lief ich immer weiter. Völlig erschöpft hielt ich auf Mercas Flur an und stellte die Musik ab. Ein Kerl sah mich und fragte, wo ich denn das Essen her hätte, um noch Sport treiben zu können. Ich antwortete ihm nicht und drehte ihm den Rücken zu. Merca machte die Tür auf, starrte minutenlang auf meinen schwitzenden Körper und die Blutreste an meinem Kopf. Er trat beiseite, um mich vorbeizulassen. Ich setzte mich auf den Boden, ohne etwas zu sagen. Er hielt mir ein Glas Wasser hin, und dann schenkte er mir noch von dem Rum ein, den er selbst gerade trank. Er setzte sich mir gegenüber hin und formte aus dem weißen Pulver zwei Linien auf einem kleinen Spiegel. Sein Gesicht sah eingefallen aus.

«Erinnerst du dich, als ich ihn ins Krankenhaus begleitet habe? ... Er hatte ein Problem mit dem Herz, aber wir wollten dir nichts davon sagen, um dich nicht zu beunruhigen.»

Nie wollte mich jemand beunruhigen, das war schon witzig. Alle wollten irgendwas vor mir verbergen, um mich nicht zu beunruhigen. Er zog sich seinen Pulverstrich rein und reichte mir den Spiegel. Ich sog das Pulver langsam ein und hörte dabei, wie er sagte, als er bei Dios gewesen sei und niemand ihm aufgemacht habe, sei er unruhig geworden. Er hätte die Tür aufgebrochen und ihn an dem kleinen Tischchen im Versammlungszimmer vor einer abgebrannten Zigarette und einem halb vollen Glas sitzend vorgefunden. Er hätte sich um alles gekümmert, bis irgendwelche Neffen aufgetaucht wären, ihm für alles gedankt und sich dann um den Rest gekümmert hätten. Merca trank einen Schluck und kam auf mich zu, um mich zu umarmen.

«Ich mochte ihn sehr, Kätzchen, er war mein Freund, verdammt: In diesem Scheißland gib es nur Unglück.»

Was hatte das Land mit dem Tod von Dios zu tun? Nichts, denke ich mal, aber Merca war einfach traurig. Er umarmte mich und sagte, er brauche mich sehr, er vermisse mich, er wolle nicht allein bleiben wie Dios, er wolle nicht sein Leben lang durch die Gegend ziehen, um am Ende allein zu sterben. Ich drückte seinen Kopf gegen meine Brust und strich ihm über das Haar. Ich fühlte mich abwesend, in einer anderen, unerwünschten Dimension, und ich konnte nicht einfach die Augen schließen, denn überall waren Dios' Gesicht und seine Worte. Ich stellte das Glas weg. Ich wollte nichts trinken.

«Alles, was ich dir am ersten Tag gesagt habe, war gelogen, Merca, es gab keinen englischen Ägyptologen, keinen chilenischen Exilanten und auch keinen Intellektuellen, der sich umgebracht hat, ich habe alles erfunden; das Einzige, was wirklich existiert hat, war Dios, den ich nicht geliebt habe und der jetzt tot ist, ist doch komisch, oder?»

Er nahm mich an der Hand, und wir gingen ins Bett. Wir haben die Nacht dort verbracht, aber wir haben uns nicht geliebt, wir haben überhaupt nichts gemacht, weder gesprochen noch geschlafen. Wir blieben bis zum Morgengrauen schweigend liegen.

Was tut man, wenn ein enger Freund stirbt? Nichts. Man kann nichts tun. Irgendetwas in deinem Innern steht still. Etwas höhlt dich aus auf der Suche nach einem Grund, den es nicht gibt. Es bleibt die Unruhe, nicht zu wissen, was im letzten Moment geschieht. Nicht zu wissen, wohin man mit seinen Worten soll. Wem sage ich die Worte, die dir galten? Niemandem. Man muss neue Zeremonien, neue Gesichter erfinden, weil nichts ewig ist. Ein schöner Trost. Wenn ein enger Freund stirbt, verspürt man Lust, Gott und den toten Freund, der einen allein gelassen hat, zu verwünschen, der Rest ist nichts anderes als Scheißliteratur. Ein Foto an der Wand. Ein Amulett am Hals. Eine Grabschrift von Paul:

*Keine Klage mehr und kein Lachen,*
*Das letzte Lied sank hernieder …*

Cuatro fing im September an zu arbeiten. Der Superingenieur bekam eine Stelle am CENIC, einem renommierten wissenschaftlichen Zentrum. Gutes Essen, gute Arbeitsbedingungen, und Cuatro war natürlich von morgens früh bis spät in die Nacht dort, es gefiel ihm. Er war begeistert, weil die Arbeit sehr interessant war und es einen Bus gab, der ihn nach Hause brachte. Der Poet war damals schon via Puerto Rico in Miami angekommen. Er lebte bei seiner Mutter und versuchte eine vernünftige Arbeit zu finden, um weiterzustudieren.

Cuatro rief mich an, als er vom Tod seines Nachbarn erfuhr. Er fragte, wie ich mich fühlte und wo ich den ganzen August gesteckt hatte. Ich sagte ihm, in einer anderen Dimension, und nichts weiter. Er wusste, wie wichtig Dios für mich gewesen war, deswegen traute er sich nicht, weiterzufragen. Er hat mein Schweigen immer respektiert. Als ich ihm sagte, ich sei wieder mit Merca zusammen, wünschte er mir viel Glück und gesundes Vergiften. Ich lachte.

Mama rief jede Woche an, um von ihrem neuen Leben zu berichten, und sie fragte immer wieder, wann ich denn nach Buenos Aires käme. Sie arbeitete immer noch für die Zeitschrift und hatte viele Pläne. Ich war froh, wenn ich mit ihr sprechen konnte, von Dios erzählte ich ihr nichts, warum hätte ich auch sollen? Wenn man den Schmerz teilt, wird er auch nicht kleiner. Was tut man, wenn ein enger Freund stirbt? Nichts. Das ist das Schlimmste: Selbst wenn die Sonne herauskommt und der Platzregen aufhört, das Loch trocknet nie.

**Ein Karneval ohne Masken** «Ich weiß nicht, wo das noch hinführen soll. Verdammt, ich hätte im Traum nicht daran gedacht, dass ich mal von meiner Tochter die Dollars annehmen muss, die ihre Mutter, meine Ex-Frau, ihr schickt.»

Papa steckte die zwanzig Dollar ein und zündete sich eine Zigarette an.

«Ich nehme sie nur an, weil du mich darum gebeten hast. Verdammt, ich weiß nicht mehr, was ich tun soll; meine Frau arbeitet den ganzen Tag im Krankenhaus, und dann backt sie noch Kuchen, um ihn im Viertel zu verkaufen, und ich muss mit ihrem Bruder beim Bierausschank helfen, was bleibt mir anderes übrig, mein Kind? Sag du's mir.»

Papa sprach hinter dem Zigarettenrauch weiter, und ich tat so, als ob ich ihm zuhörte. Eigentlich tat er mir Leid, wie ich ihn da so im Schein der Petroleumlampe jammern hörte, er wäre so enttäuscht, sein ganzes Leben wäre eine einzige Jagd nach dem Nichts. Papas Gerede erschien mir so grau wie die Wände in der großen Wohnung, aber er hörte nicht auf und beklagte sich über so vieles. Ich fragte mich, wo das Klagen hinführen sollte. Das einzig Unvermeidliche ist der Tod, alles andere sind nur äußere Umstände. Und trotzdem jammerten alle.

Papa redete und redete, und ich rauchte. In Wirklichkeit war mir das Buch über die französische Kultur wichtiger, in dem ich gerade las. Es war das letzte Geschenk von Dios. Der Vorteil von Büchern ist, dass darin alles schneller geht und deswegen interessanter ist. Aber das elektrische Licht ging nicht, und mein Vater redete weiter, bis er nur noch leise murmelte und schließlich im Sessel einschlief.

Am achten Dezember fand das Konzert zum Gedenken an John Lennon statt. Der Park war voller Leute. Ich traf mich mit Merca, der den ganzen Tag mit der Organisation des Konzerts beschäftigt gewesen war. Ich trank ein wenig hinter der Bühne, füllte mir eine kleine Pulle ab und drehte eine Runde. Nach Dios' Tod hatten wir uns vorgenommen, nicht mehr von ihm zu sprechen, aber ich spürte seine Abwesenheit trotzdem. Ich merkte, dass mir die Worte fehlten, ich konnte sie niemandem sagen. Ich liebte Merca, aber es war nicht dasselbe. Damals redete er nur davon, dass ich zu ihm in das Zimmer ziehen sollte. Es erschien ihm absurd, dass ich in der Wohnung blieb, in der nur noch Papa hin und wieder war, aber genau darin lag für mich ja der Reiz. Wäre ich zu Merca gegangen, hätte ich mein Reich gegen ein anderes eintauschen müssen, und das wollte ich nicht. Wenn man zusammen war, hieß das für beide automatisch, dass immer noch jemand da war. Und jeder musste für sich weitermachen. Es hat mir schon immer gefallen, Grenzen zu ziehen. Zu bestimmen, wo ich aufhöre und die anderen anfangen. Merca fand das natürlich dumm, aber ich fand es klug.

Cuatro tauchte erst auf, als das Konzert schon fast angefangen hatte. Es überraschte mich, dass er überhaupt gekommen war, aber er sagte, er müsste abschalten, durch die viele Arbeiterei den ganzen Tag käme er kaum noch in die Stadt. Wir setzten uns auf eine Mauer, von wo aus man Merca mit anderen Leuten hinter der Bühne lachen und eine Flasche sieben Jahre alten Havanna Club kippen sah. Ich hielt Cuatro meine Pulle hin, und er nahm einen Schluck. Ich war gern mit ihm zusammen, aber er fühlte sich ein wenig fehl am Platze. Ich glaube, er fühlte sich nur in Gesellschaft von Zahlen wohl, aber er war mein ältester Freund. Er fing an, Erinnerungen auszugraben und zu lachen.

Die Leute sprechen gern von der Vergangenheit, wenn in der Gegenwart nichts Interessantes passiert. Auch ich musste lachen. Dann fing er an, davon zu reden, was passieren könnte, und von seinen Träumen. Die Leute sprechen auch gern von der Zukunft, wenn in der Gegenwart nichts Interessantes passiert. Das schien mir bezeichnend zu sein. Ich lachte und beobachtete ihn.

«Verdammt, Bohnenstange, warum raffst du dich nicht endlich auf und gehst nach Buenos Aires?» Er sah zu Merca hinüber, der hinter der Bühne trank. «Ist es wegen ihm? Sei nicht dumm, sobald der eine Chance bekommt, ist er weg, ohne zweimal nachzudenken.»

Für Cuatro gab es keinen Grund, warum ich hier bleiben sollte. In der Stadt meiner Mutter konnte ich doch ein neues Leben anfangen, studieren und meinen vierundzwanzig Jahren einen Sinn geben. Aber ich wollte nicht gehen, warum, wusste ich nicht. Ich wusste genau, dass es nicht wegen Merca oder sonst jemandem war. Cuatro war da anderer Ansicht, aber meiner Meinung nach tat niemand etwas für einen anderen. Man tat alles für sich selbst. Ich weiß nicht, warum manche von diesem Opferwillen beseelt sind. Jeder wählt nach seinem Temperament aus, was er tun muss. Wenn du eine Kriegernatur bist, ziehst du für irgendein selbst gewähltes Ziel in den Krieg. Ein Kind wird auf Wunsch der Eltern geboren. Wenn du eine Hure bist, verkaufst du deinen Körper. Wenn du gerne trinkst, wirst du Alkoholiker. Und wenn die Bedingungen nicht passen, denkst du dir welche aus oder machst sie passend. Du erfindest eine ganze Reihe von Rechtfertigungen, an denen die anderen beteiligt sind. Wenn es keinen Krieg gibt, gehst du ins Gebirge und bist der Held der Expedition. Wenn es kein Essen für das Kind gibt, opferst du deins. Wenn es keine Bordelle gibt, stellst du dich unter irgendeinem Vorwand an den Malecón. Wenn du

Alkoholiker bist, sind die familiären Traumata schuld. Du wirst immer das tun, was deine Natur von dir verlangt, aber es ist schwer, die Verantwortung für das eigene Leben allein zu tragen. Manchmal macht es zu viel Angst. Ich wollte nicht gehen, weil ich keine Lust hatte, aber Cuatro konnte das nicht verstehen. Er sagte, ich sei egoistisch, unsozial und starrsinnig, aber das war eben meine Meinung.

Der erste Telefonanruf im Januar kam von Mama. Sie hörte sich erst ganz munter an, wurde dann aber am Ende wehmütig, weil sie mich so sehr vermisste. Ich vermisste sie auch, aber ich versuchte sie ein wenig aufzumuntern, indem ich ihr erzählte, dass ich ein schönes Jahresende mit der Tante und Frida zu Hause verbracht hatte. Die Tante wäre bester Laune gewesen, hätte von dem argentinischen Wein getrunken, den sie uns geschickt hatte, und mit vollem Mund Opernarien gesungen. Das stimmte natürlich nicht so ganz. Ich hatte mich mit Merca am dreißigsten betrunken und ging, während er noch seinen Rausch ausschlief. Ich wollte den einunddreißigsten mit der Tante verbringen, also hinterließ ich ihm eine Nachricht und verschwand. Papa ging so gegen acht zu seiner Frau. Frida, die Tante und ich aßen und tranken, aber um kurz vor zwölf fing sie auf einmal an zu weinen und fragte nach ihrem Vater. Was sollte ich ihr sagen? Ich legte Musik auf und versuchte von etwas anderem zu sprechen. Sie wurde böse und sagte, ich würde sie wie eine Verrückte behandeln. Sie wollte nicht mehr mit mir reden. Sie warf mich aus ihrem Zimmer und sagte, ich sollte sie nicht mehr belästigen, bis ihr Vater da wäre. Ich sagte mir okay und ging hinaus. Um zwölf lag ich halb betrunken im Wohnzimmer, die schlafende Frida neben mir. Ich wünschte der ganzen Welt ein glückliches neues Jahr und trank weiter. Die Tante war inzwischen eingeschlafen.



Im Februar erhielten wir Nachricht von unserem Poeten, der

von seinem neuen Job in einer Cafeteria berichtete, wo er alte Bekannte aus dem Institut für präuniversitäre Studien getroffen hatte. Sein Studium musste er aufschieben, bis er richtig Fuß gefasst hatte, aber abgesehen davon, dass er Heimweh nach uns und seiner Stadt hatte, lief alles bestens.

Für Cuatro waren die ersten Monate auch gut gelaufen. Sie hatten ihn in ein Projekt zur Entwicklung irgendwelcher Apparate gesteckt. Er arbeitete mit Spaniern zusammen, und das fand er toll, weil sie ihm manchmal etwas schenkten. Cuatros Familie hatte keine Dollars, und mein Freund war ziemlich frustriert, weil der Kurs so gestiegen war. Nur die Arbeit rettete ihn, also tat er nichts anderes als arbeiten, und er war stolz, weil man ihn für einen großartigen Ingenieur hielt.

Nach einiger Zeit beschloss mein Vater zusammen mit dem neuen Schwager aus Pinar del Río, den schwarz betriebenen Bierausschank aufzugeben, um Taxi zu fahren, natürlich auch schwarz, aber seiner Meinung nach war das weniger gefährlich.

Damals war Merca eng mit ein paar jungen Schriftstellern befreundet, und wir trafen uns in seinem Zimmer. Das ging ganz gut. Sie lasen, rauchten Marihuana und kritisierten die Regierung, ganz normale Sachen, für mich war da nichts Außergewöhnliches dabei. Ich weiß nicht, warum ich immer das Gefühl hatte, nirgendwohin zu gehören. Ich hatte den Eindruck, in Kuba würde die Literatur von Politikern geschrieben, den Rest machten die Lektoren, sie setzten noch ein paar Kommas und Punkte, und *voilà la littérature*. Ich weiß nicht, ob es daran lag, dass ein richtiger Journalismus fehlte, aber es kam mir so vor, als ob die Schriftsteller in Wirklichkeit journalistische Texte schrieben. Niemand erzählte Geschichten. Alle sprachen nur von dem, was ich sehen konnte, wenn ich meine Nase mal aus meinen vier Wänden herausstreckte. Sie sprachen von Leuten, die auf Flößen die Insel verließen, Gelegenheitsprostituierten im

Nachtleben von Havanna, dem immer weiter steigenden Dollarkurs und von der Hoffnung, dass er irgendwann sinken werde. Das war schlichtweg langweilig. Natürlich habe ich das niemandem gesagt, weil ich selbst nicht schreiben konnte, was ich gerne gehört hätte. Ich hatte einfach eine schöne Zeit, dank des Marihuanas und der Tatsache, dass sie alle ganz amüsant waren.

Dann kam der August, und die ganze Stadt war lahm gelegt. Volksproteste. Gestohlene Boote und am Schluss «Das Festival der Flöße». Sie öffneten die Tore, und jeder, der wollte, konnte in See stechen. Die Grenzposten taten nichts, um sie daran zu hindern. Alle konnten frei über ihr Schicksal bestimmen. Eines Tages sagte Merca, wir müssten uns ernsthaft unterhalten.

«Schau, Kätzchen, hier geht es weder vor noch zurück, ich halte das nicht mehr aus, jetzt, wo sie die Tore geöffnet haben, werden wir uns auch ein Floß bauen, und dann soll der Letzte im Castillo del Morro das Licht ausmachen.

Merca und seine Freunde hatten schon die Baupläne für das Boot. Er glaubte wirklich, eine Seefahrerseele zu haben, aber für mich war das Meer etwas ganz anderes als der Fluss Toa. Er wollte, dass wir beide nach Miami gingen und mit Hilfe der Kumpels, die schon dort waren, ein neues Leben anfingen. Ich setzte mich hin und hörte seinen Argumenten zu, ohne ein Wort zu sagen. Als er fertig war, sagte ich nur: «Viel Glück.» Merca sah mich nachdenklich an, hockte sich neben mich und redete weiter, er habe nun mal keine Familie in Argentinien und für ihn wäre es die einzige Möglichkeit. Ich sagte noch einmal: «Viel Glück.» Da wurde er wütend und sagte, ich wäre verrückt, ich wäre schon immer ein bisschen gestört gewesen, er würde mich lieben wie niemanden sonst auf der Welt, und mir wäre alles egal. Er redete immer weiter, aber ich wollte nichts mehr hören. Ich drehte mich um, sagte: «Viel Glück» und ging.

Am nächsten Tag kam er zu mir. Ich weiß, dass Merca mich liebte. Er sagte, er wolle mich nicht verlassen, aber er könne dieses Land nicht mehr ertragen. Ich hörte ihm schweigend zu, und einen Moment lang hatte ich das Gefühl, als spreche er überhaupt nicht mit mir, sondern mit sich selbst, und das war für mich okay. Jeder hat das Recht, sein Leben zu leben, und Merca mochte Abenteuer.

Sie brauchten zwei Wochen, bis das Floß fertig war. Ich war bei den Vorbereitungen dabei und begleitete ihn an den Abenden in seinem Zimmer bei seinen Träumen, bei den Besäufnissen in den letzten Tagen, bei seinen Ängsten und Hoffnungen und seinen Anfällen von Traurigkeit, weil ich nicht mit ihm kommen wollte. Am letzten Tag sah er ganz nervös aus, und ich war ausgeglichen wie immer. Abschiednehmen hatte ich gelernt. In jener Nacht haben wir uns nicht geliebt. Er konnte nicht. Er schnupfte mehrfach Kokain, aber er wollte nicht trinken. Er scherzte die ganze Zeit, ging auf und ab und gab mir seine Bücher und Erinnerungsstücke. Ich hängte ihm ein Amulett für die Reise um den Hals.

Morgens kamen sie ihn abholen, und wir gingen alle zusammen mit dem Floß auf dem Rücken zum Malecón. Die Stadt war ein Karneval ohne Masken. Es war ein Sommer der Regatten. Ein Zirkus des Glücks. Merca umarmte mich und fragte mich noch einmal, ob ich nicht mitkommen wollte. Ich küsste ihn auf die Stirn und lächelte.

«Ich habe auch am ersten Tag gelogen, Kätzchen ... Es gab keine Freundin, die sich umgebracht hat, das habe ich erfunden, weil ich deine Geschichte nicht geglaubt habe und wollte, dass du mehr Vertrauen zu mir hast.»

Ich lächelte und umarmte ihn noch einmal. Merca drehte sich um, und dann schoben sie das Floß ins Wasser. Ich drehte mich um und ging. Ich wollte nicht sehen, wie er sich entfernte, wozu? Mit zunehmender Distanz werden die Dinge kleiner, und ich wollte kein verkleinertes Bild von ihm. Ich lief zwischen den Leuten, die ihre Freunde verabschiedeten, und den neuen Bootsflüchtlingen, die auf den Malecón zukamen, herum. Das erschien mir alles derart kafkaesk, dass ich fast lachen musste. Ich dachte an die geordneten Karten, und da musste ich wirklich lachen. Und wer ordnet die Karten? Keine Ahnung.

Cuatro war nicht allzu überrascht von der Nachricht. Er fragte, wie ich mich fühlte, ich sagte, wie immer. Da wollte er wissen, ob ich Merca wirklich liebte, und ich wusste nicht, was ich sagen sollte. Ich hätte die Frage nicht einmal für mich selbst beantworten können. Ich wechselte schnell das Thema. Das machte ich immer so, es interessierte mich nicht sonderlich, mir Gedanken zu machen, was ich für jemanden empfand, der nicht mehr da war.

«Du bist zu wenig sensibel, Bohnenstange.»

Das amüsierte mich, und ich sagte lächelnd, um ihm zu beweisen, dass ich doch sensibel wäre, würde ich ihn am Sonntag zum Essen einladen. Er sagte zu.

Im Oktober jenes Jahres gab es den ersten freien landwirtschaftlichen Handel. Mein Vater hörte mit dem Taxifahren auf, das ihm doch nicht so ungefährlich erschien, und verkaufte mit seinem Schwager zusammen Schweine, die sie aus Pinar del Río holten. Er war immer weniger zu Hause, weil er zu viel arbeitete. Ich harrte mit Frida aus, und samstags kam Cuatro, um sich die Spielfilme anzuschauen und mir von seinem elektrotechnischen Projekt zu berichten, auch wenn ich nichts davon verstand.

Der letzte Brief, den der Poet uns in jenem Jahr schickte, klang fröhlich. Er hatte mehrmals die Arbeitsstelle gewechselt und war mit einer Kubanerin zusammen, die alle Platten von Silvio hatte. Cuatro freute sich riesig über den Brief, und ich habe ihm nie gesagt, dass er mich auch ein wenig traurig stimmte. Ich weiß nicht, warum, aber unbewusst hatte ich erwartet, über den Poeten etwas von Merca zu hören. Ich dachte, in Miami würden sich alle irgendwie über den Weg laufen. Später stellte ich mir einfach vor, dass er woanders gelandet war, wer weiß das schon so genau? Die Welt ist unüberschaubar groß, wenn du willst. Ich habe nie mehr etwas von Merca gehört. Er ist nie mit dem Poeten zusammengetroffen. Ich habe nie erfahren, ob das Meer besser ist als der Fluss. Ob meine Amulette Glück bringen. Keine Ahnung. Ich wollte auf nichts mehr warten. Wo auch immer Merca war, er würde sich allen Koks der Welt in die Nase ziehen, und allein von der Vorstellung bekam ich Schnupfen.

**Fotos an den Wänden** *... wie soll man dieses anonyme Leben beenden? Es gibt nur zwei Menschen, meinen Vater und ihn. Der Erste ist gegangen, und der Zweite hat sich die Pulsadern aufgeschnitten ... Es hat alles keinen Sinn mehr ... Wie soll man dieses leere Leben beenden? ...*

Auf dem Schriftstück stand kein Datum. Ich hatte ein Buch im Bücherregal der Tante gesucht, und als ich es herausnehmen wollte, fielen die anderen herunter. In einem fand ich einen vergilbten Umschlag mit verschiedenen, auf der alten Schreibmaschine geschriebenen Blättern. Außerdem war da ein Familienfoto aus der Zeit, als es mich und meine Mutter noch nicht gab. Auf dem Bild waren der Großvater und die Großmutter mit vier kleinen Kindern, aber die Tante hatte ihre Spur hinterlassen. Auf dem Foto waren anstelle der Gesichter fein säuberlich ausgeschnittene Löcher, nur die Gesichter der Tante und des Großvaters waren zu sehen, er war zwar nicht mein Großvater, aber ich freute mich trotzdem, ihn endlich kennen zu lernen. Dann war da noch ein Foto, ich glaube, es waren Mama, Papa und die Tante zu der Zeit, als Mama gerade hier eingezogen war. Auch hier sah man nur wieder das Gesicht der Tante. Die anderen hatten Löcher anstelle von Köpfen. Auf dem letzten Bild war ich. Ich wunderte mich, denn ich hätte nie gedacht, dass sie ein Kinderfoto von mir aufheben würde. Ich war auf dem Bild ungefähr zehn oder elf, dürr wie immer, und saß mit einer Zeichnung zwischen den Beinen im Zimmer der Tante. Mein Gesichtsausdruck war überrascht. In den Händen hielt ich das Papier und den Stift. Ich hatte den Kopf angehoben und die Augen weit aufgerissen. Ich nahm das Foto und stellte mich vor den Spiegel.

Ich war immer noch dieselbe, die großen blauen Augen, die fülligen Lippen, das blasse Gesicht. Ich war noch nie eine Schönheit gewesen. Das Mädchen auf dem Foto und die Frau im Spiegel, das war ich. Wenn ich mir alte Fotos ansah, stellte ich mir immer gern vor, was die Leute wohl in dem Moment dachten, als sie aufgenommen wurden. Was habe ich damals gedacht? Was habe ich gemalt? Es fiel mir auf, dass die Tante meinen Kopf auf dem Bild gelassen hatte. Vielleicht, weil ich ein Kind war und Kinder unschuldig sind, keine Ahnung. Im schlimmsten Fall verschonte sie mich, weil ich für sie ein Gesicht unter vielen war, wer weiß.

Ich stellte alles wieder an seinen Platz zurück und verließ das Zimmer. Auch ich hatte meinen Altar, wie die Tante, wie jeder. Im Zimmer meiner Mutter beanspruchte ich eine Wand für mich. Dort hing das Gedicht von Paul und das Foto-Kreuz. Oben Mama und Papa, durch einen Sicherheitsabstand getrennt. Von der Mitte nach unten kamen der Poet, Dios und zuletzt Merca. Die Position meiner Freunde hing damit zusammen, wie sie als Karten im Spiel meines Lebens gefallen waren. Ich mochte es, wenn die Dinge eine exakte Ordnung, ein Gleichgewicht hatten.

Damals sah ich Cuatro nur selten. Die Arbeit als Wissenschaftler fraß ihn förmlich auf, vor allem, nachdem er die Nachricht erhalten hatte, dass er vielleicht nach Spanien reisen und einen Kurs besuchen durfte, der mit den Apparaten zu tun hatte, die er entwarf. Das war toll für ihn und für mich.

Ich verbrachte meine Tage wie immer in Gesellschaft von Frida, eingeschlossen zwischen Büchern und auf der Flucht vor der Welt draußen. Ich denke, Frida haben die Veränderungen in der Stadt auch nicht interessiert. Manchmal besuchte ich mit Papa die Tante. Zuletzt war er ziemlich deprimiert. Er beklagte sich, weil er fast den ganzen Tag auf dem Markt arbeiten musste. Und dann musste er noch zwischen seiner Frau und der großen Wohnung hin und her pendeln. Dazu kamen noch die Fahrten nach Pinar del Río, und so blieb wenig Zeit, um die Tante zu besuchen, die uns mal lächelnd empfing und mal den ganzen Nachmittag kein Wort mit uns sprach, was meinen Vater umso mehr deprimierte.

Das letzte Mal, als wir gemeinsam ins Krankenhaus fuhren, nahm ich die Pralinen und die Bücher mit, die meine Mutter geschickt hatte. Die Tante freute sich. Wir unterhielten uns, während Papa auf und ab ging und die Praline nicht annehmen wollte, die seine Schwester ihm anbot. Als wir einen Augenblick allein waren, wollte ich sie fragen, warum sie Mamas Kopf herausgeschnitten hatte, aber dann hielt ich doch lieber den Mund. Das Schweigen des anderen ist unantastbar. Als sie alle Pralinen aufgegessen hatte, fing sie an zu lesen und sagte nichts mehr. Papa war ein wenig unruhig und sagte, wir müssten jetzt gehen.

Er fuhr schweigend zurück. Bevor wir nach Hause kamen, bog er an der Tankstelle am Hotel Riviera ein. Das Geschäft mit dem Fleischverkauf schien nicht schlecht zu laufen, denn er kaufte gleich vier Bier und setzte sich wieder neben mich.

«Ich muss dir etwas sagen.»

Der Mensch ist ein Gewohnheitstier. Jedes Mal, wenn er mir etwas sagen wollte, kaufte er etwas zu trinken und wir saßen im Auto. Das Auto war sicheres Terrain. Ich öffnete mein Bier und lehnte mich zurück. Ich mochte Dosenbier. Nachdem es nicht mehr strafbar war, Dollars zu besitzen, und die Tankstellenläden aufgemacht hatten, konnte man sich mit dem Bier, das beim Öffnen zischt, wie im Film fühlen. Das Geräusch mochte ich besonders. Da sagte Papa auf einmal, es gäbe Probleme. Sein Schwager wäre ein Händler, und er hätte Angst, in irgendetwas hineingezogen zu werden. Seine Frau könnte nicht mehr, das kleine Kind, der Haushalt, das Krankenhaus und er immer auf Achse, Probleme auf der ganzen Linie. Deswegen hätten sie beschlossen, ein paar Dinge zu ändern.

«Wir haben das Haus ein wenig umgebaut, sie wird die Medizin sausen lassen, und wir werden ein privates kleines Restaurant aufmachen; dafür muss ich natürlich dorthin ziehen.»

Das war also die Nachricht. Papa zog nach Santo Suárez zu der neuen Familie. Ich trank mein Bier, das nicht sehr kalt war, und meinte, er hätte Recht. Es erschien mir nur logisch, oder besser gesagt, es war seltsam, dass er es noch nicht vorher getan hatte. Ich sehe es gern, wenn andere glücklich sind. Papa strich mir wie immer durch mein wirres Haar und bat mich, Mama nichts davon zu sagen, er wollte nicht, dass sie einen falschen Eindruck bekam. Ich lächelte und nickte, und er fing an, von der Sache mit dem Restaurant zu erzählen.

Eine Woche später gönnte ich mir den Luxus, eine Flasche sieben Jahre alten Rum zu kaufen, und lud Cuatro zum Essen ein. Wir ließen es uns gut gehen, obwohl mein Freund nicht gerade begeistert davon war, dass ich ganz allein in der Wohnung zurückblieb.

«Ich bin gar nicht allein, ich hab Frida und dich, du kommst mich doch bestimmt besuchen.»

Trotzdem behagte ihm die Vorstellung nicht. Er sagte, ich würde mich noch mehr einigeln. Draußen fänden die Jahreszeiten und die gesellschaftlichen Veränderungen statt, und ich würde die ganze Zeit drinnen hocken und mich um nichts kümmern. Ja, das war mir alles egal. Cuatro hatte Recht. Mir war wichtig, dass die Welt von mir selbst ausging, dass sie sich von innen nach außen erstreckte. Das schien mir die bessere Variante zu sein. Man muss sich seiner selbst sicher sein, dann kann man auch den Rest verstehen. Wenn man sich mitten in einem solchen Chaos befindet, ist es sinnvoll, sich zu isolieren. Das Bild teilt sich, wie vor Spiegeln, du gewinnst ein wenig Abstand und noch etwas mehr, und voilà: Das ist dein Gesicht.

Als Papa gegangen war, schloss ich die Zimmer ab. Mein Raum waren die Flure und die Gemeinschaftsräume der großen Wohnung. Die Welten der anderen, der Großmutter, der Tante und die von Mama und Papa, blieben hinter den Türen unberührt. Das Gedicht von Paul und mein Foto-Kreuz hängte ich in die Nähe des Sofas. Frida und ich schliefen dort morgens bei geschlossenen Fenstern. In den Nächten lernte oder las ich und schrieb meine seltsamen Geschichten.

Papa eröffnete sein Restaurant «Köstlichkeiten aus Santo Suárez». Mama bekam eine Stelle als Beraterin einer Theatergruppe an einer Schule für Kinder reicher Eltern. Die hatte sie ihrem Vater zu verdanken; sie konnte ja keine Ausbildung vorweisen. Ihre Schwester verliebte sich in einen kubanischen Liedermacher, den sie in einer kalten Nacht auf der Straße aufgelesen hatte. Sie mietete ein Appartement, und sie zogen zusammen. Die Tante hatte ihre Höhen und Tiefen. Einmal im Monat brachte Papa sie nach Hause, wie wir es vor seinem Umzug vereinbart hatten.

Der Poet und seine kubanische Freundin waren inzwischen wieder auseinander, er hatte sich in eine amerikanische Malerin verliebt und entschieden, dass die Dichtung sein Leben war, und in dem letzten Brief, den Cuatro mitbrachte, berichtete er, er habe kein Interesse mehr, an der Universität zu bleiben. Er hatte seinen Job in der Cafeteria gekündigt und bereiste mit seiner Freundin verschiedene Städte.

Cuatros Kurs in Spanien sollte im Oktober stattfinden. Er kam immer noch samstagabends zu mir, wir aßen zusammen und schauten Filme. Ich freute mich für ihn, aber der Gedanke, dass mein Freund drei Monate fort sein würde, verursachte ein feuchtes Gefühl in meinem Innern. Er wollte, dass ich ihm Geschichten schickte, wie damals, als er in der Tschechoslowakei war. Ich war der Ansicht, die Briefe wären länger unterwegs, als er fort war, aber er bestand darauf. Der Post ins Ausland konnte man nicht trauen, also müsste ich sie über Leute schicken, die zu Besuch kamen. Cuatro ließ nicht locker, und ich willigte ein. Ich sagte ihm, ich hätte eine Menge Briefe für ihn. Am letzten Samstag kam er mit einer Flasche Rum. Als die Spielfilme zu Ende waren, stand er auf und legte eine uralte Kassette von Silvio ein, aus der Zeit, als wir noch am Institut für präuniversitäre Studien waren. Er setzte sich neben mich und lächelte mich an.

«Willst du immer noch nicht meine Freundin werden?»

Ich fing an zu lachen und flachste, das Letzte, was ich mir vorstellen könnte, wäre, mit einem Typen ins Bett zu gehen, der statt «mein Liebling» «mein kleiner Schaltkreis» sagt. Ich stand auf, schenkte nach und alberte weiter herum.

«Ich werde in Spanien bleiben, Bohnenstange.»

Ich nahm einen großen Schluck und drehte mich um, um Cuatro ins Gesicht zu sehen, der mich vom Sofa aus beobachtete.

«Als die Spanier hier waren, habe ich ihnen Briefe für Freunde von Papa mitgegeben, die an der Uni arbeiten, es sind angesehene Wissenschaftler, und sie werden mir helfen. Ich will ein echter Experte werden, du weißt, das ist das Einzige, was mich interessiert, aber hier kann ich das nicht; die Arbeit ist zwar toll, ja, gute Bedingungen, auch das Essen ist gut, aber wenn ich auf die Straße gehe, was dann? Ich fühle mich getäuscht; sie haben mir gesagt: ‹Du kannst an die Universität gehen, und du wirst der Herr der Welt sein›, ich habe meinen Abschluss gemacht, und was war dann? Dann haben sie gesagt: ‹Alles gelogen, du bist fortan ein Niemand.› Ich will ein normales Leben führen, verdammt. Ich bin gut dafür ausgerüstet, aber wie weit komme ich denn mit meinem Ingenieurgehalt? Ich dreh noch durch;

wenn ich es nicht jetzt mache, geht es mir wie meinen Eltern: Sie haben so viel Wissen und können nichts damit anfangen, sie vegetieren zwischen Stromausfall und Frust vor sich hin, denn bei mir zu Hause gibt es keine Dollars, liebe Bohnenstange, wie, verdammt, sollen wir da leben?»

Es schnürte mir die Kehle zu, und ich trank noch einen Schluck. Cuatro stand auf und fuhr fort mit seinen Erklärungen. Er wollte, dass ich ihn verstand, und das tat ich. Ich verstand ihn nur zu gut, aber ich konnte ihm nicht sagen, dass es mir nicht wegen ihm die Kehle zuschnürte. Es war wegen mir.

«Erinnerst du dich noch, als der Poet wegging? Du weißt, dass ich nicht gehen will, aber ich will etwas aus mir machen und nicht einer unter vielen sein, und wenn ich es jetzt nicht mache, wann dann?»

Ich atmete tief ein, goss mir nach und setzte mich. Mein Freund sah mich an in der Erwartung, dass ich etwas sagte, aber er kannte mein Schweigen. Er goss sich ebenfalls nach und trank das Glas in einem Zug aus. Er ging zu seinem Rucksack und holte etwas heraus, setzte sich und reichte mir einen Umschlag. Auf dem ersten Foto waren wir beide bei ihm zu Hause im Wohnzimmer; sein Vater hatte es gemacht: Cuatro, ganz dürr, mit seiner schrecklichen Brille und ich, ebenfalls klapperdürr, mit wirrem Haar. Ich lächelte. Dann war da noch ein neueres Foto von ihm, auf dem er nicht mehr ganz so dünn war und Kontaktlinsen trug. Zum Schluss kam ein gelbes Zettelchen zum Vorschein. Schon als ich es auffaltete, konnte ich mir denken, was es war, und tatsächlich, es waren die Antworten der Physikarbeit der siebten Klasse, die einzige Arbeit, in der ich die höchste Punktzahl erzielt hatte. Ich lächelte.

«Der Russe hat es auf den Boden geworfen, bevor er ging, und ich habe es aufgehoben; eigentlich wollte ich es zerreißen, weil es meine Schrift war und man es gegen mich hätte verwenden können, aber dann habe ich es als Erinnerung aufbewahrt. Ich habe Kopien von den drei Sachen, ich möchte, dass du die Originale aufbewahrst, bis wir uns wieder sehen.»

Ich seufzte, stand auf und sagte, darauf müssten wir anstoßen. Ich hätte wetten können, dass Cuatro eines Tages die moderne Elektronik revolutionieren würde. Ich goss die beiden Gläser voll und hielt ihm seins hin. Er lächelte ein wenig betrübt und stand ebenfalls auf. Wir stießen an. Da wurde er ganz ernst und sagte, wenn ich nicht nach Argentinien wollte, dann wollte ich eben nicht und basta, aber wir könnten doch heiraten, warten, bis er sich richtig niedergelassen habe, und uns dann in Madrid treffen. Ich lächelte.

«Heiraten, wir beide? Was für ein Wahnsinn, Cuatro. Meine Mutter sagt, ich soll nach Buenos Aires kommen, der Poet sagt, wenn ich will, holt er mich raus, und du sprichst von Madrid, was für ein Wahnsinn, zum Glück will Dios mich nicht an seinen neuen Wohnort mitnehmen ...»

Er ließ den Kopf sinken, und ich nahm noch einen Schluck. Ich versuchte, noch einen dummen Spruch loszulassen, aber er blieb ganz ernst auf dem Sofa sitzen, den Kopf auf eine Hand gestützt. In Wirklichkeit war ich genauso traurig wie er, aber dumme Sprüche sind das beste Mittel gegen die Trauer. Ich setzte mich und legte eine Hand auf sein Bein. Cuatro sah mich mit einem seltsamen Gesichtsausdruck an. Er hatte feuchte Augen, und in seiner Stimme klang eine Mischung aus Wut und Geduld mit.

«Ich weiß, es klingt blöd, Bohnenstange, aber ich habe dich mein Leben lang geliebt.»

Ich nahm ihn in den Arm, ich weiß, dass er im Stillen geweint hat. An diesem Abend habe ich ihn gebeten zu bleiben. Es war die erste Nacht, in der wir zusammen in einem Bett geschlafen haben, ohne wirklich zu schlafen. Wir redeten über alles Mögliche und schmiedeten Pläne für sein künftiges Leben. An dem Tag, an dem Cuatro abreiste, war es heiß, wie fast immer in Havanna. Nur seine Eltern und ich begleiteten ihn zum Flughafen, wir waren die Einzigen, die wussten, dass er lange Zeit nicht zurückkehren würde. Einen Augenblick ging mir der Gedanke durch den Kopf, dass ich Flughäfen allmählich hassen sollte, aber wozu? Flughäfen sind nur Öffnungen, durch die man hinein- und hinausgelangt. Sie können manchmal die Hölle und manchmal das Paradies bedeuten, wie fast alles. Von diesem Augenblick an blieb das Paradies nur noch als Möglichkeit, weil ich mir nicht vorstellen konnte, dass Frida auch wegwollte. Cuatro lächelte und bat mich noch einmal, ihm die Geschichten zu schicken, dann umarmte er mich und sagte, er hätte mich sehr lieb.

«Ich habe dich auch sehr lieb, Cuatro, Freunde haben einen festen Platz im Herzen.»

Auf dem Weg nach Hause schrieb ich den ersten Brief sauber ab, den ich meinem Freund schicken wollte. Ich hatte diese Geschichten nur für ihn geschrieben, aber als er noch bei mir war, konnte ich sie ihm nicht geben. Als ich fertig war, schob ich die Blätter in einen Umschlag und steckte ihn ein. Dann nahm ich sein Foto und hängte es unter das von Merca. Cuatro war die letzte Karte in meinem Kreuz. Frida kam schnurrend näher, und ich drückte sie an mich. Komischerweise hatte ich kein Bild von meiner Katze. Das war ein gutes Omen.

**Der letzte Akt** Es ist zwanzig Jahre her, dass mein Vater beschloss, im Wohnzimmer zu schlafen. Jetzt haben wir Dezember, und die große Wohnung ist leer. Es ist früher Morgen. Das Beste am Morgen ist die Stille. Ich wandere wie immer ohne Licht herum, ich habe keine Angst, irgendwo anzustoßen, weil ich die Schatten kenne, das ist mein Raum.

Manchmal gehe ich mit Kopfhörern auf die Straße und laufe herum. Auf der anderen Seite wachsen zwei Städte heran, eine, die zerfällt wie die große Wohnung, und eine andere, ganz weiß gestrichene mit Leuchtreklamen. Es ist alles sehr merkwürdig. Die Leute gehen und reden. Sie stehen an, oder sie trinken in den bunt angestrichenen Lokalen ihr Bier. Sie warten auf den Bus, oder sie steigen in Taxis. Manche schwitzen auf dem Fahrrad, und an den Ampeln stehen Mädchen und wollen mitgenommen werden. Das alles ist äußerst merkwürdig. Und die Leute gehen und reden. Sie reden die ganze Zeit. Zum Glück höre ich nicht, was sie sagen, weil ich die Musik in den Ohren habe. Mama sagte einmal, laute Musik würde zu Vereinsamung führen. Es ist umgekehrt. Die Lautstärke erfüllt einen tiefen inneren Wunsch. Ich will weit weg sein. Ich will nicht hier sein, wo alle nur gehen und reden und weitergehen und viel zu tun haben und den ganzen Tag geschäftig herumrennen oder gar nichts tun und auf dem Mäuerchen sitzen. Mir ist die laute Musik lieber. Es ist alles dasselbe.

Ich frage mich, wo die Leute alle hinwollen. Wie viel Schweigen verbirgt sich hinter jedem Gesicht? Auf der anderen Seite lachen sie und bewegen die Lippen. Sie gehen wie eine große, auf der Spitze des Hügels allein gelassene Herde, die nicht mehr weiß, was sie tun soll. Das Problem der Schafe ist, dass sie sich zu sehr daran gewöhnen, geführt zu werden. Alle sind ein Teilchen in dieser Einheit, die «Masse» heißt: die Familie, das Dorf, das Kol-lek-tiv. Man muss zu viele Masken aufsetzen, um sich in das Ganze einzufügen, und wenn etwas nicht klappt, kommt das Chaos. Wie in der großen Wohnung. Die Zeiten und Moden lassen ihre Wände bröckeln. Oder warst du vielleicht immer nur eine alte Wohnung mit übertünchten Wänden? Was weiß ich. Manchmal denke ich, dass man alles mit einer einfachen Skala messen kann. Eine Familie in einer Wohnung. Die Wohnung in dem Gebäude. Das Gebäude in dem Viertel. Das Viertel in der Stadt. Die Stadt im Land. Ja, tatsächlich, mir reicht eine Skala, natürlich nur, wenn es sich um ein Ganzes handelt.

Etwas aus sich machen, sagte Cuatro. Ein neues Leben anfangen, sagte Merca. Sehen, was einem auf dem Weg so alles einfällt, sagte der Poet. Zum Glück fiel Dios nichts dergleichen ein. Er hat nur getrunken und von angenehmen Dingen gesprochen. Ich verstehe nicht, warum die intelligenten Leute so früh sterben müssen, während es immer mehr Bekloppte auf der Welt gibt, die ununterbrochen herumrennen und reden. Diese Leute werden sich nie ändern. Im Grunde war ihnen alles genauso egal wie mir, aber man muss seine Rolle spielen, wenn nicht, was hätte das alles dann für einen Sinn? Das Nichts ist ein hinreichender Grund, nur dass die anderen das nicht verstehen, also muss man mit dem Spiel fortfahren. Und was wäre meine Rolle? Keine Ahnung, aber ich würde schon eine gute Ausrede erfinden, um sie nicht spielen zu müssen.

Seit vielen Tagen habe ich mit niemandem geredet. Ich bin ein komisches Wesen, ich weiß. Meine Nachbarn halten mich bestimmt für verrückt, weil ich jede Nacht auf der alten Maschine der Tante herumhämmere, seitdem mir in den Sinn gekommen ist, dass ich meine seltsamen Geschichten auch so schreiben kann. Was mich an der Maschine stört, ist, dass sie das Schweigen bricht. Die Tante hat einmal gesagt, das Wunder der Musik läge darin, dass man lernen müsse, das Schweigen darin zu hören. Das stimmt. Schade, dass das nicht alle wissen. Deshalb sind die Wohnungen und die Städte dissonante Harmonien voller auf- und absteigender Tonleitern, farbloser Dreiklänge und schwacher Akkorde.

Ich glaube, ich habe immer das Schweigen gesucht. Es ist ein unbeschreiblicher Zustand. Man fühlt sich Herr seiner selbst, für sich verantwortlich. Als Individuum. Sollen die anderen machen, was sie wollen, viel Glück. Wenn wir wollen, können wir zu einer Verständigung kommen, aber nur, wenn deutlich bleibt, dass du du bist und ich ich bin. Versuche nicht, mich in die Komödie hineinzuziehen, die ich nicht aufführen will. Schlag dir aus dem Kopf, mich als Komplizin gewinnen zu wollen, damit du dich nicht einsam fühlst. Die Leute haben so viel Angst vor der Einsamkeit, dass sie alle möglichen Verträge, Organisationen und Verbindungen erfinden, um nicht für ihr persönliches Schicksal verantwortlich zu sein. Ich bin verantwortlich. Nach dem Schweigen werde ich wohl etwas anderes suchen müssen.

Jetzt lege ich mich auf den Boden im Wohnzimmer und mache im von der Straße eintretenden Licht Schattenspiele an der Wand. Ich will nicht mehr schreiben. Ich weiß, dass hinter den Türen nichts mehr auf meine Ohren wartet. Es gibt nur noch eine alte Katze, die mit meinem Schatten herumwandert. Es gibt nur noch mein Bild und Frida, die, wie die Toten, die Gabe zu schweigen hat. Frida schaut mich an, während ich ihr Grimassen mit der Nase schneide. Wir stehen uns gegenüber, und sie duckt sich. In ein paar Sekunden wird sie springen, das weiß ich. Ich kenne ihre und meine Angewohnheiten zur Genüge. Man sagt, Tiere würden die Eigenschaften ihrer Besitzer annehmen, aber ist es nicht eher umgekehrt? Frida schaut mich mit ihren blauen Augen an und ich sie mit meinen. Dazwischen schweben Hunderte von Horizonten, die keiner Worte bedürfen. Sie weiß, dass ich die Nase bewege, um ihre Aufmerksamkeit zu erregen, da legt sie sich auf den Boden und leckt sich vollkommen gleichgültig ab. Am besten gefällt mir an Katzen, dass sie völlig unabhängig sind. Wenn sie Liebe brauchen, springen sie auf deinen Schoß oder reiben ihren Körper schnurrend gegen deine Beine. Wenn sie Hunger haben, versuchen sie, etwas zu fressen zu bekommen, auch wenn es nicht die übliche Fütterungszeit ist. Wenn sie allein sein wollen, beachten sie dich nicht. Und wenn du sie störst, kratzen sie dich. Katzen sind intelligent. Sie sind frei. Die Menschen können viel von den Tieren lernen, nur dass sie dafür keine Zeit haben und lieber Zoos bauen. Das liegt an dieser verfluchten Manie, alles organisieren zu wollen. Man muss Zäune und Ampeln hinstellen, damit man behaupten kann, dass alles glatt läuft. Ich mag Katzen, weil sie frei sind. Ich habe Frida einmal gefragt, was Freiheit ist, aber sie hat mir keine Antwort gegeben. Sie hat sich umgedreht und ist mit erhobenem Schwanz abgezogen. Da habe ich es kapiert.

Ich habe mein Leben damit zugebracht, zu beobachten, wie die anderen sich bewegen, und ihre Bewegungen zu beschreiben. Jetzt sind nur noch Frida und ich in der großen Wohnung. Ich will nicht mehr schreiben. Ich lege mich auf den Rücken und lasse sie auf mir schlafen. Was uns verbindet, ist das Schweigen. Ich lächele. Dann mache ich mit meinen Fingern Schattenspiele an der Decke und singe dabei einen alten Tango, eines von meinen Kinderliedern, das mir damals so gefallen hat:

*... zwanzig Jahre – ein Nichts,*
*und im Schatten verborgen*
*ein flackernder Blick,*
*der dich sucht und dich ruft.*
*Leben ...*

rowohlt paperback

Janice Deaner
**Fünf Tage, fünf Nächte** *Roman*
(paperback 22666)
Zwei Fremde, eine Frau und ein Mann, besteigen in New York den Zug nach Los Angeles. Beide hüten ein Geheimnis; beide fliehen vor ihrem bisherigen Leben. Sie kommen ins Gespräch, und schon bald entwickelt sich eine Nähe zwischen ihnen.

Daniel Woodrell
**John X.** *Roman*
(paperback 22648)

Elfriede Jelinek
**Macht nichts** *Eine kleine Trilogie des Todes*
(paperback 22683)
«Im ersten Teil hat eine Täterin gesprochen, die nie eine sein wollte, im letzten Teil spricht ein Opfer, das auch nie eines sein wollte. Die Zeiten, da alle Opfer werden sein wollen, sollen ja erst noch kommen.»
*Elfriede Jelinek*

Toby Litt
**Unterwegs mit Jack** *Roman*
(paperback 22408)

Stewart O'Nan
**Die Armee der Superhelden**
*Erzählungen*
(paperback 22675)
In diesen preisgekrönten Erzählungen entfaltet Stewart O'Nan die ganze Bandbreite menschlichen Lebens zwischen Verzweiflung und Hoffnung. «O'Nans spannendes Werk ist zum Heulen traurig und voller Schönheit, seine Sprache genau und von bestechendem Charme.»
*Der Spiegel*

3719/4

Thor Kunkel
**Das Schwarzlicht-Terrarium**
*Roman*
(paperback 22646)
Thor Kunkels Roman vermischt Elemente der schwarzen Komödie mit Pulp-Fiction und utopisch-technischer Phantasie zu einem ebenso düsteren wie hellsichtigen Panorama der siebziger Jahre.

Dakota Hamilton
**Hinter dem Horizont geht's weiter** *Roman*
(paperback 22558)
«Krimi, Komödie und Liebesgeschichte – dieser Roman ist wie ein Harley-Davidson-Trip an einem sonnigen Nachmittag: ein rasanter Spaß.»
*Quill & Quire*

Weiter Informationen in der **Rowohlt Revue**, kostenlos in Ihrer Buchhandlung, und im **Internet: www.rowohlt.de**

Literatur

*Romane und Erzählungen*

D. W. Buffa
**Nichts als die Wahrheit**
*Antonellis erster Fall*
(rororo 22771)
«Ein ebenso intelligentes wie spannendes Buch.» FAZ

Michael Crichton
**Die Gedanken des Bösen**
*Roman*
(rororo 22798)
«Ein atemberaubend spannendes Buch.» *New York Times Book Review*

Erri De Luca
**Die Asche des Lebens**
*Erzählung*
(rororo 22407)
**Das Meer der Erinnerung**
*Roman*
(rororo 22743)

Klaus Harpprecht
**Die Leute von Port Madeleine**
*Dorfgeschichten aus der Provence*
(rororo 22746)

Jacques Neirynck
**Die letzten Tage des Vatikan**
*Roman*
(rororo 22759)
«Der Roman ist vielschichtig, verwickelt und voller Überraschungen ... voller kühner, kluger Gedanken, voller Wärme und hochunterhaltsam.» *Der Spiegel*

Chaim Potok
**Novembernächte** *Die Geschichte der Familie Slepak*
(rororo 22800)
«Eine ergreifende Familienchronik und eine Nachhilfestunde in russischer Revolution.» *Focus*

*rororo Literatur*

Nicholas Shakespeare
**Der Obrist und die Tänzerin**
*Roman*
(rororo 22619)
«Ein spannender und poetischer Roman über Gewalt, Ethik und Liebe.»
*Süddeutsche Zeitung*

Oliver Stone
**Night Dream** *Roman*
(rororo 22885)
Hemmungslos provozierend wie in seinen Filmen betritt Oliver Stone jetzt die literarische Szene. In seinem ersten Roman verlässt der neunzehnjährige Held seine Eltern, bricht sein Studium in Yale ab und geht nach Vietnam.

Wei-Wei
**Die Farbe des Glücks** *Roman*
(rororo 22788)
«Eine wunderbare chinesische Familiengeschichte, rührend, lebensnah und mitreißend.» *Cosmopolitan*

Weitere Informationen in der **Rowohlt Revue**, kostenlos in Ihrer Buchhandlung oder im **Internet: www.rowohlt.de**

3287/9

## Lebensgeschichten

In loser Folge erscheint eine Reihe ganz besonderer Biographien bei rororo: Lebensgeschichten aus dem Alltag, in denen sich das Zeitgeschehen auf eindrucksvolle Weise widerspiegelt.

Anne Dorn
**Geschichten aus tausendundzwei Jahren** *Erinnerungen*
(rororo 13963)

Maria Frisé
**Eine schlesische Kindheit**
(rororo 22294)
In einem liebevollen Bericht erzählt Maria Frisé das Leben auf einem Gutshof in Schlesien in der Zeit zwischen den beiden Weltkriegen.

Hermine Heusler-Edenhuizen
**Du mußt es wagen!** *Lebenserinnerungen der ersten deutschen Frauenärztin*
(rororo 22409)

Eva Jantzen /
Merith Niehuss (Hg.)
**Das Klassenbuch** *Geschichte einer Frauengeneration*
(rororo 13967)

Gerda W. Klein
**Nichts als das nackte Leben**
(rororo 22926 / März 2001)
Gerda Weissmann-Klein wurde 1924 in Bielitz (Bielsko), Polen, geboren. Heute lebt sie mit ihrem Mann Kurt Klein in Arizona. Ihr Buch wurde in den USA zum Klassiker. Es erlebte 43 Auflagen und war Grundlage für den Dokumentarfilm «One Survivor Remembers», der mit einem Oskar ausgezeichnet wurde.

Halina Nelken
**Freiheit will ich noch erleben**
*Krakauer Tagebuch*
*Mit einem Vorwort von Gideon Hausner*
(rororo 22343)
Beim Überfall der Deutschen auf Polen war Halina Nelken ein Mädchen von fünfzehn Jahren – ein Mädchen, das Tagebuch führte. Und ähnlich wie das Tagebuch der Anne Frank haben Halina Nelkens Aufzeichnungen die Vernichtungswut der Nazis überdauert.

Ann Riquier (Hg.)
**Leih mir deine Flügel, weißer Kranich** *Drei Frauen aus Tibet erzählen*
Mit einem Vorwort des Dalai Lama
(rororo 22739)

Tracy Thompson
**Die Bestie** *Überwindung einer Depression*
(rororo 22396)

Weitere Informationen in der **Rowohlt Revue**, kostenlos in Ihrer Buchhandlung, und im **Internet: www.rororo.de**

rororo

3655/3

Nahaufnahmen

Carola Stern
**In den Netzen der Erinnerung**
*Lebensgeschichten zweier Menschen*
(rororo 12227)
«Wie konnte man, als Deutscher, Nazi oder Kommunist – also mit (vielleicht) treuestem Herzen einem verbrecherischen System dienen? – Wie schwer sich zwei höchstgebildete, gewissenhafte Menschen mit der Bewältigung der Vergangenheit tun, das hat Carola Stern nun jedermann klargemacht. Nicht nur deshalb: ein lesenswertes Buch.»
*Gerd Bucerius, Die Zeit*

Ernst Toller
**Eine Jugend in Deutschland**
(rororo 14178)
Als begeisterter Freiwilliger zog er in den Ersten Weltkrieg und als humanitärer Pazifist kehrte er heim. Er schlug sich auf die Seite der Aufständischen und erkannte früh die tragische Grenze der Revolution. Das wahrscheinlich bedeutendste Werk des expressionistischen Autors Ernst Toller, der in Dichtung und Politik keinen unversöhnlichen Gegensatz sah.

Edith Piaf
**Mein Leben**
(rororo 10859)
Die Autobiographie der Piaf, deren Stimme für die Welt zum Inbegriff des französischen Chansons wurde. Die Beichte eines Lebens, gezeichnet von Alkohol, Rauschgift und Liebe. Der Abschied eines großen Herzens – mit dem Fazit: «Je ne regrette rien».

rororo Literatur

Anja Lundholm
**Das Höllentor** *Bericht einer Überlebenden. Mit einem Nachwort von Eva Demski*
(rororo 12873 und als gebundene Ausgabe)
Anja Lundholm kam 1944 ins Frauen-KZ Ravensbrück. Als eine von wenigen überlebte sie das Lager, in dem die Nazis Zehntausende weiblicher Gefangener zusammengepfercht hatten.
«Anja Lundholm erklärt nicht; sie kommentiert nicht. Sie entschuldigt nicht. Sie schreibt, was geschah.»
*Die Zeit*
**Die äußerste Grenze** *Roman*
(rororo 12146)
**Ein ehrenhafter Bürger** *Roman*
(rororo 13263)
**Im Netz** *Bericht*
(rororo 13501)
**Mit Ausblick zum See** *Roman*
(rororo 12636)
**Morgen-Grauen** *Roman*
(rororo 22220)

Weitere Informationen in der **Rowohlt Revue**, kostenlos im Buchhandel, und im Internet: **www.rororo.de**

Bestseller

rororo **Bestseller** aus dem Belletristik- und Sachbuchprogramm auch **großer Druckschrift.**

Rita Mae Brown / Sneaky Pie Brown
**Mord in Monticello** *Ein Fall für Mrs. Murphy. Roman*
(rororo Großdruck 33148)

Friedrich Dönhoff / Jasper Barenberg
**Ich war bestimmt kein Held** *Die Lebensgeschichte von Tönnies Hellmann, Hafenarbeiter in Hamburg*
(rororo Großdruck 33151)

Elke Heidenreich
**Kolonien der Liebe**
*Erzählungen*
(rororo Großdruck 33119)

Martha Grimes
**Inspektor Jury besucht alte Damen** *Roman*
(rororo Großsdruck 33125)

Harper Lee
**Wer die Nachtigall stört...**
*Roman*
(rororo Großdruck 33140)

Petra Oelker
**Der Sommer des Kometen** *Ein historischer Kriminalroman*
(rororo Großdruck 33153)
**Tod am Zollhaus** *Ein historischer Kriminalroman*
(rororo Großdruck 33142)

Rosamunde Pilcher
**Ende eines Sommers** *Roman*
(rororo Großdruck 33134)
**Wilder Thymian** *Roman*
(rororo Großdruck 33150)
**Sommer am Meer** *Roman*
(rororo Großdruck 33102)

rororo Großdruck

Oliver Sacks
**Der Mann, der seine Frau mit einem Hut verwechselte**
(rororo Großdruck 33121)

Carola Stern
**Der Text meines Herzens**
*Das Leben der Rahel Varnhagen*
(rororo Großdruck 33136)
**"Ich möchte mir Flügel wünschen"** *Das Leben der Dorothea Schlegel*
(rororo Großdruck 33123)

Elizabeth Marshall Thomas
**Das geheime Leben der Hunde**
(rororo Großdruck 33147)

Ein Gesamtverzeichnis der Reihe *rororo Großdruck* sowie aller lieferbaren Titel der Rowohlt Verlage finden Sie in der *Rowohlt Revue*, kostenlos in Ihrer Buchhandlung, und im Internet: www.rororo.de

3455/8